本多勝一

さようなら

――惜別の譜

影書房

さようなら――惜別の譜◆目次

さようなら——惜別の譜

渡辺衛

——死の用意が常にできていた高校教師

渡辺衛先生がなくなられてから三カ月以上もの間、私はそのことを知らずにいた。五月（一九五七年）にパキスタンに行ったまま、ヒンズー＝ラージやネパール＝ヒマラヤなどを歩いていたからであった。渡辺先生は八月になくなり、高校時代の友人たちが九月の中央アルプス南駒ケ岳へ先生の碑を立てに登ったことも知らず、私はそのころ先生あてに手紙を出した。訃を知ったのは、一一月に帰国したときだった。

昔の旧制高校は論外として、いなかの一般的新制高校としては、私たちは良い先生に恵まれたと思っている。その中でも渡辺先生は、私の最も尊敬し、かつ強い影響をうけた師であった。強い影響は受けながら、あるいは高い学識を持ちながら、全然尊敬できない先生もいた。そういう「尊敬できない先生」が私に「影響」を与えるときは、その先生に対する一種の敵愾心《てきがいしん》によってであった。それは、反社会的な非行少年を生産するのに最も適した現在の教育制度の与える影響とよく似ている。人間の能力のごく一部だけしか測定・開発できない現行の教育では、そのラインからはずれた者は社会に敵愾心を持ち、それがプラスに働けばかえってよい結果をもたらすこともあるが、たいていはマイナスに働いて、無気力な青年や非行少年を生みだす。渡辺先生が多くの生徒から尊敬されたのは、生徒らをそれぞれに心から愛したからであった。私も愛された一人であった。高校生ぐらいまでの年齢は、偏愛に対して異常なほど敏感である。愛する生徒の少ない教師の場合、愛さなかった生徒、憎まぬまでも単に無関心だった生徒からは、その教師は恨み以外の何ものも得ないであろう。私は渡辺先生が主任のクラスだったことはないが、先生の英語の授業は受けた。授業時間中ときどき脱線しては、アメリカにいたときの話や山の話をすることがあった。常に微笑しながら、いくぶんソッパの歯をみせて話す楽しそうな顔は、先生の授業をうけた者には忘れ得ないものだろう。話のおわりは、たいてい、「……だモンナア」というリフレインで切れる。当時、各先生についての歌が生徒の間でできたとき、渡辺先生の歌詞には、この「モンナア」がはいっていた。

　しかし、私が先生とよく知りあうようになったのは、英語よりも山を通してである。英語教師としてではなくて、飯田高校山岳部の部長としてである。それでも最初のうちは他の部員たちほど近しくは接していなかった。高校二年の一〇月、中央アルプスの南駒ケ岳に一緒にのぼったときから、本当に近しくなったといえよう。この登山はオンボロ沢からその北側の尾根にとりつく人跡未踏ルートによるもので、そのころの私としては大いに苦しい登攀であった。それだけにまた、三日目の夕方頂上にたって、暮れゆく秋の太陽をみたときの喜びはいつまでも忘れることができない。その後たくさんの山にのぼったけれども、すくなくとも日本の山ではこのときの感動にまさるものはないとさえ思っている。そして苦しみを共にした渡辺先生の人格の広さと深さが、このときはじめて心の奥底にしみた。南駒ケ岳登山によって、山と先生との二つの宝を私は得たように思った。その印象は忘れがたく、登山記を二百数十枚ほども書いたものだ。(1) 一度のぼった山にまたのぼりたいという執着をおぼえることは私は少ないのであるが、南駒ケ岳だけは、ちょっと指おりかぞえなければわからぬほどのぼっている。この五月(一九五八年)になったら、渡辺先生の碑のおまいりに、また南駒ケ岳にのぼろうと思う。

私が高校を卒業してからも、先生は浜松にうつるまでの二～三年ほど飯田におられた。帰省したときは私も他の山仲間たちも、よく先生を訪れたものだ。後輩の山岳部員らは、私たち同様に心から先生を慕っていた。山にいく金がないときくと、先生はかれらのためにアルバイトをさがしてきてくれたりしている。先生がおられる間に、山岳部にはすぐれた山男が続出した。すぐれた山男というのは、決して「優秀なクライマー」というだけの意味ではない。登山技術ということでは、先生はなにも特別な知識はない。むしろ生徒たちの方が、学校の屋上からザイルでコンクリートを下降したりして、先生に冷や汗をにぎらせていた。先生が私たちに教えたものは、山を通しての或るバックボーンである。高校を出たり大学を出たりするうちに、山岳部にいた者でも、ヒマをみてちょっといくていどにしか山に縁がなくなった者も多いが、この「山を通して得た或るバックボーン」は、いずれかの面で生きつづけている。すぐれた山男とはこういう意味である。岩のような表情をした、人間よりも機械を連想させる種類の山男は、あれは本当のたくましさではない。なにか空虚なものを覚えさせる。先生が浜松にいかれることになって、私たちは悲しんだ。心の共通したよりどころであった師が身近にいなくなるということは、淋しいことである。その年の三月、ＯＢも現役もあつまって、一夕わかれのときを惜しんだ。記念品としては、伊那谷をふくめた全南アルプスのパノラマ赤外写真を、大きくひきのばして贈呈した。
それからさらに二〜三年したある日、私たちの岳友の一人、池内宏君が急死した。大学で実験中、アルコールの爆発で死んだのである。突然のことに私たちは呆然とした。「いつかはわれわれもヒマラヤへいこう」と夢を語り合っていたが、彼はそれを最も熱心に望んでいる一人であった。また私たちの中では山登りの実力が最高でもあった。その年の八月、池内君の追悼登山として、渡辺先生とども私たちの仲間（飯田高松山岳会）は塩見岳にのぼった。残念ながら家の多忙をきわめたときと重なって、私は参加できなかった。しかし私の家は塩見岳に通ずる道の入り口にあるので、先生は下山してから私の家に寄ってくれた。そのとき先生がこんな意味のことをいわれたのを今でも覚えている。

—

「いつ、どのような瞬間に死をむかえても、常にその人にとってそれが最高の時、つまり死の用意ができているということはだね、こういうことなんだ。われわれは神様じゃないんだから、やることがすべて正しいなどということはあり得ない。われわれにとっては、やった仕事の量や正否は、最後的なものではない。ただ、それまでに正しいと思って進んでいたことが、まちがいであったと知ったときには、いつでもやめて道をすすみなおすことだ。過去の仕事の量が蓄積されたとき、それをやりなおすということは勇気のいることにはちがいない。しかし、新しい道を進んで、その距離がたとい古い道より短くても、その人は常に最善の時にあるといえる。その人はどの瞬間をとってみても、死の用意ができている。方法としての道は変わっても、人間としての道は一貫しているのだ。」
先生はいわゆる教養の特に高い人ではない。ニーチェのいう「教養ある俗物」には無縁の人である。

そのまま言葉となっているからである。

先生の毎日の生活がそのまま言葉となっているからである。

だが、無気力で行動性（行動は肉体的なものだけではない）のない多くの教養人のいうことよりも、先生がごく平凡にいわれたことの方が、はるかに自然にわれわれの心を動かす。先生の毎日の生活がそのまま言葉となっているからである。

その後長らく私は先生にあわなかった。胃カイヨウになったということをきいたが、間もなくなおったとのことだった。一九五六年の私の第一回ヒマラヤ遠征が実現したとき、先生は心から喜んで声援してくれた。あくる一九五七年、第二回ヒマラヤ遠征に出発する前、全く突然先生が胃ガンで入院されたという報をうけた。四月のある日、私は名大付属病院に先生をお見舞いした。白い寝台は痛々しかったが、先生は元気だった。その顔は見る影もなくやせていたが、淋しそうな影や悲観的な様子は全くなかった。かえって私の方が、盲腸の手術のあとと探検の準備などで消耗していたので、先生にはげまされたほどである。「ガンのやろうめ、執念ぶかくたたかってやるぞ」と先生は笑っていた。だが別れをつげて病室をでると、つきそいをしていた先生の奥さんが沈んだ面持ちでささやいた。――「医者の話では、よくて三年以内とのことです」。

三年以内。帰国したらすぐ山仲間たちとともに心のこもったお見舞いの会を開きたいと思いながら、スワート＝ヒマラヤにでかけた。そして八月、私の知らぬ間に先生は、死んだ。

九月、探検を終わって一人カラチに残り、あとかたづけをすませると、帰途ネパールに寄ってみようと考えた。ネパールには、渡辺先生と文通していた学生がいる。カトマンズにつくと、私はその学生の家をたずねてみた。残念ながら彼はカルカッタに留学してるすだった。その弟がいて、写真でみた兄とよく似た顔をしていた。たのもしそうな青年だった。渡辺先生に私が手紙をかいたのは、ネパールにむかう前、カラチからである。これからネパールにいって先生の友だちに会うところだ、と書いてあげた。帰国してみると、信州の私の家には先生の奥さんから手紙が来ていた。カラチからの私の便りは、先生の仏壇に読んであげたと書いてあった。

ロマン＝ロランの『ジャン＝クリストフ』を読んだ人は多いだろう。あのなかに、ゴットフリートというクリストフの伯父がでてくる。全く地味な存在だが、クリストフの一生に重大な影響を与えた。渡辺先生のことを考えると、私はゴットフリートの人柄を連想する。

「彼は野や森のように、人に恵みを与えていたのである。」

（飯田高松山岳会『圏谷』六号・一九五八年九月）

〈注〉

（1）この登山記は後に本多勝一『旅立ちの記』（朝日新聞社）第2章に収録されている。

渡辺衛（わたなべ・まもる＝一九〇〇〜一九五七）富山県生れだが東京へ出て小学校と正則英語学校卒。信州の飯田中学教員（一九二四年）ののち渡米してコロンビア大学天文学科に二年在籍、一九二九年帰国して佐賀中学教員。一九四一年大連実業学校副校長、敗戦後に引揚げて飯田中学（旧制）・同高校（新制）教員。一九五二年静岡県立浜松商業高校に転任。一九五七年胃ガンで逝去。

知里真志保
――アイヌ民族の苦悩と栄光の生涯

六月一〇日（一九六一年）、「知里先生をしのぶ夕べ」という集まりがあった。新緑がようやく濃くなりはじめた札幌市街の北はずれ、北海道大学の大学村住宅地の幼稚園。何人目かに立ち上がった金田一京助氏は、まぶたを閉じながら語りはじめた――「老いぼれてしまった私なんぞは、できることなら知里《ちり》君の身がわりになりたかったのに……」。金田一氏の懐古談は一時間余りつづく。アイヌ語学者・知里真志保《ちりましほ》北大教授は、この前日の午後三時半、心臓弁膜症のため永眠した。五二歳。膨大な研究が、これから大成期にはいろうとする途上だった。

知里博士は学者としての偉さとともに、「アイヌ民族出身」だったという点でいつも注目されながら育ってきた。カラフト生活時代、知人あての手紙に書いている――「……中学を出て、高等学校を出て、大学を出たという、ただそれだけにすぎないことが、アイヌだからといって、何か偉大なことのようにもてはやされるのは、これもある意味では弱小民族なるが故に投げ与えられる、ひとつの侮辱ではないでしょうか……」。

知里博士は一九〇九年（明治42）に北海道胆振《イブリ》国の幌別《ホロベツ》村（現在幌別町）に生まれ、登別《ノボリベツ》で育った。室蘭中学を出るまでいつも「アイヌ、アイヌ」といじめられた。父は登別、母は幌別の、それぞれニスパ（首長）の家系。小学校時代は中くらいの成績だったそうだ。出来の悪い連中がねたんでいじめるのを恐れ、わざとそうしたという説もある。こうした環境は知里少年を心の底まで傷つけた。金田一博士にすすめられて旧制一高を受験したときも、歴史の問題のうち「蝦夷《えぞ》の征服と同化について」の部分は知っていながら白紙でだしたという。それでも一二〇人のうち一八番で合格した。一高でも不愉快なエピソードは多い。入寮して「室蘭中学出身です」と自己紹介したら、ある同級生がいった――「ほほう、北海道かい。じゃあアイヌを見たことがあるだろう。どんなツラかね」「あるとも。こんなツラだ」。

学生時代に示した語学力と記憶力は素晴らしかった。とくにイギリス語は桁違《けたちが》いの実力だったから、東京大学では英文科を選ぶことにした。しかし一カ月ほどで思いなおして、金田一氏にいったそうだ――「英語なんか、いくら得意だって、英国人の英文学者を越える業績は残せないでしょう。それよりも……」。

こうして言語学科に転じ、アイヌ語に専念することになった。知里青年はアイヌ出身ではあっても、アイヌ語の知識ははじめほとんどゼロに近かった。その著書『アイヌ民譚集』（郷土研究社・一九三七年）の後記にこう書いている――「本来は母語である筈のアイヌ語も、私に関する限り、英語・仏語・独語などと全く同様に、遥か後になつて習得された外国語に過ぎない」。

在学中にアイヌ語についての著書は四冊。卒業後しばらく三省堂にいて、金田一氏と辞書を編集していたが、さらにアイヌ語の知識を広めるため、豊原女学校の教師としてカラフトに渡った。一九四三年（昭和18）、カラフトをひきあげると同時に、北大の北方文化研究所嘱託になった。このときは、アイヌが初めて帝国大学の教職についたというので話題になったものだ。やがて講師。一九五四年（昭和29）には博士。翌年には大作『分類アイヌ語辞典』の植物編と人間編に対して朝日文化賞が贈られた。「八〇歳代の鈴木大拙博士とならんで、四〇歳代の知里君が朝日の講堂に肩をならべたところは、本当に輝かしい晴れ姿でした」と金田一氏は追想している。

だが、知里博士は最後までアイヌとしての不当なコンプレックスから抜けきれず、内攻する悩みに苦しんだ。それが性来の鋭い感受性と結びついて、時には激烈な攻撃性をあらわし、また時には異常なまでに人を恋しがった。その研究には、攻撃する対象を求めてはファイトを燃やすような傾向がみられる。たとえば札幌生活のある時期には、北方文化研究のグループ（いずれもシャモ＝和人の学者）と「北海道郷土研究会」を作って、実にむつまじく仕事をしていた。ところが一たん仲たがいしてしまうと、かつての仲間に針を突きさすような痛烈な批判をあびせるのだ。『アイヌ語入門』の「シロウトはコワイ」という節では、仲間の研究からこまかく具体例をひいて欠点をあばき、（だからシロウトはコワイ！）といちいちカッコをつけている。しかもそれを正確な論証でやるものだから、やられる側もアタマにきて、結局知里博士の方が孤立してしまう。ついには金田一氏の方法論も攻撃対象になり、『分類アイヌ語辞典』では、自分の訳し方と金田一氏のとを並べ、根本的な疑問を提出している。また金田一氏の随筆に、カラフト＝アイヌを訪ねて川原の砂にメチャメチャな線をひき、子どもが「何？」とアイヌ語できくのを手がかりに次々と「何？」と反問しては単語を採集する有名な話がある（「心の小道」）。これも知里解釈によれば、あの部落は北海道の江別から移住したもので、アイヌ語だけしか通じないところではありえず、金田一氏の文学的創作だとしていた。

その反面、学生などが訪ねてゆくと喜んで何時間も放さない。知里教室の最初の助手だった富川盛道氏（現在東京外国語大学アジア・アフリカ言語文化研究所教授）は、はじめ教室を下宿がわりにしていた。するとそれまであまり教室へこなかった知里氏が、毎朝八時ごろきては富川氏を起こし、研究よりも富川助手といっしょにいること自体が楽しいようすだったという。富川博士の追憶によると、その講義には一種の哀愁がただよっていた。

心臓は八年ほど前から悪くなりはじめていたようだ。ことしの四月、ユーカラの伝承者として金田一氏の研究の最も重要な協力者（というよりむしろ主役）だった金成マツさん（八五歳）が死んだ。知里博士の叔母だ。その直後から、シャックリがとまらなくなった。『分類アイヌ語辞典』全一〇巻を完成できず、金田一氏と協力して始めたユーカラの完訳も終わらないうちは「死ねない、死ねない」といいながら、このユニークな学者は死んだ。

侵略され、差別されてきた民族の苦悩と栄光。知里博士の生涯は、それを一身に背負っていたともいえよう。

（『週刊朝日』一九六一年六月二三日号）

曾我富士男

——若くして急死した友へ

〈その一〉 弔　辞

曾我君。本当に君は死んでしまったのだろうか。二十八日の朝、松島君から電話で君の急死を知らされたとき、俺はどうしても信用することができなかった。つい今月のはじめに、飯田でいつものように語りあって別れたばかりじゃないか。この夏はアメリカで会おうと約束したじゃないか。でもなあ、松島君がわざわざ東京まで電話して俺をかつぐハズはないんだ。理性的には、本当だと思ったよ。しかし、どうしても実感がついてこない。一週間ほど前にも、君と電話で語った。あの声がまだ俺の耳に残っとる。「そいじゃあ、またナ」と言って、君は電話を切った。松島君の知らせをきいてから、俺はしばらくは心も乱れなかったんだ。理性的には信じても、感情がついてこなかった。しかし、昼ごろになって、再び松島君から葬式の日どりを知らせてきた。さらに木下千冬君や芦部秀三君などからも電話があった。そのころになって、やっぱり本当に君は死んでしまったんだと、俺は心から思ったよ。ようやく実感がせまってきたんだ。君は死んでしまった。本当に。

君が死んだっていう実感にとらえられてから、俺は仕事に手がつかなくなってしまった。君とともに過ごした日々、ともに登った山、ともに歩いた長の旅のことなどが、次々と脳裏に浮かんで、どうしようもないいんだ。泣いたよ。涙が出てきて仕方がない。二十八日は沖縄ディだったから、ちょうど朝日新聞社のまわりが学生のデモ隊と警官隊の衝突現場になった。催涙ガスが立ちこめて、大勢が涙を出していたから、俺の涙もほとんど気付かれなかったけどな。

曾我君。俺が君と知り合ったのは、中学生のときだった。生物班にはいったら、一級上に、実にユーモラスで、しかも人望のある男がいた。それが君だった。新制高校になってから、われわれは渡辺衛先生を中心に山岳班も創設した。もちろん君は、俺たちが高校時代に経験した登山の中で一番苦労した南駒ケ岳登山のことを忘れないだろう。考えてみるとあれは二十一年も前の十月だ。もう新雪があってからだった。オンボロ沢をさかのぼって、全く新しいルートで百間ナギの北をまわって、三日目の夕方頂上に立った。あのときの感激。覚えてる？　西の空全体が虹のように輝いていた日没。すばらしかったなあ。――そういえばあの山行は、渡辺先生と君と林君と俺の四人だったが、渡辺先生もすでに故人となった。そのあとを、君が追うことになったわけだ。渡辺先生も、まさかこんなに若い青年の君が自分のあとを追ってくるなんて、いくら君を愛していても歓迎しないだろう。

このあくる年には、やはり南駒へ登って、あそこのスリバチ小屋で君と十日間近くくらしながら生物調査をやった。大学に行ってから、俺にとっては初めての雪山として、やはり君と二人で塩見岳に登った。あのとき俺は、疲労困憊のあまり雪の中に倒れてしまったもんだ。三伏峠につくまで、君は俺を肩に組んで歩いてくれた。峠につくと、俺はとうとう吹雪の中で動けなくなって眠りこんだ。すると君は、自分のリュックを三伏小屋まで行って置いてきてから、俺を助けるために峠まで往復したものだった。君がいなかったら、俺はきっと凍死していたに違いない。強かったなあ、君は。実はあのときのことを、もうすぐ発行になる『山と渓谷』の六月号に書いたところなんだ。せめて君にだけは、これを読んでほしかった。

その年の夏休みに、君と二人でこんどは北海道探検に出かけたもんだ。大きなリュックをかついで、野宿しながら、四十日間も北海道や利尻島を放浪して歩いた。楽しかったなあ、あのときは。あの旅は、その後の俺にとって決定的な影響を与える何ものかがあったようだ。

大学時代の君は、実験室の片隅の小さな部屋に住んでいた。あのころ俺は大学生活がつまらなくクサっていたものだから、しょっちゅう君のところへ遊びに行った。すると君は、フラスコで培養した野菜だとか、砂糖水に酵素を入れて作った酒なんかを出してくれて、徹夜で語り合ったものだった。

曾我君。こんな思い出は、君が死んでしまってから初めて浮かんできたんだ。だって君、まだわれわれは思い出話をするような齢ではないんだから、当り前だろう。だけどなあ、こうしてみると、俺の青春は常に君とともにあったってことが、今さらながら自覚されるよ。その君が死んでしまって、俺の中に生きつづけていた青春までも死んだような気がする。淋しいなあ。心の中に空洞ができたようだっていうのは、こういうことなのだろう。

俺は年に四、五回は故郷の伊那谷へ帰ってきたが、それはもちろん両親がいるからには違いない。

しかし、半分くらいは、君もいるからだった。大島の実家に帰って、飯田の君を訪ねなかったことは、ただの一度もなかった。

曾我君。今日は君のための告別式だ。俺はあんまり自分のことばかり言いすぎたかもしれない。しかし、ここにいる君の友人たちも、きっと同じ思いだろう。中学時代の君の、ユーモラスで人望の厚い、また暖く誠実な性格は、今日まで一貫して変わらなかった。君はみんなに慕われただけでなく、多くの友人の心の支えであり、力でもあった。われわれの仲間が、地方の新制高校OBとしては日本で初めてのヒマラヤ遠征をしたとき、実現のための柱となったのは、だれが見ても君であった。君はやがて、何らかの形で民衆の指導者になる種類の人だった。

俺たちは、本当に、文字通りかけがえのない友を失った。悲しみ以上に、死んでしまった君が憎らしいくらいだ。しかし、君の笑顔と、君の声に象徴される君の全人格は、これからもずっと俺たちの中に生きつづけるだろう。来世というものがあるのかどうかよく知らないから、君がアノ世から俺たちを見守っているのかどうかもわからないが、少なくとも俺たちの心の中には、君は生きつづけている。そして、これまでのように、俺たちの心の支えとなり、力ともなってくれるだろう。

さようなら、曾我君。

一九六九年四月三〇日

〔友人代表〕

（葬儀での弔辞）

〈その二〉 追悼文

この文集(1)の編集をすすめながら、追悼文を書こうとしても、どうしてもペンをとるところまで言葉が出てこないのです。そうしているうちに、私の父が急死しました。曾我君が亡くなってから七カ月後です。仮りに父についてこの文集のようなものが出されるとしたら、私は何を書くでしょうか。やはり、何を書いていいのか迷ってしまうに違いありません。書くことを職業としている者の一人である以上、書くこと自体はそれほど苦痛ではないはずです。少なくとも馴れています。これまでにも追悼文は書いたことがありました。またこの文集作成の言いだしっぺの一人でもあるのに、どうして曾我君の場合は書けないのでしょうか。

父については、自分なりの方法をすぐに決めました。五〇枚、一〇〇枚といった程度の短文は書けないが、気のすむまで書きつづる三〇〇〇枚以上の長文を、休暇をとって書き上げよう。無名の、平凡に生きた父の七十余年を、その周辺の村人の生活記録とともに、伊那谷《いなだに》の明治から昭和への三代を描くための核として、あらゆる角度から照らし出そう。……こう考えたとき、曾我君についても、なぜ書けないのか理解することができました。曾我君は、私にとっては一種の肉親に近い存在だったのです。父と同じように、五〇枚や一〇〇枚といった程度の短文に書ききれるものではない。それだからペンをとることもできなかったのに違いありません。ですから父と同じように、何千枚なら書くことができるでしょう。しかしそれは、この文集の趣旨ではありますまい。別に個人的にすすめるより仕方がありません。それはすでに手をつけました。偶然にすぎないのかもしれませんが、曾我君の急死する半年前から、月刊誌『山と渓谷』に「初めての山」と題する文章を連載していたのです。新制高校二年のとき、初めて登山らしい登山として私は塩見岳に登りましたが、そのときの記録から始めて、雪の塩見岳を含めた五回の塩見岳登山を語ったものです。そのうち二回目の塩見岳が、曾我君と二人で登った四月の「雪の塩見岳」でした。連載の第七回に当る一九六九年六月号でそのときの様子をくわしく書きましたが、この原稿を出版社に送ってまもなく、彼は死んだのです。したがって残念ながら彼は、始めて私が彼について公表した文章を、読まずに逝ってしまいました。この六月（一九七〇年）からは、曾我君と共に登った山として最も重要な南駒ケ岳を中心に、再び『山と渓谷』で連載を始めますが、この連載では終始曾我君と行動を共にしています。さらにその後二人で放浪した北海道についても、いずれ別の雑誌で連載する予定です(2)。

と申しましても、これは曾我君の「霊」に捧げるために企画したのではありません。始めからその予定だったのです。彼が生きていてくれたら、どんなにか喜んで読んでくれたかと思うと、何か空しい想いに襲われます。空しいけれども、また結局それは死者のため以上に私自身のためのレクイエムであり、カタルシスでもあるのでしょうけれども、このところ俄《にわ》かに身近な人につづいて死なれて、もはや学生時代のように勇敢な言動はできなくなったような気さえいたします。そういえば父が死んだとき思ったことのひとつは、カミュという人はたいへん親想いだったに違いないという感慨です。でなければ『異邦人』などという親不幸な小説を作れないに違いないと。同時にまた、あれは植民地におけるフランス人側の思考法であって、親が簡単に毎日虐殺されているベトナムなどでは、あんなものはリロイ・ジョーンズなどのいうようなアウシュビッツ的文明（バッハ的文明と一対をなす）の一環としてとらえられるにすぎないのかもしれないと思いました。全く、もし自分の父が脳卒中でなしに、また曾我君が蜘蛛膜下出血でなしに、B52の爆撃によって虐殺されていたとしたら、私は何を想うでしょうか。曾我君の死とB52を結びつけると、またあの野郎は……と睨まれそうですが、少なくとも私は、関係あるものとして考えています。関係なければ幸いですけれど、不幸なことに、すべてが終わってから気付く例は、私たちの国の歴史を見るだけでもかなりハッキリしているようです。

こういう主張は、宗教的にではなく、生活的・科学的・記録的にしないと説得力がないけれど、身近な人の死に直面したとき、もしこれが異国人に虐殺されたのだとしたら、という仮定をしてみることは、ベトナム人やアルジェリア人の強さを理解できるほかに、ひとつの慰めにもなると思うのです。――「そうでなくてよかった」と。ともかく「自然死」には違いない。「奴隷は自然の死を死すべきではない」（ラップ・ブラウン）というような状況が、曾我君や父の周辺にはなかったのです。少なくとも直接的にはなかった。幸福だった。当人に幸福感があったかどうかは別として、また解放戦線の兵士の方がアメリカ兵やフランス兵よりは幸福であるといった意味での幸福感も別として、それは少なくともあきらめのつく状況であります。親友の曾我君に死なれて、深い悲しみの中にも、もし彼の「霊」と語ることができるものならば、そんなことを話したいなとも思うのです。

このように、曾我君のために延々と古い記録を出してゆくことにしているので、ここで私が書きたいのは、あたかも彼と飲んでは語っていたときのように、そうした纏《まと》まったものとは別の、とりとめのない話であります。それは結局、曾我君、君を語りながら私自身を語ることでもある。あんなとき、君はあんなようなふうだったという話。たとえば、昆虫や川魚に熱中していた私は、新制高校二年になったばかりの四月、恐る恐る生物班にはいりました。もっと早くから生物班にいる同級生や下級生たちが、あの生物教官室を我が物顔に出入りし、それまでは先生しかその部屋にはいれないと思いこんでいた私にとって、その光景はひとつの驚異でした。みんな偉そうな学者の卵に見える。昆虫にしたって、私のようにひたすら幼年時代からなじみだった周辺の昆虫にばかり〝権威〟なのと違って、まるで百科事典のようにくわしい秀才少年がいる。少しマセていれば「空しいことだ」と思うこともできるのでしょうが、当時はただただ仰天するだけしか能がありません。そういった天才・秀才の出入りする中で、決して天才ぶらず秀才ぶらず、そのくせ人望が厚く、常にユーモラスな笑顔をたたえている一学年上の生徒がいました。曾我君です。軍隊の中古品と思われるカーキ色の外套《がいとう》と金色のボタンが、彼の冬のトレードマークでした。

こういう風景をいま考えてみると、リーダー的または親分的性格というものは、残念ながらかなり年少のときから現れているように思われ、私などは自分でわかっていながらみすみす反リーダー的言動をすることと考えあわせて、アプリオリな素質というものを認めざるをえない哀しい気持ちになります。曾我君は確かに、生物班のみんなから慕われていました。単にやさしいのではなく、筋を通すべきところでは断固たる態度をとる。こういう人物は、商売上または政治上の競争相手になったら、きっと恐るべき存在に違いないでしょう。変な連想ですが、その意味では彼が死んで内心ホッとしている人も、結構あるだろうと思います。ホッとするのは仕方がないけれど、それは即ち曾我君より力がない証拠だと自戒することもできます。そのようにカーキ色の中古外套を着た曾我君が、カバン片手に生物教官室の戸をあけてはいってきて、私たち生物班の生徒が使っている大テーブルにカバンをおろすときの、あの笑顔。あれを思い出すだけで、愉《たの》しかった生物班の日々が、考えてみるとあれから二〇余年すぎた今も、まるで映画でも見るようにはっきり浮かんでくるのです。

しかし私にとって曾我君の存在が決定的になったのは、高校二年の秋の南駒ケ岳登山でした(3)。彼は三年生だったので、翌年大学へ進んだ訳ですが、その夏は同じメンバーで再び南駒ケ岳に登り、カールに住みこんで生物調査をしました。曾我君の日記をみると、南駒ケ岳が彼に与えた影響もまた非常に大きかったことが理解されますが、友人としては、当時あるいは私の方が片想いだったらしく、彼は日記で「俺には親友ができない」などと悩んでいます。

あくる年は私も大学へ進みましたが、自分の意志とは異なる分野なので、暗い学生生活でした。父の命令に従って、ともかくまず薬剤師の資格を得るべく、薬学部にいたのです。また親もとを離れ、故郷を離れてゴミ溜めみたいな学生寮で暮らすのも初めての経験なので、私は激しいホームシックにかかっていました。だいたいスモッグで山も見えない関東平野、モチにすぐカビが出るような湿度の高い東京に、なんと下等で野蛮な土地だろうと、心底からの軽蔑感を抱きました。これは今でも残ってますね。私は東京なんぞに永住する気は毛頭ありません。だれだったか、息子を東京につれていった父親が「どうだ、これが東京だ」とやや得意げに言ったら、息子が「なんだ、山アねえじゃねえか」と答えたそうですが、実感がよく出ていると思います。そのころある教授が、信州へ行った話を授業中にして、トウフがマズイだの、オカラがうまいだの、サシミがないだの、さんざん悪口をたたいたので、私は怒ってそいつの授業は以後欠席したことがありますが、冷静にみればこの悪口は事実であって、外からみれば信州なんか寒いだけで、うまいものはミソとソバと菜っぱのツケモノくらい。実際、生活環境の寒さはイニュイ（エスキモー）以下の世界一で、しかも菜っぱのツケモノを連日大量に食うため塩分過剰で、従って脳卒中は日本一といったところですから、べつに弁護するほどの価値はないだろうと思うのです。それでも愛する気になるのは、伊那谷の民俗文化《カルチャー》と自然のほかに、塩見岳や南ケ駒岳に登った強烈な印象のせいが、多分にあるためとも思われます。戦争中に疎開した児童などは、カルチャーの違いによる地元の児童との戦争で、多くはろくな思い出を持たない筈です。そのような郷里に強い郷愁を覚えたほどなのですから、千葉市での当時の学生生活が面白いはずはありません。郷里から出てきた友人をたずねるのが最大の楽しみという情けない有様でした。その中で最もよく訪ねたのが、東京農大の学生寮にいた曾我君です。

初めて彼の部屋を訪ねたときは、たしかもう夏にはいっていたと思います。驚きました。まるで飯場のようなバラックの学生寮です。飯場のように学生が寝そべっています。寝そべっている列の中に、曾我君がいました。考えてみると私のいた寮も似たようなものだけれど、こっちの方が全体としてもっと迫力がある。だいたいこの飯場のような宿舎は、雑草の繁茂する湿原の中にあるんです。蚊が猛烈に出てくる。昼間からワンワン室内にいる。蚊帳《かや》も蚊とり線香もない。夜はいったい、どういうことになるんだろう。曾我君が説明しました。この宿舎生活は二年目になる。今年はいった一年生が、この列に一人いる。夜になると、どういうわけか蚊が一斉に彼の方へ寄っていく。彼はかゆくて仕方がないが、やがて睡魔に勝てずに眠ってしまう。眠りながらも、蚊にさされたところをかく。かいてかいて、ポリポリ音がする。朝まで音がする。とうとう、彼のアダ名は「ポリポリ君」になった。朝起きるたんびに、ポリポリ君の顔は蚊にさされてイビツになっている。……

ひどいなあ。もちろん、全部の蚊がポリポリ君のところへ集中するはずはなく、曾我君だってかなり刺されているのです。そんなふうに語りながら、彼はスカスカスカというような、あの特徴ある含み笑いをもらしました。

その後彼は、この飯場みたいな寮を出て、大きな実験室の片隅にある一室に移りました。一室といっても、三畳くらいのせまいところで、それはそれはもう決定的に迫力のあるゴミ溜めです。ただ、いくらゴミ溜めでも、それまでの学生寮と完璧に次元を異にする点は、ここが彼の個室である点であります。プライバシーが保てる。曾我君の、あの個性的個性が、このゴミダメでは大いに育つことが可能です。訪ねる側としても、従って一層ユカイになります。たとえばあるとき訪ねてみると、彼は砂糖水に酵母菌を加えて三角ビーカーで酒を造っている。その横には、フラスコで水栽培している野菜がある。この酒を飲んで野菜をサカナに、大いに語るってわけですが、ときどきはネコやイヌの肉が用意してあることもあります。農大の構内に迷いこんだ野良犬や野良猫の肉です。当時は肉が不自由なころだし、私たち貧乏学生には肉を買うことなど大変な散財でしたから、このようなタダの肉は珍重されました。私が訪ねたときにネコの肉があったことはなく、イヌばかりでした。今考えてみても、やはり犬の肉はブタやウシに比べるとまずかったようです。机の片隅にある洗面器には、そうした犬の肉がよくはいっていました。料理ナベには洗面器を使い、電気コンロを熱源にするのです。水は窓を越えて実験室のものを利用します。実験台の流しを炊事の流しにしているので、あまりにしょっちゅう窓を跳び越えた結果、窓のシキイが足の垢でまっくろになっていました。三角ビーカーでは酒の量が足りないので、のちには工業用塩酸の巨大な空ビンを利用して砂糖で酒を造りました。

たくさん飲むと頭が痛くなり、それがフーゼル油（高級アルコール類の混合物）によるものであることを、彼はパーセンテージを示して説明したものです。

夏のある日、そのようにして泥酔し、そのゴミ溜め的個室に泊ったことがありますが、小さい蚊帳を吊って眠ったあと、ひどい目にあいました。蚊帳の外よりも、中の方が蚊が多いのです。あんまりかゆいので、夜中に起きて懐中電灯で照らしてみると、この蚊帳は穴だらけで、まるで蚊柱がそっくり突入したかのように、蚊帳の中に蚊の大群が群舞していました。これでは蚊帳がある方が損だというので、二人で蚊帳をまるめてその大群をつぶし、新聞紙を室内で焚いてイブしました。優秀な蚊取り線香など、まだないころです。新聞紙では、こっちが逃げだしたいほど煙を出さないと、蚊も逃げださないらしい。私はすっかり降参して、以後ここに夏泊ることは避けたけれど、考えてみると彼はあの蚊帳で毎晩寝ていたわけなのですから、いったいどうなっていたんだろうと思います。

ここに泊ったある朝、すでに長年つきあって彼を知っているはずの私が、改めておどろき、まだこの男を知ってはいなかったのだと考えさせられた事件がありました。事件というほどでもない些細なことですが、彼が実験室の窓を跳び越えて、実験台の流しで顔を洗い、歯をみがいているのを、私はなすこともなく眺めていたのです。洗い終わって、ホウロウびきのコップに歯ブラシを入れて戻ってきたとき、何気なくその歯ブラシに目をやって、私は刮目《かつもく》しました。歯ブラシの毛が、わずか二、三本しかない。普通、あれは何本ぐらいありますか。最近のプラスチックではなくて動物の毛の場合、毛穴が四列くらい並んでいて、ひとつの毛穴に一〇本以上あるから、まあ何百本という単位でしょう。それが、ただひとつの毛穴にスイスイと残った二、三本の毛。あとの毛穴は全部根元から毛がなくなっている。ノッペラボウみたいな歯ブラシです。二、三本の毛で歯がみがけると思いますか。「これ、いったい[4]何に使うの？」というと、彼はごく普通の表情で「歯をみがくのさ」と答えた。彼には確かにイキレるところもあって、それはもちろんすぐにわかるのですが、この丸坊主歯ブラシは、イキレるのとは違っていました。彼にはやっぱり想像を絶した茫洋《ぼうよう》たる一面があるのです。

このゴミ溜め的一室で彼を通じて知合った人々の中に、「梁さん」という韓国人がいました。農大の山岳部員でもあります。その日本語にいくらか韓国なまりがあって、生まれたときから日本で育ったのではないことだけは事実です。留学生だったと思います。曾我君と計三人で五月の富士山にも登りました。延々たる富士の裾野を歩きながら、私たちは主として山のことを話しました。実をいうと、私が外国人と親しく接するのは、この梁さんが初めての経験だったのです。小学校にもはいらぬ幼児のころ、父につれられて名古屋見物に行ってきたのを唯一の例外として、高校を出るまで信州から外へほとんど出たこともなかった私には、いわば「外国人体験」とはそんなものでした。飯田市の知久町にドイツ人のお茶屋さんがいたけれど、敗戦前に私が見た西洋人といえば、この人だけだったと思います。もちろん話したことなどありません。韓国人や朝鮮人というと、それまでの私の自由連想では、まず「土方」、つまり土木労務者が結びつきました。朝鮮人強制連行といった背景など、当時の私は知るよしもありませんでしたが、信州の山奥にも発電所建設工事などで朝鮮人労働者がはいって（あるいは連れられて）来ていました。日本中でそうだったように、そこにはすでに差別的偏見の言辞がささやかれていましたから、梁さんと初めて接したときの私の感情が、たとえばスイス人なりイニュイ（エスキモー）なりと初めて接する場合とは、もはや違っていただろうことは否めません。何も知らない子ども、あるいはおとなでも知らなければ同様ですが、偏見というものはイノセントな子どもにはあり得ず、必ず周囲から教えこまれ、植つけられた結果によるものであります。珍しがることと、偏見とは全く意味が違う。

曾我君が非常に偉かったと思うのは、梁さんを私に紹介し、さらに親しくなっていった過程で、およそ差別的態度を一切示さなかったことです。日本の知識人などにありがちな、卑屈なまでに朝鮮人に恥じ入って、むしろ逆差別のような結果になることなども無論なく、要するにすべての言動が、一個の友人としての、人間対人間の原則に貫かれていた。実は私は、妹に重度の身体障害者（ＣＰ）があったためか、偏見的言動に対しては幼時からかなり敏感です。姿態が尋常でないということだけのために妹に示された侮辱に対する怒りは、子どものころのことでも決して忘れられません。過剰な親切が偏見の裏返しであることなどは、多少ともこうした体験を持つ者なら直ちに気づくでしょう。曾我君が一般日本人の朝鮮人に対する偏見を知らぬはずはありません。それがあのように最も望ましい態度で終始できるということは、なにか彼の中に偏見を憎む原体験の如きものがあるのではないかとさえ思わせます。私の妹に接するときの彼、曾我夫人によれば「思いやりのある人間になれ」といつも子どもに説いていたという彼、人間の虐待には平然としていてイヌの虐待には大騒ぎする種類の似《え》而非《せ》ヒューマニストを徹底的に軽蔑する彼、そういった彼の中には、確かにそのような何かが潜んでいました。何が潜んでいたのか、あるいは彼自身気付かぬフロイト的なものかもしれませんが、こんなことも彼に生前きいておきたかったことのひとつです。

梁さんとはその後もよく会い、曾我君の部屋で自製の酒とともに徹夜もしました。曾我君が卒業して帰郷してから、梁さんが彼の製糸工場へアルバイトに来ていたこともあります。梁さんも心底から曾我君が好きで、韓国に帰ってからも音信があったようですが、ついこの二、三年以内に梁さんのことが話題になったとき、曾我君は「居所不明で近況がわからなくなった」というようなことを言っていました。朝鮮半島の二分された不幸な国情に遠因することかもしれません。梁さんとともに五合目付近の小屋へ一泊し、あくる日登頂した雪の富士。これが私の最初の富士登山でした。考えてみると、二度目の富士はアメリカ人とともに一一月、三度目はソ連人（グルジア人）とともにまた五月、というように、富士山は常に一般登山者のいない雪のある季節で、常に外国人と登っているのも、この山の性格を示しているようです。富士はまた、亡父が登ったことのある唯一の高山でもあるので、私にとっては懐かしい山であります。下山して再び長い裾野を富士吉田の駅まで延々と歩きながら、曾我君は大きな声で『蒙古放浪』という歌をうたいつづけました。

大学卒業と同時にいったん帰省したころの曾我君が、家業と自分の野心とのジレンマに深く悩んでいたことは知っていましたが、ひとつには彼が友人には常に朗らかな顔をみせていることと、もうひとつは私自身それに悩みつつも、とにかく初志を貫いて京都へ行く準備に没頭したせいもあり、彼の悩みは、そのままの深さでは私のところまで伝わっていなかったように思われます。厳父の志を入れて製糸工場を引受けることを決定的にしたのがいつだったかも、はっきり覚えていません。むしろ私の側が彼におんぶすることがよくありました。その最も著しい例は、私が持っていたヨーデルのレコードを買ってもらったことです。京都へ行った私は、まさかと思っていた父を愕然《がくぜん》とさせ、従って学費を父に出させることにひどく引け目を感じたので、アルバイトで生活しようとしました。しかしせっかく好きな分野の勉強や登山・探検に全力をうちこめるときになって、アルバイトで時間をつぶしたくないと思う心も働き、家庭教師などずいぶん自分の都合で休講したため、相手の高校生はめいわくしたことでしょう。財政はかなり底をつき、安い下宿を求めて転々としました。そうしたときに、竹の子生活のひとつとして、たいした量でもないヨーデルのレコードを曾我君に買ってもらったのです。彼もヨーデルは好きで、よく奇声をはりあげていた方ですから、もちろん捨て金ということはなかったかもしれませんが、すすんでレコードを買おうとするほどの熱はなかったに違いありません。彼がふたつ返事で買いとってくれたとき、それまでの「親友」という感覚に、「恩人」という感覚が加わったことは確かです。あのように困り果てていたときに力になってくれる友の有難さは、知る人ぞ知る。この男のためなら何でもやろうという気持ちにならない方が不思議というものです。今にして思えば、彼も決して当時財政ゆたかなどという状態ではなかったようです。まもなく私がヒマラヤ行きを実現したとき、彼が中心になって募金運動をしてくれたことは、この文集の前編のなかにも書かれている通りであります。こうして書いていると、彼の急死を知らされたときと同じように、また改めて彼の死が口惜しく、腹が立って仕方がありません。親不幸な息子が、ようやく少し親孝行をしてやろうという気になったとき、親に死なれた気持ちに通ずる面もある。

親不幸といえば、私もついに決定的な親不幸の結果、父の志を完璧に蹴とばして新聞記者になってしまいました。いよいよ息子が帰郷して薬局を開いてくれると思いこみ、家を増築して薬局や地下室までも造ったところだったので、父は激怒と落胆のあまり寝込んでしまった。老いた両親と身体障害者の妹を残したまま家をとびだすような就職をしたわけですから、親類はもちろん、曾我君にもよく相談にのってもらったものです。彼は私の家へやって来て父をはげましてもくれました。

そのころ、彼はまた彼で、私に相談したことがありました。今の夫人との結婚話です。私は当時もちろん夫人と一面識もありませんでしたが、それが私の中学・高校の同級生・木下修二郎君の妹であることを知って驚きました。そして彼の語り終わらぬうちに言ったものです――「そいつはいいぞ!」と。というのは、木下君の秀才ぶりと、それ以上にすばらしい人柄については良く知っており、あの妹なら悪いはずはないと確信できたからです。実際、いつもニコニコして微笑の絶えなかった木下君は、とくに数学などについて私などから見ると秀才どころか天才に思われたものです。数学の先生なんぞナンセンスな存在でした。

結婚式当日は、勤務の関係でどうしても帰省できず、出席できませんでしたが、年に最低三、四回は必ず帰省する私にとっては、帰省は即ち曾我君と会うことを意味していたのですから、なにも「式」に参列するためにのみ出席して新婚旅行で逃げられるよりも、あとでゆっくり話すことの方が重要でした。実際、就職して最初の私の任地が北海道だったにもかかわらず、休暇といえばなんとか無理して帰省していたのは、親の意思を踏みにじって飛びだしたことに対する償いの気持ちが第一だったわけで、たとえば恋人に逢いたいというような意味で親に心から会いたいと思って帰るはずはなく、一種の義務感によるところが大きかったと思います。むしろ心から会いたいと思ったのは曾我君でしたから、伊那谷の大島村に帰省しながら飯田へ出かけて曾我君を訪ねなかったことは、ひとつの例外とてもありません。切石の駅でおりては、近道して松川にかかる線路の鉄橋を渡り、土手を下って曾我製糸に行く。電車の鉄橋を渡る前に、駅の近くの辻の店で酒を一本買ってさげてゆくのが慣例でした。あまり何回もあの鉄橋を渡ったので、鉄橋の変遷を私はよく見ています。最初のうちは「通行を禁ず」という立札があり、歩行者のための設備など一切ありませんから、線路の中央を橋ゲタぞいに跳び歩いて行きました。途中で電車が来ると、逃げ場が一、二カ所しかありませんから、渡る前によく注意しなければいけません。まもなく中央に幅三〇センチほどの板が敷かれ、ゲタで歩いてもあまり不安がなくなりました。やがて国鉄は何と思ったか、鉄橋の西側に幅一メートル以上もの張出しをつけ、堂々たる舗道を作りました。通行禁止の立札も見当りませんが、かといって「道」ができたわけではなく、鉄橋の前後はそれまでと全く同じようなただの線路です。とにかくこれで、電車が途中で来ても困らなくなりました。

訪ねるとつい夜ふけまで話しこんでしまうので、終電に遅れてしまうことはしょっちゅうです。私が就職早々で安月給のころはタクシー代も大変だったので、彼がオートバイで大島まで送ってくれたこともありました。彼の所有車がオートバイから自動車（ブルーバード）に変るころ、私は北海道から東京へ転任になり、また、私にも曾我君の長女と同学年の長男がいたので、少し長い休暇には家族ぐるみ帰省して、こんどは彼の自動車をレンタカーみたいに借りだし、母や妹も乗せて里山《さとやま》へ遊びに出たこともあります。

一九六三年の晩秋、私が「カナダ＝エスキモー」や西欧での仕事が終わって帰省したとき、曾我君は東南アジアに出かけるというので、たいへん張切っていました。飯田山岳会のヒマラヤ登山のとき家の事情で涙をのんだ彼にとって、これはまさしく生まれて初めての海外旅行です。出発のため一一月一日午後二時一五分飯田発新宿ゆきに乗った急行列車「赤石号」に、私も大島から乗って東京に帰りました。このとき私は次男が生まれてまもないころだったので、三歳半の長男だけつれて曾我君と同じ席にいましたが、しばらく私が居眠りして起きたとき、曾我君の「この坊はよく食うなあ」という声を耳にしました。実家で持たせてくれた大福モチの包みを開いて窓ぎわに置いたのですが、それを曾我君は二つ三つ食べただけなのに、この三歳半の子どもは十以上食べちゃったといいます。しかしそういう曾我君も相当なもので、彼と私との共通点は、決して「常に大食」ということではなく、同一種類のものを一挙にたくさん食べるという点だと思うのです。けちけちと少しずつ色々食うのはつまらない。同じものをウンと食べると、本当にうまいと思う。北海道を放浪したとき、タダの牛乳を飲めるある牧場で、二人あわせて二升七合飲んだことがあります。歩くとしばらくの間胃袋で音がしていましたが、このときは彼より私のほうがわずかに多く飲んでいたでしょう。しかしいつだったか、新宿から二人で一緒に正月帰省したとき、おみやげに買ったつもりのミカン一箱を、辰野までにひとつ残らず食べてしまったことがあり、そのときは彼の方が明らかに大量に食ったはずです。東京では、彼の初の海外旅行を祝して、在京の山仲間で一夜飲みました。なんだか飲んだような話が多いけれど、彼は酒については決していぎたないことがなく、また大酒飲みでもありませんでした。時間をかけても、五合を越えることは少なかったと思います。

ニューギニアの探検が終わったころから、私の方も仕事を通じてかなり人生観・世界観といったものに変化をきたしていましたが、曾我君もまた私の知らぬ禅の世界で急速に思考を深めていました。今宿願のベトナム戦争取材出発が決まったとき、私は特別な想いを抱いて帰省し、彼に会いました。今度の仕事には、ジャーナリスト的生命と肉体的生命との双方を賭ける。長期間にわたって危険な計画を実行する。万一ということは覚悟をしている。どれほど危険な計画かは、親や家族はもちろん、会社の上司にも詳細は話してない。もし再び故郷の土を踏むことのないような結果になったときは、私自身の肉体は野となれ山となれだが、家族のこと、何かと宜しくお願いしたい。……と、いわばまあ遺書に当るような内容の話をして、乾杯しました。実際の遺書――といっても、私がいなくなると困るであろう事務的な問題にすぎませんが――は、サイゴンの下宿に残しておきましたけれど、実質的には曾我君に頼んでおきました。曾我君という人は、こうした人生の重大事を安心して頼める人でした。とくに兄弟のない私のような立場の者には、福祉政策の未発達な日本で、こうしたことが特に大きな意味を持ってくるのも当然と存じます。夫人によると、あのとき彼は帰宅して「ウーン、本多が大変だ」と夫人にも深刻に語ったそうです。まさか、その立場が逆になるなど、どうして想い及び得ましょうか。仮りに私が南ベトナムの解放区で米軍機に殺されていたとしても、それは覚悟の上のことであり、私の霊（?）も浮かばれると、まあいえばいえないこともありますまいが、曾我君のように、今までの積み重ねがこれから本当に生きて来ようというときに死んだのでは、当人としても残念でたまらないでしょう。禅の境地を会得していた彼であれば、あるいは彼の師としての故・渡辺衛先生(5)も常に言っていたように、いつの瞬間をとっても死の用意ができていたのかもしれませんが。

さいわい南ベトナムでの長期取材も無事に終わって、帰国するとまもなくまた帰省しました。曾我君はすでに斜陽化した生糸業に見切りをつけ、工場は全部「貸し工場」とし、彼自身は地元の証券会社に勤務していました。従って彼との話題の中に、株式のこともときどきはいってきます。資本主義経済の機構を最も直接的に反映する株の世界の裏話に私は興味を覚え、またバクチとしても面白いと思いました。バクチというものは大きいほど面白いものですから、パチンコやマージャンには興味がないけれど、一挙に何倍も（しかも合法的に）もうかる可能性のある株は、自分で調べたりする繁雑さがなければ、面白いかもしれない。イギリスがポンド切下げに踏切ったのは、そのころです。それまでジリジリと下げていた株価は、一挙に戦後最大の暴落を演じ、いわゆるポンド・ショックとなりました。さて、日本経済はいったいどうなるのか。朝日新聞経済部のある友人は、いくぶんのハッタリも含めて、もうおしまいだ、札タバなんか紙キレになる日も近いようなことを言いました。それは面白い。どうせ紙キレになるものなら、ハシタ金を銀行や郵便貯金に入れておいてインフレでどんどん損する馬鹿をみるよりも、このバクチをちょっと実験してみてやろう。このころ勤務先の朝日新聞社から本の印税がはいり始めていたので、それで実験したわけです。（それまで『カナダ＝エスキモー』などがベストセラーになっても印税は出なかったため、ベトナム戦争に行くにさいして「死んだら遺族が困る」と会社に交渉した結果、それ以後の分から出るようになっていました。）住宅購入などで会社の厚生部や金融公庫からかなり借金がありましたが、このインフレ経済では返すのも損ですから、これはそのままです。

ところが、日本経済は一向にだめにならず、エコノミック・アニマルぶりをますます発揮して、株価はにわかに上昇しはじめました。私は株の勉強も調査も一切しませんでしたが、曾我君の指示通りにまかせておきますと、二年余りの間にほぼ十倍近くなりました。もとがハシタ金ですから、結果も大したことはないとはいえ、どうも薄気味悪いので、もうけた金の大半はある平和運動につぎこんでしまいましたが、この経過で私が骨身にしみたのは、利潤分配の不公平さ、税制がいかに金持ち有利に出来ているかといった、いわば「金持ち天国」の様相です。金持ち天国とは、つまり「庶民地獄」ということであって、一挙に何十倍何百倍と儲かっても、税金は一定パーセント以上かからない仕組みになっている。元がハシタ金でなくて、千万、億の単位であれば、もうけもまた大変なものですが、税務署からは手も足も出ないのです。税制が問題にされるたびに新聞でも指摘されていることですが、たとえば仮りに年収五〇〇万円の人を比べた場合、私などのように、これが月給や原稿料など、働いて得た金である場合は、所得税と住民税だけで百数十万円もの税金を強奪されます。ところが、もし同じ五〇〇万円が株の売買や利子や配当など、要するに寝ていて儲けた結果だとすると、税金など問題とするに及ばないのです。アメリカで「金を使いきれない」といって手当り次第の人にまいて歩いた男がいますが、金は多くなるにつれて利潤が利潤を生み、こうした「合法的脱税制度」で保護されていますから、ロックフェラーだのフォードだののように、財団を作って研究費でもバラまかなければ使いきれなくなるのは当然です。しかしこうした財閥も、たとえば自国内の黒人やプエルトリコ人を始めとする膨大《ぼうだい》な貧困者層に対して大金を投げだすことは、絶対にいたしません。せいぜい「慈善事業」という名の偽善事業に手を貸して良心の呵責《かしゃく》を慰めるていどであります。

一九六九年、つまり曾我君の帰寂《きじゃく》（死亡）した年の正月、北ベトナムから帰った直後に、私は例によって彼の家を訪ねました。あの客間の障子を彼が「ハイどうぞ」と開いたとたん、そこにズラリと並んでいた五人の彼の娘。その列がいっせいに「おめでとうございます」といってタタミに手をつきました。美しい和服に着かざって、年齢順に並んだ五人の、愛らしい笑顔。壮観です。いいなあ。兄弟の少なかった私は、ベトナムでは一〇人も子どもを生んでいる家庭が珍しくないのをみて、大いに羨ましく思いました。アメリカの黒人の家庭には、一八人兄弟などというのも目につきます。しかも兄弟の多い子どもたちは、一般に性質のいい例が多い。五人の娘に注がれる曾我君の眼は、本当に幸福感に溢れていました。いいお父さんで、しあわせな子どもたちだ。私にはそれほど言わなかったけれど、夫人によると「男の子が生まれたら松川の川原から花火をあげよう」と言っていたそうですから、やはり男の子も欲しかったのでしょう。

その後、春休み中の子どもをつれてまた帰省していた私は、四月にはいって早々、曾我君を含めたある会合のため飯田に行きました。伊那谷の伝統的な食物について、協力して本を出そうという相談です。いまや有名になった伊那谷のイカモノ、つまりゴトウムシやザザムシに代表される昆虫や山菜などについて、その採取方法から食べ方までをくわしく紹介しようという計画でした。こうした食物に現れている「庶民の智恵」も、農村社会の急速な崩壊とともに次第に伊那谷から消え去ろうとしているので、時期的にも良い企画です。曾我君はマユ集めで山村深く出歩いたときの経験から、こうした方面でもかなりの資料提供者を知っていました。一応の下相談を終わって一パイやりましたが、そのとき曾我君と約束したのは、アメリカで行動をともにする計画でした。私は主として黒人問題を取材のため、まもなく渡米することになっていましたが、曾我君もアメリカ資本主義を見聞のため、この夏旅行することが決まっていたのです。現地で二人の都合をなんとか合わせて、あの、思えば一八年前になる北海道漫遊の、こんどはアメリカ版をやってやろうという魂胆《こんたん》です。

酔いがまわるうちにさらに話題になったのは、養命酒の精力剤としての効能についてでした。マムシの成分のパーセンテージが低いであろうことにはだれも異論がなく、結局は自分で造ったマムシ酒に勝るものはないということになりました。しかし自製のマムシ酒にしても、そんなに有効なものかどうかは疑問で、多分に暗示的なものではないかと市瀬泰久君がいうと、曾我君は大反対し、その効果は歴然たるものがあると主張します。――「うそだと思ったら実際飲んでみろよ。三、四時間もするとたまらんようになるで」。

私はどちらも確信がないので、一度ためしてみようと言いました。あれはもう午前零時をすぎていたと思いますが、散会後曾我君は私を自宅につれて行き、マムシのはいったショウチュウの一升ビンを何本も出してみせました。まず造り方の講義。マムシをとったら、生きたまま一升ビンに一匹ずつ入れて放置する。もちろん呼吸ができるように配慮した栓をしておかなければならない。一カ月前後おくと、マムシは糞をして腹の中に不消化の汚いものがなくなる。もう一個の一升ビンを用意して、マムシを口うつしに新しいビンに移し、ショウチュウを注ぎ込む。マムシは苦しんで七転八倒ののち悶死するが、苦しむ度合いが強いほど効能もあらたかだとされている。こうして一年ほど放置すれば、成分が抽出されてきて、でき上がる。飲むときは、まずコップに卵の黄身だけ三個ぶん入れ、その上にマムシ酒を注ぐ。最後にマムシの生臭い強烈な匂いを消すために、梅酒をサカズキ一杯ほど加えて攪拌《かくはん》する。曾我君はそれを実演しながら、自分の分と私の分と、コップ二杯つくりました。「さあ大変だぞ」といって、微笑しながら見ていた夫人をいたずらっぽくふり返った彼の表情。私の記憶の中にある彼のさまざまな表情の中で、これが最後のものとなりました。梅酒を加えても、マムシの匂いはまだかなり残っています。それを一息に飲んでからタクシーを呼び、曾我君と別れました。それは「別れを告げる」というようなものではもちろんなく、どうせアメリカへ行く前にはまた一度帰省するつもりだったし、いつもそうであるように、ただ単に別れてタクシーのドアをしめただけです。

それから二〇日余りして曾我君が急逝するまでに、私は電話で二、三回彼と話しています。最後のそれは、彼の死の一週間たらず前でした。ちょっと事務的な用件のあと、彼は「そいじゃあ、またな」と言って電話を切った。そいじゃあ、またな。……花発多風雨人生足別離（花に嵐のたとえもあるぞ。さよならだけが人生だ）という井伏鱒二の好きな于《う》武陵《ぶりょう》の詩がありますが、曾我君が死んでからは、だれと別れるときも、この「そいじゃあ、またな」が永遠の別れになるかもしれないと思うようになりました。

こうしたことは、理屈としては自明であり、当然きわまる話ですが、たいていの現象の「理解」がそうであるように、その自明の理屈が真に自己の問題として迫ってくるためには、多くの人は体験を必要とするようであります。ベトナム戦争や黒人問題を取材したとき深く考えさせられたことのひとつは、私がいかに精魂を傾けてルポルタージュを書いたとしても、あのベトナム人や黒人たちの激しい怒り、被侵略者・被抑圧者の怒り、それがいかに当然の怒りかを知った私自身の彼らの敵に対する怒り、そうしたものは、ついに一般的日本人には伝え得ないのではないかという疑問でした。ベトナムと同じようにB52で何年間も無差別爆撃をされ、ソンミ事件のような虐殺を、日本人もされてみないと、また黒人のように、黄色いサルとしての日本人も徹底的に差別されてみないと、結局はだめなのではないか。そう思いたくない気持ちが一方では強いにもかかわらず、自らの無力を知れば知るほど、こんな暗い気持ちに襲われます。

友達と「そいじゃあ、またな」と別れるとき、家族に「行ってくるよ」と朝別れるとき、ひどく虚無的になる瞬間が多くなったのは、明らかに曾我君の死以後であり、その七カ月後に死んだ父の死によって一層これは助長されたようです。曾我君と同様に、やはり全く突然の死だった父の場合は、その五日前に父と別れるとき、そいじゃあ、またな、とも何とも言葉さえかわさなかった。振返りもしませんでした。ただ振返らなかったな、という意識はあります。どうせ一カ月たらずでまた年末に帰省して逢えるんだ。そう思ってこの小さな呵責を打ち消しました。曾我君と別れたときと同じように、ただ単に別れてタクシーのドアを閉めただけです。いつかは自分もまた、あのように消えるのだ。明日かもしれないし、一〇年後かもしれない。これまでに見たたくさんの映画の中で、最も強い影響を受けたものを、もし一本だけ挙げよ、という乱暴な質問を受けたら、私は学生時代に見た黒澤明の『生きる』だと答えるでしょうが、あのとき受けた感銘を、曾我君の死は、なぜか改めて生々しく思い起こさせました。そしてあの渡辺衛先生が、曾我君の死の一四年前に、ある山仲間の追悼登山の帰途、私の家に寄ったとき語った次のような言葉も、やはり改めて鮮烈に思い起こしたのです。――

「いつ、どのような瞬間に死を迎えても、常にその人にとってそれが最高のとき、つまり死の用意が出来ているということはだね、こういうことなんだ。われわれは神様じゃないんだから、やることがすべて正しいなどということはあり得ない。われわれにとっては、やった仕事の量や正否は、最後的なものではない。ただ、それまで正しいと思って進んでいた道が、まちがいであったと知ったときには、いつでもやめて道を進みなおすことだ。過去の仕事の量が蓄積されたとき、それをやりなおすということとは勇気のいることにはちがいない。しかし、新しい道を進んで、その距離がたとい古い道より短くても、その人は常に最善の時にあるといえる。その人はどの瞬間をとってみても、死の用意ができている。方法としての道は変わっても、人間としての道は一貫しているのだ。」

四月三〇日に行なわれた曾我君の葬式に出るため、その前夜に帰省したとき、私の父は彼の死に本当に衝撃をうけたと、何度も語りました。「今から考えてみると、ありゃあ虫がしらせたっちゅうもんかもしれんなあ」といって父が話したところによりますと、死の一〇日ほど前に、大島村の私の家に寄ったそうです。あのマムシ酒の件で彼の家へ私が行ったとき、コウモリ傘を誤って彼のと私のとを交換して持ち帰ったのですが、彼は車でそれを戻しに来ながら、ゆっくり話していったのです。夕方五時ごろ来て、夕食をすませて午後一〇時ごろまでいたそうで、こんなに長くいてくれたことは初めてだぞと、父母は喜んでいました。話の内容は、山のこと、学生時代のこと、製糸業を片付けて貸し工場にし、あと世話のないようにしたことなど、いわば一代記だったそうな。そのときポケットから出して父母にみせたのが、五人の娘の写真でした。お正月、私が訪ねたとき並んでおじぎした順序と同じです。三月のヒナ祭りの記念写真。「まるでお別れに来たようなもんだったなあ」と、それからまもなく曾我君のあとを追うようになるのも知らず、父は嘆息していました。

中学時代に知合ってから二十余年間の曾我君との交友は、彼の死によってこのように絶たれました。同じ年内にあった曾我君の死と父の死を比べると、もちろん次元の違う種類の死を比べても意味はないけれど、こういうことだけはいえると思うのです。即ち、父の死は、肉親の死というカテゴリーに属する死として最も典型的なものであって、親不幸を重ねてきた子が一般的に抱くであろう強い悲しみの感情を覚えさせた。しかし曾我君の死に比べると、何といっても老人の死であり、子より親が先に死ぬのは「順序」であり、当時の平均寿命よりも長く生きた人の「大往生」である。種子を播き、成長しきって枯れた樹なのだ。いかにしっかりしていたとはいえ、究極的には「息子の抜けガラ」的存在であり、残された私はもはや決して「孤児」ではない。ところが曾我君の死は、母親よりも早い「逆順」であり、私たち友人としては、彼は今後こそ一層頼りにできる男であり、何よりも五人の幼児の若い父である。親友の立場からすれば、父の死のような純粋に惻隠《そくいん》の情だけが強い場合と違って、生々しい口惜しさ、共に生きる喜びを分かちあえなくなった孤独を、曠野に旅して大声で叫びたいほどに覚えます。

そして、ひとたび冷静に返って想うとき、曾我という男は、なぜかくも魅力的で、彼の何が私に対して深く影響したのだろうかと、彼の生前には思いもつかなかった自問をしてみるのです。曾我君は、決していわゆるガクのある人ではなかった。知識ばかりあって、むやみに漢語やヨーロッパ語や人名を並べても、ちっとも影響力を持たないインテリがいます。自分がいかに勉強したかを宣伝している種類の人間。教養ある俗物。曾我君はこの種のインテリ馬鹿をあからさまに軽蔑していました。

いったい影響力とは何でしょうか。曾我君が私たちに与えたそれは、明らかにガクによるものではありません。かといって、教祖的な弁術に長じていたわけでも全くない。文章だってうまいとも思わない。何か専門分野で日本一だとかいったこともない。そういった分析を拒否するものがあります。一人の人間が発する全的な影響力。「説」によらず、彼そのものが与える力とでも申しましょうか。名の知られている人で私の身近な例をあげますと、今西錦司氏などは曾我君の場合に近いものを感じます。もちろん今西氏は「説」もあれば非凡な経歴もある。しかし私が今西先生に影響されたのは、決して彼の「説」の部分ではありませんでした。彼の自宅や教室で、あるいはイワナ釣りに同行して、共に語り、議論するうちに、その全人間から影響されたのです。外国の例でいえば、ホー＝チ＝ミンもまた、その著作や経歴以上に、彼の人間そのものが強力な影響力を発散していた例だろうと思うのです。

ベトナムの解放区滞在を最後に、南ベトナムでの仕事をひとまず終わって帰国するとき、夜間飛行の窓からはるかに日本の灯を見おろしながら、こんなふうに考えたことがありました。――人生の定義は古来たくさんあるし、それはみんなそれぞれ真理を含んでいるのだろうけれど、もうひとつ「人生とは人間関係である」ということも可能ではないか。したがって幸福の定義もまた古来たくさんあるけれど、もうひとつ「幸福とは、広い意味での人間関係がうまくいっていること」とすることもできる、と。人間の死が、当人よりもむしろその周辺に不幸をもたらすのは、それによって人間関係が絶たれるからでしょう。曾我君は、私にとってさまざまな人間関係の中でも最も太い絆のひとつで繋がれていました。実際それは意外なところにまで及んでいて、たとえば重度身障者の私の妹は、この三月一三日に同じCPの男性と結婚式を挙げましたが、あの重い身障者の妹が、まさか結婚できようとは、両親はもちろん、私も全く思いもよらぬことでした。それを可能にしたのは、直接的には身障者問題に熱意のある多くの方々の力ですが、しかし一番最初、一〇年以上も前に、このことを切り出したのは曾我君だったのです。そのときは両親も私も「まさか」とびっくりしただけですが、彼は真剣であり、以来このことが私たちの意識の中にはいりこんだ点は大きな意味を持っていたに違いありません。

そのような曾我君。もちろん過大に評価しすぎては誤りでしょう。こうした人物は、それぞれの地方、どこかの町にも、きっといるでしょう。しかし私にとっては、そうした未知の人物ではなしに、曾我君こそが重要でした。「説」によって力を与えるのではない曾我君は、もはや想い出のなかの君でしか力を与えられなくなってしまったのです。君の死と同時に、私の中に生きていた青春も死んだような気さえする。

しかし我儘は言いますまい。曾我君がいなくなったとしたら、わが青春は非常にわびしいものだったでしょう。そう思うと、突然死んでしまった君には、やはり深い感謝をささげて、この書き出せなかった追悼文を終えるべきだと考えます。

曾我君、ほんとうにありがとう。

（曾我富士男遺稿追悼文集刊行委員会編『帰寂』）

〈注〉

（1）**この文集**　曾我富士男遺稿追悼文集刊行委員会（長野県飯田市本町四市瀬泰久方）編による単行本『帰寂』を指す。菊判二段組約五〇〇ページ。

（2）**北海道放浪記**　月刊『スキージャーナル』（一九七九年）に連載され、現在は『旅立ちの記』（朝日新聞社）の第九章として収録されている。

（3）**南駒ケ岳登山**　『山と渓谷』（一九七〇〜七一年）に連載され、現在は前記『旅立ちの記』に第二章として収録。

（4）**イキレる**　「お調子に乗る」といった意味に近い伊那谷のことば。

（5）**渡辺衛先生**　本書六〜一一頁参照。

曾我富士男（そが・ふじお＝一九三〇〜一九六九）曾我常三郎の次男として信州・飯田市に生まれた。旧制飯田中学、新制飯田高校を経て東京農大を卒業後ふるさとに帰り、家業の製糸工場を継いだが、蚕糸業界の衰退とともに閉鎖した。飯田証券に勤めつつ社会人としてはたらくにつれ、その人柄は周囲の大きな信頼を得ていたが、一九六九年四月二七日夜、突然の蜘蛛膜下出血のため三八歳で他界した。

本多勝策

——父の通夜

一

父が風呂場で歌わなくなったのはいつごろからなのか、記憶がはっきりしない。私のからだに石鹸の泡をつけながら、民謡や軍歌をうたっている父の声や仕種《しぐさ》ははっきり思いだせるのだけれども、それが小学校の何年生のころだったか、あるいはまだ小学校へはいる前のことだったか、よくわからない。私と一緒のときに限らず、妹を湯に入れながら歌っている声も、五～六間離れた座敷まで聞こえてきた。二人の妹たちがまだ歩けない赤ん坊の頃は、湯浴《ゆあ》みが終わると「やあやあ」と呼び、母が黄色い裏声で「ほーい」と答えて、タオルを広げながら赤ん坊を受けとりに走っていった。井戸端と風呂場と物置を兼ねたこの別棟まで、やや前こごみに庭を走る母の下駄の音。

炬燵《こたつ》にあたりながら、店の客足も遠のいた夜、古いバイオリンを父が弾いたのもあのころだと思う。歌わなくなったのと、バイオリンを弾かなくなったのと、たぶん同時ではなかろうか。そういえばこわれかけた横笛もあったはずだ。父のバイオリンも横笛も、今おもえば素人以下のしろものだが、古い流行歌の、少なくともメロディーを追うことはできた。いろいろ考えあわせてみると、たぶんあれは、下の妹の晃子《あきこ》が疫痢で死んでからではないか。あのときから、父は風呂場でも歌わなくなり、バイオリンも二階の物置にしまいこんだままになったような気がする。

あれは私が小学校三年のときだった。八月のお盆をすぎてまもない夏の日、満二歳の晃子は発熱し、下痢をはじめた。近くの家の、晃子より一～二歳年長の女児が疫痢になって、ほとんど絶望状態に陥りながら助かったばかりでもあり、晃子も疫痢ではないかと、父母はすぐに気付いた。助かったその女児を看た近所の医者にみせると、やはり疫痢だと診断された。だが、当時の最善の処置とは何だったのだろうか。のちのちまでも、いや、生涯の終わりまで怒りと恨みをこめて父が慨嘆しつづけたその「馬鹿医者の殺人療法」によれば、たとえばヒマシ油は厳禁され、水を与えてはならず、あまりに欲しがったら唇をぬらすていどにせよ、と命ぜられた。激しい下痢によって水分が失われる幼児の身体に水を禁ずるということは、確かに今考えても「馬鹿医者の殺人療法」ではないだろうか。私の家のなじみはこれとは別の医者だったが、ついこの「馬鹿医者」のところへ走ったのは、あの絶望状態だった近くの女児が助かったのを見たからである。あの女児も「殺人療法」で助かったのだろうか。それとも「療法」と無関係の生命力だったのだろうか。

晃子は異常なまでに水を欲しがった。二歳の幼児に、病気が悪くならないために水を飲んではいけないことを、母は何度も繰返して説得しなければならなかった。晃子は水をねだるとき、無心するように「おブウをなん、なん、お母ちゃ」といった。その口調を、その後何年たっても、真似るたびに母は涙ぐんだ。晃子の寝ていた座敷の様子は、今もはっきり覚えている。病人の目から夏の強いあかりをさえぎるために、裏庭に面した広いガラス戸には幕が引かれ、薄暗い八畳間の中央に晃子のふとんは敷いてあった。もとは白かったであろう栗色に日やけした幕。天井からひもで吊《つ》られた水袋が、晃子の小さな額にのせられている。あのころ箪笥《たんす》は北東の隅にあって、その上に吸口のついた病人用のガラスの湯のみが置かれていた。湯ざましの水だったか、あるいは病気のときよく作られた梅漬けの水をうすめたものだったか忘れたけれど、晃子が「あまりに欲しがった」とき「唇をぬらすていど」に与えるべく用意されたものだった。自分の手のとどかぬこの場所に水があることを晃子は知っていて、座敷にだれかがはいると、その方を見ては「おブウ」といった。あるとき私が「唇をぬらすていど」と思って、「うん、おブウやるに」と答えながら、箪笥の上のその湯のみに手をかけると、晃子は寝たまま両手をさし出し、ぐったりしていたそれまでの表情をにわかに変え、眼を輝かせ、全力をつくして水を受けとろうとした。だが、吸口を晃子の口にふくませる寸前に母がみつけて「やっちゃだめ！」と私を叱った。さし出した両手をおろして、失望し、あきらめた晃子の、黙って私を見つめる顔。死のせまっていた二歳の幼児は、あのとき何を想っていたのだろうか。

晃子が発病して三日前後すぎた日のお昼ごろ、小学校の休み時間で私が廊下にいたとき、担任の先生が走ってきて「本多ぁ、いま電話があって、すぐ家に返れってよ。妹さん悪いんずら」と、息をはずませながらいった。晃子はもう、このとき断末魔の引付けを起こしたあとの情況だったし、先生の表情はただならぬことを暗示していたけれど、私には妹が死ぬなどとは全く考えられなかった。死というようなものが、自分の周辺に関係あることとは思いもしなかった。想えば私の近所にも近い親戚にも、それまで自分が出席して死体を見るような葬式はなかったようだ。祖父は私の生まれる前に二人とも亡く、祖母はまた二人ともたいへん元気だった。おばあさんというものは、いつまでもおばあさんであって、やがて死ぬ存在ではなかった。通りがかりに見る葬式や、戦死した兵隊のための村葬で聞く「ちんぼんじゃらん」の音は、級友同士で笑いをこらえるのに苦労する対象でしかなかった。自身でいつも子守をしてきた晃子、すでに家族の一員として理性的会話をかわし、朝夕の日常的な空間を占めている妹が、突然消え去るという現象など、想像を絶することだ。学校から家までの約一キロをどのようにして帰ったかは覚えていないが、小学校三年のときの作文が残っていて、その一部に次のような記述がある[1]。

「……本島先生が〈本多が居るか、本多あ。本多ほうの家から電話がきた。妹が悪いからすぐ来いってよ。妹が病気なんだろう〉と言いました。僕は〈うん〉と言うが早いか席へ行って、かばんをかけてかけ出しました。うちへ帰ると、店はつめて（閉めて）あるし、家には誰もいませんでした。そこへ山野辺のおばさんが来て〈勝《しょう》ちゃ、晃《あき》ちゃはうんと悪いのだに。おばさんたちはお医者さんへ行ったで早くお婆ちゃを呼んできな。電車賃はおばさんがやるで〉と言って六銭くれました。いそいで行って電車に乗り、上片桐でおりて一目散に走っていってお婆ちゃに〈晃子が死にそうだですぐ来て〉と言うと、お婆ちゃは昼ごはんを食べ、その上お宮へおまいりして、駅へ来てすわっていると、ミツおばさんが〈ほい、晃子が死んだってな〉と言いながら、とんで来ました。僕はもうたるんとしてしまい、お婆ちゃはスマした顔で〈早く来んので嘘《うそ》を言ったのならいいが〉と言っています。それから、しょうがないので電車で行き、うちへ行くと、さあ大変、ほんとに死んでいるではありませんか（後略）」

このときいつものように隣家の裏庭を抜けて、庭つづきの通路から裏口へゆく途中、晃子の死を告げられた瞬間の周辺は、風景がそのまま化石になってしまったかのように、何十年とのちになっても鮮やかに想い描くことができる。

隣の農家の裏庭は二本の大きな柿の枝の広がりでおおわれ、夏の直射日光をさえぎって真昼でも薄暗く、涼しかった。庭をはさんで、便所を含む別棟の農具小屋があるので、その裏庭にはいつも便所の匂いが漂っていたが、私たち近所の子どもにとっては主要な遊び場だった。そうした中で、ほとんど毎日のように互いの家を往き来し、魚とりや蟬とりにも常に一緒だったのは、この隣家の裏に住んでいた大工さんの長男、小学校四年の「ヨネちゃ」だ。ヨネちゃの家と隣の農家と私の家との三軒は、町場でいえば同じ長屋の世帯のように、裏庭を通じて自由にまじわっていた。私の家と隣りは子どもが三人だったが、ヨネちゃの家は六人いた。近所にはそのほか子どもの多い家が多かったから、この裏庭や、さらに南の裏にひろがる田んぼには、子どもたちがよく群れをなしていた。最近帰郷するたびに思うのだが、あのように群れをなして遊ぶ子どもたちの姿が見られないのは何故だろうか。故郷の小川に魚や虫が見られなくなったのと同じように、人間の世界もまた「沈黙の春」を迎えつつあるのだろうか。

晃子の死を最初に告げたのは、ヨネちゃの弟で小学校二年の「キイちゃ」だった。柿の木の下ですれちがったとき、キイちゃは「晃ちゃは死んじゃったゑ」と私に言った。あのときキイちゃは、バケツで水を運んでいたように記憶している。その瞬間には、悲しみよりも不当な腹立ちの感情が先に私を捕えた。畜生め。何が「死んじゃったゑ」だ。そう思いながらも、柿の葉ごしにわずかにもれる陽ざしにさえ目がくらむかのようだった。キイちゃの表情は、晃子の死が絶対に嘘ではないことを、その眼もと口もとで宣言していた。どうして私の家は今こんなに不幸で、従って他の家々は不幸でないのだろう。まるで「いい気味だ」と言われたみたいに思って、私は「ん」とだけ答えたまま、すでに見舞いや葬式の準備に来た近所のおとなたちでごった返す家に帰った。

座敷の中央に寝ていて、水を求めて必死で両手をさし出したあの晃子の小さな身体は、今は西側の床の間ぎわに寄せられ、血の気の失せた、大福餅の肌のように白くなってしまった顔をふとんからのぞかせて、北枕に寝ていた。唇をぬらすための、どんぶりに入れた水と、イネ科の草の穂。あんなにも丈夫で愛らしかった晃子が、呼吸もなにもしない死体に、まさしくなっている。座敷の押入れは東隣りの茶の間に食いこんでいて、その茶の間側の板壁は母の着物掛け場にされていた。晃子の枕もとから離れると、私は茶の間へ行って、掛けられている着物の蔭にかくれ、おとなたちに気付かれないようにして、母の匂いのするその着物で涙を拭いた。

けれども、たぶんその日のうちだったかと思うが、母が前から私に「イサワ」で本を買ってくれる約束だったことに気付いた。イサワは薬屋だが、店の一部で児童書や雑誌も扱っていた。晃子が死んでしまって、この騒ぎでは約束が果たされるかどうか心配だ。忘れられたままになっては大変なので、思いきって母に言ってみる決心をした。そのとき母は、二階の廊下を箒《ほうき》で掃いていた。階段を登りきったところを掃きながら、眼を泣きはらして、うつむき加減に、しかし小まめに箒の柄を動かしている母の姿を階段の下から見上げると、私は遠慮がちに、悪いとは思いながら、やっぱり言ってしまった――「お母ちゃ、イサワで本買っていい?」

あかりとりの窓ぎわから私を一瞬見た母は、一言「馬鹿！」と、低く烈しく叱って無視した。

翌日、葬式の読経と「ちんぼんじゃらん」が終わると、晃子の柩《ひつぎ》は裏庭に面した廊下に出され、「さあ皆さん、そいじゃ最後のお別れだに」という誰かの声がして、木の蓋があけられた。「なあんだ、生きとるじゃねえか」というような奇蹟が起きないのだろうか。だが晃子の動かぬ顔には、ゴマ粒より小さな、たぶん猩々蠅《しょうじょうばえ》の一種が数匹、ついついと走り歩いていた。夏の死体は、急速に腐ろうとしているのだ。「ははあ、蠅が……」といって傍の人が追い払った。腐らぬものであれば、いつまでも保存できるのに。そうすれば、いつかは「はれ、晃子が生き返ったよ」と母が叫ぶような日もあるかもしれないのに。

でも柩の葬列は、わが家に初めて必要となったために求めた二百メートルほどの北の桑畑の中の墓地へと出てゆき、隣組の人たちが掘ってくれた深い墓穴へ、晃子のはいっている木箱は静かにおろされた。穴のまわりに盛られた土が埋められる。みんな、ひとにぎりずつの土や石ころを投げ入れた。「さ、坊も入れな」と、母が鼻をつまらせた声で言った。赤土にまみれたこぶし大の石を投げると、柩にあたってにぶい音がした。「なんだか埋めちまうのが惜しいようでなあ、あのときったら」と、その後母はよく語るようになる。梢を切落した竹が数本、棺の上に立てられたまま、墓穴は隣組の人たちによってシャベルでどんどん埋められた。土まんじゅうの横に突き出たこの竹は、晃子の柩と私たちとを結ぶ絆《きずな》だ。墓参りをするたびに、母も父もこの竹をゆさぶった。

私はそれに直接は気付かなかったけれども、父はこの後しばらく眠れなくなったようだ。深夜、電気もつけないまま、煙草盆《たばこぼん》にキセルをたたく音がする。母が気付いて起きると、父は単にぼんやり上半身を起こして、きざみ煙草を次々とつめては吸っているのだった。晃子より二年先に生まれた長女節子は、生まれてまもなく重症の黄疸《おうだん》に陥り、母と父の必死の看護の末に助かったが、やがてこの子は脳性マヒによる重度身体障害者になっていたことを知る。首のすわらぬ、全身不自由の、眠っていなければ常に泣いている子を、想像を絶する労苦と献身で親は育てた。真夜中に私が小便に起きたときなど、幕を引いた店で子守歌をうたいながら、ガラス戸ぞいの細い庭を往き来している母か父の姿に気付くことがあった。

当然ながら、節子よりも晃子が先に歩きだし、走りだす。かなりおくれて、節子が物につかまりながらようやく立上ることが可能になるころ、晃子は姉の手をとって助ける場面さえあり、節子の将来に暗い想いを抱いてきた私の家も、そのころから明るい笑い声がよくきかれるようになっていた。晃子がおれば、親の死んだあとも安心だ。そんな考えが親の気持ちの中に定着していた。そのような晃子に死なれてしまった。父母の落胆と愁嘆の傷跡は癒し難いものになった。だから父は、たぶんあれ以来、風呂場でも歌わなくなってしまったのだろう。

あれから三〇年後に父は死んだ。

二

六歳になったばかりの、幼稚園に通っている次男が、寝室のドアをあけて「電話が鳴ってるよ」と言う声に目醒めたが、まだ早朝であることは直覚できたから、日曜日のこんな時刻に電話してくる相手に私は気分を損じて、放っておけ、と答えたまま再び眠ろうとした。鳴りつづける電話に何となく気になるものがあったので、思い直して起床し、電話のそばへ行ったとき、ベルは止んだ。一〇秒とたたぬうちに再び鳴り、私は即座に受話器をとった。相手の声がきこえるまでの一秒か二秒の間に、この時刻に改めて二度目のベルを鳴らすことの異常さを感じて、やや緊張する。長野県からの半自動式通話であることを告げる交換手の声をきいたとき、両親に何か異変があったに違いないと直感した。こんな早朝に私が起きてはいないであろうことを、両親は知りつくしているし、もともと長距離電話などは非常用のものと思っている。交換手の声と入れかわりに、母の声が、もう涙と一緒の声が、とびこんだ。――「勝一？　おとうちゃが変だわ！」

ことの重大さを、この涙の一声で尽くしていた。父はもうだめだと私は思った。父は病気でも何でもなかったのに、そう思った。「どうしたの？」と息をつめて問うと、母の悲哭を押さえた声が答えた。――「ごうごうイビキをかいたっきり、ちょっとも起きんの。へえ曾我さんみてえになっちゃったんじゃねえか」「医者を呼んだ？」「それがなあ、ちょっとも起きてくれんのよ」「わかった。すぐ手を打つで待っといな」

脳卒中だろうか。曾我君というのは、この七カ月ほど前に死んだ私の親友である。蜘蛛膜下出血のため、まだ三十歳台なのに急死した。私は電話を切りながら「おやじが大変だ」と叫んで相棒を起こした。応急手当てはどうすべきか。相棒の知っている医者に脳卒中の得意な人がいるというので、すぐに電話させた。決して動かさぬこと。絶対安静。これが応急措置だった。母に電話でそう指示すると、電話口の母は、さっきよりも一層悲観的になっていた――「うん、動かしゃせんに、いま柿木さんの息子が来てくれとるけえど。……へえ駄目だなあ」ほとんど諦めの口調が加わっている。せめて中風でとどまってくれればと私は願った。つづいて高校時代の二人の同級生に電話する。一人は両親の家の近くに住む、自動車を持った松下拡君。有線電話しかないので、その放送局に伝言で依頼した。近くの医者をつれて車でかけつけてくれるように。もう一人は飯田市の市瀬泰久君。だれか脳卒中に強い飯田の医者を、すぐに派遣させてもらえまいか。二人の友人は直ちに出動してくれた。飯田市から私の村まで、今の時間で自動車なら三〇分かからないだろう。

こうした措置をとった後、改めて母に電話して、詳しい様子を聞いた。母は取乱しているので、すぐ近くの理髪店からかけつけてくれた柿木の「シゲちゃ」にも電話に出てもらった。脳卒中の発作は寝たままの姿勢で起こったようだ。早朝に便所へ起きて床に戻り、眼鏡をかけて前日の新聞を読んだままの姿勢で異常な呼吸を続けているという。私はすぐに帰郷の準備を始めた。新宿から約五時間。それまでに父が息をひきとってしまうだろうか。あるいは昏睡状態ののちに中風として一応生き延びるだろうか。

渋谷で山手線に乗り換えた時、札幌にいる母方の伯父の言葉——「桜ケ池神社はどうも霊験あらたかだっていう評判だぞ」を思い出した。伯父によると、末っ子が心臓の大手術をやった時、桜ケ池神社に願《がん》を懸けた。大手術がすべて順調にいってその後すっかり丈夫になれたのは、このお蔭である可能性もあるかもしれないと言う。伯父の哲学は、別にこの神社を心から信じているというようなものではない。いわゆる霊界について彼は「そういうものがあるかどうかわからないが、しかしないという証拠はないから、一応願を懸けるだけかけてみたって損にはならない」という無責任というか現実的というか、しかしある意味では論理的ともいえる考えである。伯父にこの話を聞いた母の実家で一週間前に行なわれた法事のときだった。長男としての伯父も故郷に帰り、私の実家に二日ほど泊ったので、私も久しぶりに伯父と語ったときの話題のひとつである。札幌へ帰る途中、伯父は何年も前に懸けた願の礼にと、静岡県桜ケ池神社へまわっていったのだった。この法事のお膳立てには父も奔走していた。

新宿駅のホームに着いた時、思いついて相棒に「シズオさ」に電話で知らせるよう公衆電話で伝えた。次男だった父は、早死した兄の長男である甥《おい》のシズオさを、なにかと心に懸けていた。またシズオさの方も、ほとんど親がわりとして私の父を頼りにしていた。

一九六九年一一月三〇日午前一〇時一〇分発の急行は、比較的すいていた。父がなんとか助かることを願いながらも、しかし死ぬ確率の方がずっと高いであろうという予感を抑えることが出来なかった。ほとんど何の脈絡も順序もなしに、父にまつわるさまざまな思い出が去来する。車窓から眺める中央線沿線の風景や天気がどんなであったのかは全く覚えていない。

この朝から、私が列車で故郷へ着くまでの間に父に関して起こったことは、のちに母から聞いた。母が便所に起きたとき、あと二十余日で冬至というこの季節でももう薄明になっており、母の記憶では午前六時半ごろだったと推定される。便所にはいっていると、まもなく父も起きて男便所で小便をした。二人とも便所を出て廊下を歩き、階段の登り口で母が「へえ明るいけえど、わしゃもうちょっと寝るよ」というと、父は「寝よやれ。俺はまあ新聞でも見る」と答えた。母はやや不眠症気味な日々が続いていたので、あまり早朝に起こされないようにと最近は二階で寝ていた。父の寝場所は座敷の床の間の前が定位置だった。

一時間足らずして母は起きた。下へおりると、店の幕が引かれたままだ。おや、と母は思った。早起きの父が、まだ店を開けないなんて珍しい。鼾《いびき》をかいて眠っている。ともかくこれは、かつてなかったことだ。思えばこの雑貨店も、私が生まれる前から四十余年間もつづけて来た。「まだお店開けんの?」と、母はやや不審に思って声をかけた。返事がない。寝たまま本や新聞が読めるようにと、父はアルミ板やガラスで手製のベッド用スタンドを用意していた。それに新聞をのせ、眼鏡をかけたまま、鼾をかいている。母は近寄ってもう一度「まだお店を開けんのかな」と言った。全く反応がない。母の胸にあった小さな不審の塊が、一挙に大きくふくれ上った。いかに鼾をかいて眠っていても、もし声をかけられれば、鼾が止まるなり、顔の表皮が動くなり、何らかの反応が出るのが普通だ。そういえば鼾の音も普通ではないように思われた。

「どうかしたの」——もはや異常な何かがあることを感じとった母は、語気鋭く言った。「どうかしたの」と、今度は胸に手をかけて繰返した。やはり反応がない。父の手にさわってみると、なんだか冷たくなりかけているような気がする。「どうかしたの?」——母は大声で呼んだ。事態は決定的だった。家には私はむろんいないし、いつもいるはずの節子も、このときは歯の治療で東京へ出ていた。脳性麻痺〈CP〉で身体障害のある妹の歯は、この種の特殊な患者になれている歯医者でないと扱いが難かしい。

動転した母は、裏口からとび出すと、すぐ向いの柿木理髪店に駆けこんだ。柿木の「シゲちゃ」によると、母はこのときうろたえながら言ったという——「ほい、困っちゃった、困っちゃった、ちょっと早く来て、おかしくなっちゃった！」「何がおかしいんな？」とシゲちゃがいうと、母は「おとうちゃがな！」と答えて必死の面持ちで来てくれるように訴えた。何事か見当がつかないけれど、ともかく大変らしいことはわかったので、シゲちゃはすぐに母について走った。

昏睡を続ける父の周辺を、なす術《すべ》もなく母は這いずりまわりながら「どうにかならんか」とか「どうしようもないんずらか」といった言葉の断片を繰返す。意味もなく勝手場に走ったり、玄関口へ走ったり。シゲちゃも狼狽《ろうばい》した。東京の私の家にまず電話してみたけれど、出ない。近所の小島さん、巻井さんの二人を呼び、シゲちゃ自身はオートバイで「P病院」へ走った。Pさんは一番近い医者で、父も血圧を見てもらっていた。しかしいくらブザーを鳴らしても、出てこない。日曜日でいないのか。仕方なく「Q病院」まで走った。様子をシゲちゃからきいたQさんは、すぐ行くと答えて用意を始めた。帰ったシゲちゃは、顚倒《てんとう》している母に代って、親戚などへ電話を入れた。七久保村のシズオさには近くの郵便局を通じて、また母の弟に当る後沢叔父には有線放送を通じて知らせた。そのあとで、もう一度と思って私のところに電話したときに、二度目のベルで私が出たのだった。シゲちゃはすぐに母と代った。「おとうちゃが変だわ！」と叫んだ母のあのときの声は、いつまでも私の耳から消えない。

まもなくQさんが来て診察した。応急の注射もした。Qさんは「お気の毒だが、もうこれは危篤状態です」と言い、親戚に知らせるように勧めた。シゲちゃによると、お医者に絶望と判断されたこのときから、母の様子に諦めの気持ちが強くなり、やや落着いてきたようだ。母はのちに、「Qさんは親切によくやってくれた」と私に語ったが、これは母にとっては特別な意味のある言葉だった。あの、晃子を「殺した」と父が恨みつづけた「馬鹿医者」とは、実はこのQさんだったのだ。この三〇年間、私の家はQさんの門をくぐったことが一度もない。「俺が死ぬとてQなんか頼むんじゃねえぞ」と父は言っていた。そのQさんが、まさに父の死にぎわに一番早く来た。この場合医者が来ても来なくても、早くても遅くても結果は同じことだったかもしれないが、母にしてみればその誠意が問題なのであり、嬉しかったのだ。三〇年もすぎて父母も老いたが、医者のQも老いているだろう。

近所の巻井さんや小島さんの知らせで、隣組八軒の人々も集まって来た。容体が急変したら電話するようにと言って、Qさんは一旦帰っていた。午前一〇時すぎに、こんどは市瀬君が飯田から女医のRさんをのせて到着した。Rさんは心臓病が専門だが、老人病としての関連から脳卒中についても扱いなれているようだ。Rさんは心電図その他の測定をてきぱきとやって、見ている隣組の人々を「やっぱし道具も違うし態度も違うなあ」と感心させた。Rさんによると、父の心臓はサイ型と呼ばれるタイプで、たいへん馬力があるという。心電図には若い青年と変らぬ正確な波が現れて、「まだこんなに丈夫なのに、惜しいね」と、のちに私が訪ねたときその心電図を見ながら言った。

Rさんが来たとき、父は瞳孔反射もバビンスキー反応もすでになくなっていた。普通の卒中だと、この時点ならこれらの反応がまだ認められることが多いのだけれど、父の場合はかなりの大出血が起こったらしく、普通はまず片側麻痺が来るのに、両側麻痺が来ていたという。午前十時半現在の血圧は上が一〇〇、下が四〇。破裂が起きた後だから、当然ながら低くなっている。破裂は脳底動脈、延髄の近くだった。動脈硬化の高血圧による脳幹部大出血。これが病名——もはや死を待つだけの病名である。Rさんは母に、もう何をしても見込みはないこと、やがて鼻血が出るであろうこと、さらに熱が出て四〇度前後になるであろうことなどを説明した。「それからどうなりますの」と母が尋ねると、「それが最期です」とRさんは答えた。せめて私が到着するまで待てないものかと、そのための処置はしてくれた。

容態は、Rさんの予告通りに進行した。鼻血が流出し、口からも少し出た。しかし流出した分はそれほど大量ではなく、一〇〇ccたらずだったようだ。知らせをきいて、七久保や上片桐・市田などから親戚の人々が一人二人と到着した。そのころになって、今度は松下君が三人目の医者Pさんを車に乗せて来た。ブザーは診察室に通じているため、日曜日には鳴っても気付かなかったという。

Rさんが引揚げてからPさんも診察し、容体が急変したら電話を、と言い残して一応帰った。Pさんは父に渡していた血圧降下薬の残りがたくさんあるのを見て、こんなに飲んでいないのではまずかったと言った。しかしこれについては、父は父なりの考えがあってのことだった。血圧が高くなるのは、多くの場合血圧そのものが問題なのではなく、他の器官に原因があって、そのための症状として血圧が高くなるのだ。この原因の追求をせずにいて、ただ血圧を下げることだけ考えても無意味ではないか。その証拠に、普段血圧の低い母が三年ほど前神経痛になったとき、血圧が高くなった。飯田付近のある神経痛の得意な医者にかかっていたとき、母が「あんまり痛いんで血圧が高くなったよ」というと、その医者は「そんなこたあ関係ねえら」と答えたが、神経痛が直ったら血圧も同時に下った。……と、まあこういった論理である。これはこの年の春、曾我君の葬式で帰省した当時、父が言っていた。私もこれには賛成だが、かといって薬を飲まない方が良いということには必ずしもならないだろう。

しかし父が用心していたことは事実で、血圧のことが気になりだして間もなく、あれは一昨年（一九六八年）の後半あたりだったか、私が血圧計を買って贈ると、自分でときどき測定し、ついでに母のも測って、グラフに曲線を描いていた。

去年の三月ごろ、父の血圧が上が二二〇、下が一一〇に上ったことがある。これはしかし原因は明らかで、ウメの食べすぎだった。父が死んでから母にきいた話によると、南向村の渡場《とば》に長寿で元気のいい知人があり、その息子が「ウメを食べてりゃ血圧なんか忘れておれるに」と言ったので、一カ月ほどウメを食事ごとに食べたという。もちろん塩漬けだから、塩分が多い。小ウメとはいえ、毎回一〇個近くも食べたら相当なものだ。なんと馬鹿なことをしたものだろうか。父はかなり理づめにものを考える傾向があり、一種の完璧主義者でもあったから、これをきいたときは驚いた。耄碌《もうろく》していたとは到底思われないが、かといってワラをも摑むほど重大な症状を示していたわけでは全くない。しかしウメの塩分が血圧上昇の原因らしいことを知ってこの実験は中止し、Pさんの薬を二～三日のむと血圧は下った。そのまま薬を飲みつづけなかったのは、薬をのむと目眩《めまい》がしたからである。月に三回ぐらいずつ血圧を測定して父が作ったグラフをのちにRさんに見せると、たしかに普通より高いが、決して異常な数値ではないと語った。このくらいでピンピンしている老人はいくらでもいる。

にもかかわらず、卒中は起こり得るのだった。グラフの途中、九月のはじめころに「めまい」と記入したところがあり、ここで薬も飲んでいる。目眩は卒中の警戒警報のひとつだそうだから、私がこれに気づいていたらと、悔やまれた。そのころ私は出張中のアメリカ合州国から長距離電話で両親と話したことがあったが、危機のせまっていることなど、互いに気づくよしもない。卒中には血中のコレステロールの問題もあるし、Rさんは腎臓障害がなかったかどうかも問題にしていた。腎臓障害といえば、私が学生のころ、父は腎臓を軽く病んだことがある。学友の実家が九州・久留米の漢方薬店だったので、その店の伝統的ないわば秘薬としての腎臓薬を取寄せてもらった。腎臓はその後すっかり直っていたが、それが再発していたのだろうか。そう思って考えると、父はこの二〜三年やや太ったような感じだったが、あれはムクんでいたのではないかともとれる。あのときの漢方薬が少し残っていたので、最近父は「お茶がわりだ」といってこれをゲンノショウコと混ぜ、食後にときどき飲んでいた。腎臓を少し意識していた可能性も考えられる。

すべては後のまつりであり、栓無《せんな》いことだけれど、やっぱり残念でならない。私は五〜六年前から「東京へ来て人間ドックにはいりな」と言いつづけてきた。精密な検査をすれば未然に予防できるだけの資料は、案外簡単に得られたに違いない。とくにどこが悪いということは表面的にはなかったが、一度総ざらいをすべきだと私は主張していた。ニューギニアだのベトナムだのに長期滞在したあとは、私は入院しないでも出来る範囲の簡易ドックをやってきた。何でもないことがわかるだけでも自信が持てて有益だ。それを父にも適用しようと思ったのだが、これはほとんど強制的に連行でもしなければ駄目だったかもしれない。たいていの人は、はっきりした徴候を自覚しない限り、なかなか腰をあげないものだ。自覚したときは既に手遅れになっている。そんな原理は私もよくわきまえていたのだけれど、外国生活が長いのと多忙とにかまけて、ついのびのびになっていた。この「ついのびのび」という性癖。これは致命的結末に繋がる。

私の乗った急行「アルプス2号」は、松本行きと飯田行きとが一緒になっているので、辰野駅で二つに切り離される。私は松本行きの車両にいたので飯田行きの方へ移ったとき、まんまるく目をあけて吃驚《びっくり》したままの顔で私を見つめている男がいる。「ミツオさ」だった。シズオさの弟である。シズオさとミツオさの兄弟は早くから両親を失ったので、祖母——即ち私にとっても共通の祖母の手で育てられた。シズオさと同様、父はミツオさのこともよく心配していた。ミツオさは危篤の知らせを受けるとすぐ、岡谷からこの列車に乗ったという。なんとか持ち直してくれないものか、せめて中風でとどまってくれれば、といったことを、すでに絶望を宣告されていることを知らぬ私たちは語りあった。

天竜川ぞいに下る列車から、西の中央アルプスと東の南アルプスが新雪に白く輝いている。新雪の下の山肌は晩秋の冷気に蒼《あお》く沈んで、山麓の松の緑や落葉樹林のくすんだ鼠色へと移ってゆく。二〇年前に故郷を出て大学へ行って以来、この列車から山々を眺めたことは何十回——いや、二〜三百回はあるだろう。父の命令に従って薬学を専攻することに一応決まったときの暗い気持ち。父の意思に反して京都へ行き、生物学を専攻したときの期待と不安。さらに決定的に父を裏切って新聞記者になってしまったときの、一種のペシミズムと父への憐憫《れんびん》。そうしたとき私はかならず帰省していたし、そんなときにかつて登った山々を列車から眺めることは、いわば浄化作用としての働きがあった。しかし今ほど深い感慨をもって同じ山々を眺めたことはない。父の生まれ在所のある七久保村を通過する。眼前にせまる中央アルプスの空木岳・南駒ケ岳。この山々を、父は赤ん坊のときから眺めて育った。私は指折りかぞえないとわからぬほどこの山に登っているが、父は一度登りたいと言っていながら、ついに果たさぬまま古稀を迎え、諦めていた。

このころ、昏睡中の父は高熱を出しはじめていた。Rさんの予告通りだった。三九度。呼吸も変だ。松下君が自分の車でPさんを呼びに行った。午後三時ごろPさんが来たとき、父の呼吸はほとんど吐く息だけのようになり、いわゆる虫の息となった。

私の列車は午後三時五分に伊那大島駅へ着く。ミツオさんと共に改札口を出ると、松下君が車で迎えに来てくれていた。「おやじの様子、どうな」という私に、松下君は口重く「どうも危いなん」といった。かすかな望みも絶たれたことを、その口振りから私は理解した。家の前に停車すると、近所の主婦三～四人が迎えてドアをあけてくれた。その中にいた巻井さんのおばさんが、声をあげて泣いた。駄目だったか。玄関にはいると、ちょうど出ようとするPさんとぶつかった。

「お気の毒でございます。今から五～六分前に息を引きとられました」とPさんは言った。

三

臨床体験が何十年にもなる医者であれば、こうした言葉は何度も語ったことがあるのだろうし、また事実死者の肉親への言葉としてほかに表現方法もないのであろう。Pさんとすれ違いにそれをききながら、そして私もそれにひとこと、もう自身覚えていない言葉で応じながら、心にもない余分なことを他人ごと然としてしゃべる男だと腹が立ち、ことによると嘘かもしれない、いや嘘かもしれないと私が自分で考えたがっているだけだなどとも思い、そしてあの医者は内心〈ざまアみろ〉と思っているのかもしれない、それにしてもこんなときに少なくとも嘘はいうはずがないから、もう父の生涯は本当に終わってしまったのだ、もう何もかも間にあわないのだ——そんな不当な怒りや口惜しさで混乱しながら、しかし悲しさはほとんどまだ感ずることはできずに、親戚・隣組の人々の間をぬって父の寝床へ行った。

初冬の、おそらく薄曇りだったと思われるその日の、柿の葉が落ちつくしても明るさのない裏庭からは、座敷への陽ざしも雪空の日のように淡く、床の間の前の広がりは障子の蔭でさらに薄暗かった。見なれた格子じまの蒲団を着てそこに寝ている父は、口をわずかに開き、色褪せた顔の髭が少しのびている。私は言葉も涙も出ない。父の額に手を当てる。まだ暖かい。これは父の体温なのだ。思えば父の体温を肌で感じたことは、何年も、たぶんもう一〇年以上もなかったような気がする。

母が来て、父をはさんで向こうにすわった。母がそれまでどこにいたのか私は気づかなかった。涙でつまった声で、しかしかなりはっきりと母は語りだした。急にこんなことになってしまった父は不憫だけれど、昔あんなに大病した割にはよく長生きできたと自分で言っていたこと。勝一もまあ親思いで、アメリカから電話してきたことを何度も話しては喜んでいたこと、世間には気の毒な死に方をする人がいっぱいあることを思えば、これも大往生として諦めなければならないこと……。

父は小学校を出るとすぐ、親から引継いだ借金を返すべく、岡谷に出て片倉製糸で工員として働いた。何年目だったか、結婚後それほど長くない時期にチフスにかかって死ぬ思いをしたが、さらにつづいて脊椎《せきつい》カリエスになったため、長年病臥の身となった。会社を辞めて雑貨商を開くことになったのは、そのためである。呼吸が止まり、入れ歯をはずして永劫《えいごう》の眠りについた父の顔は、祖母の晩年の顔と驚くほどよく似ていた。五日前に別れたときよりも、少し童顔になった感じがする。

呆然と父を見ている私の肩に、うしろから後沢の叔父（母の弟）が手を置いて言った。――「さあ、ご近所の皆さんにちょっと御挨拶を……」

もともと話すことが異常なまでに下手な私は、自分自身もうほとんど覚えていない言葉を語りながら、〈なんという馬鹿なことを話しているんだ〉と思いつつ、おそらく三〇秒間ほど喋った。私のすぐ近くに隣組の巻井さんと宮沢さんが坐っていたことは、記憶にはっきりしている。南枕に眠っていた父の遺体を、慣習に従って北枕に変えるべく、シズオさらと共に蒲団を動かした。枕元にあった父の手製のベッド用スタンドに、前日の一一月二九日付朝日新聞（統合版）が置いてある。発作が起きたのは今朝の新聞の配達前だったのだ。このようにして、新聞に出る私の記事はもちろん、私の文章の出た雑誌や本を、父はあますところなく読んでいた。単行本の場合はほとんどが新聞などに以前出て読んだものなのに、やはり丁寧に目を通していた。私の記事の最も熱心な読者は、たぶん父だったかもしれない。従って記事を書くときも、父にわかるようにという気持ちが、文章の基本のひとつとして働いていることがよくあった。それはもちろん質を下げるという類のものではなく、表現方法の問題である。雑誌などに少々ラディカルなことを書くと、父は「あんな過激なことを書いていいのか」と心配し、母は「なにしろ親が生きとるうちは、世間に顔向けできんようなことたアしてくれるなよ」と言うのが常であった。戦争中の母親たちも同じ言葉を息子に言っていたのであろう。「ベトナムに行ってきてから、どうも過激になったようだぞ」と、これは両親とも言っていた。私はべつに「過激」になったわけでは全くなく、こっちは変らないのに世間がむしろある方向に「過激」になりつつあるんだ、などといって安心させようとしていた。心底から安心などさせられてはいなかったに違いないが、南北ベトナムや「アメリカ合州国」のルポルタージュを読んだときは、合州国のことをひどい・ひどいと話題にしていた。

瑞応寺《ずいおうじ》の和尚さんが来て枕経《まくらぎょう》をあげる。シズオさが父に入れ歯をはめてやると口元が恰好よくなった。この和尚さんのお経を父と共にきいたのはほんの一週間前である。法事で集まった親戚の人たちとともに自動シャッターでとった記念写真。瑞応寺の美しい庭にみんなと一緒に立っている父の姿が、最後の写真になった。この法事のときが、私がこの和尚さんに逢った最初である。父は何と思ったか、わずか二カ月余り前に、それまでのお寺から禅宗のこの瑞応寺に変更手続きをすませたのだ。それまでのお寺は晃子が死んだとき檀家になったのだけれど、両親とも生まれた在所は伝統的に瑞応寺なので、いずれは変えたい意向があったようだ。近くの鍛冶屋で父と同年の上原さんも変えるというので、二人で一緒に行って手続きをしていた。母は「そんなに慌《あわ》てなんでもいいに、何だかいやらしい。葬式のときだっていいもんだに」と、そのとき笑ったという。それから一カ月余りして、その上原さんが心臓病で急死し、さらに一カ月ほどで私の父も急死した。こんなことが因縁話にもなるのであろう。

和尚さんはお経を唱えながら、父の髭に剃刀《かみそり》をあてる。毎日髭を剃る習慣が父はなく、三～四日から一週間おきに剃っていた。このときも三～四日剃ってなかったらしい長さにのびている。冬の夜、炬燵にあたりながら、裏の錫箔《すずはく》の剝げかけた鏡を前に置いて、日本剃刀で髭をあたっていた父を、小学生のころ熱心に眺めていた記憶。ふと、横たわっているその同じ人間が呼吸も何もしないことが奇妙に思われたりする。

七久保から末男叔父が着いた。父は七人兄弟だが、その中で末男叔父と勲叔父の二人は父と実によく似た顔をしている。父より二年ほど下の末男叔父は、父の枕元に坐るとその額に手を当てて撫でながら、やさしく小声で語りかけた――「あーあ、勝策兄《しょうさくにい》や、冷たくなっちまったなあ。先に逝っちまったなあ」

末男叔父は胃が弱く、あれは胃で命を落とすのではないかと父は心配していた。その胃が最近かなりよくなったばかりである。お線香をあげ、父の唇を水で濡らしながら、なおもやさしく語りかける末男叔父は、顔ばかりでなく声までも父とそっくりだ。私はそのとき初めて、あふれ出た涙を拭った。

四

「孝行したい時分に親はなし」という諺は、たとえば「人事を尽くして天命を俟《ま》つ」など七つか八つの故事・諺とともに、何かというと父が口にしていた。あれは自分が親に思う存分してやれなかった後悔と、子に対する体験的な戒めと、あるいは世間一般の子はたいていそうだからお前もきっとそうなるぞという予言とを兼ねた気持ちが籠められていたのであろう。

まさに予言は当った。一番最近の例では、小さなこととはいえほんの一週間まえ父にしてやれなかったことが思い出された。法事で帰省の直前に電話で父と話した短い会話の中に、今でも耳に残っている声がある。私と一緒に、幼稚園に行っている次男も連れて来るようにと、父は「きよしは……来れるか？」と言った。長男は小学校だから休めないが、次男は幼稚園だから休んだっていいだろうという気持ちを、遠慮がち、というよりも一種恥ずかしそうに、おずおずと言うのだ。孫に対して、母はどちらかというと表面的には毅然とした態度を示す傾向があるのに対し、父はほとんど溺愛の心情をあからさまに示していたから、それを一方ではやや恥じてこんなふうに言ったのであろう。私も帰省のときはできるだけ子どもをつれて帰るようにしており、幼稚園は休ませていた。田舎も最近は都市化現象がすすんだとはいえ、東京のように裏通りまで自動車の列がはいりこんで子どもの遊び場を奪ってしまった末期的都市に比べると、まだまだ人間の住む場であり、子どもにも好ましい環境がたくさんある。ところが今度の法事のときに限って、幼稚園の学芸会があるために連れて帰らなかった。どうせ一カ月もすれば年末で帰省するのだし、といった気持ちもあった。

呼吸も心臓も止まって「死の判定」以後数時間たち、冷たくなってしまった父の顔を見つめていると、あの「きよしは……来れるか？」という恥じらいがちな声がきこえてくるようで、あんなにも溺愛した孫たちに会えずに死んだ父が不憫に思われる。三人目の孫である長女はまだ生後九カ月なので、長い汽車の旅は避けていたため、父はついに一度も対面しなかった。母は長女の誕生後も東京へ二度ばかり来ているので、ときどきこの赤ん坊のことを話題にすると、父はおしまいに「おりゃあ、まだ見とらん」と言っては、対面する日を楽しみにしていたそうな。

父が最後に東京へ来たのは、一年半か二年ほど前のことである。二～三泊ていどの短い滞在だったが、ある日長男と次男をつれて明治神宮へ行ってきた。私が夜帰宅すると、父はこの散歩を非常に喜んでいることがよくわかった。若いころ訪ねた明治神宮に比べて驚いたのは、あの樹々が実に大きく成長したことだといった。あの森は、日本中の各府県から地元産の樹が寄進されて出来たものであることを、私は父にこのとき教えられるまで実は知らなかった。父が若いころここを訪ねたのは、何のときだったのか聞きもらしたが、かつて一種の感動をもって歩いたらしい境内を、こんどは溺愛する二人の孫をつれて何十年ぶりかに散歩したときの父の気持ちは、感無量なものがあったのかもしれない。生涯の中で苦しい時期の長かった父としては、おそらく透明な幸福感に満たされた貴重な時間だったと思われる。

その晩だったか次の晩だったか、父の好きだったサシミの大皿をかこんで思い出をきいていたとき、突然「あの時分のことを思やあ、ふんとに泣けてくるよ」と言って、父が一瞬涙声になったことがある。借金を背負いこんだ家。事実上の長男としてそれに責任を持ち、眠る時間もなく働いた生糸工場。あまりに眠らないので目が朦朧《もうろう》としてきて、隙間から日光がさしこんでできる楕円形の小さな陽当りを、生糸のマユ玉とまちがえて拾おうとしたことも何度かあったという。それにも増して辛かった高利子。いくら働いても追いつかない焦燥と怒りと屈辱。利子の恐ろしさが骨の髄まで滲みこんだ父は、どんなに困っても借金だけはするな、いわんやヤマ気を出して一稼ぎするために借金など言語道断だ、といった哲学を抱きつづけた。周囲からは度がすぎると思われるほど慎重で、商売の上でも決して冒険をせず、言いかえれば小心で、ひたすら堅い生活態度を持してきた裏には、このころの体験が大きな蔭を落していたのではないかと考えられる。冒険的という面では母の方がはるかに上だったから、この点でしばしば父は批判的に見られていた。

葬式といえば、小学校三年のとき死んだ晃子の場合だけしか自宅での経験はないので、喪主としての私の采配はひどく頼りないものだった。隣の農家の「トシヲさ」の家でも、父親の「亦一《またい》ッツァ」が三カ月ほど前に亡くなったので、葬式をすませてまもなかった。亦一ッツァは父より三歳ほど年上である。ニューヨークの私あての手紙に亦一ッツァの死を父が感慨深く書いてよこしたのも、長い隣人として当然であろう。私はトシヲさや後沢叔父などから、この土地の葬儀の形式について何かと示唆を受けた。もしこれが父自身であれば、深い悲しみの中にもっとてきぱきやったに違いない。「だめだなあ、やっぱしオレがおらんと」などと言って、父がムックリ起き上って来そうな気さえする。葬儀屋との連絡、役場の手続き、火葬場への交渉……。

私たちの村には火葬場がないので、飯田市まで行かなければならない。これまでは葬式といえば土葬が常識だったが、最近はこの辺でも火葬がふえつつある。土葬にするとしたら隣組の人たちが墓穴を掘る習慣なので、早く決めなければならない。さてどうしようと迷っていると、母が意外なことを語った。父と二人で茶飲み話をしていて葬式の話が出たとき、父は「おりゃあ火葬がいいよ。衛生的だし、キレイさっぱりだし」と最近言っていたのだ。母が「わしゃあ嫌だよ。なんだか何も残らんようになっちまうみたいで」というと、父は「好きなようにせよやれ、土葬にするくらいの土地はいくらでもあるで」と笑っていたという。当人がそう希望していたのであればと、即座に火葬と決まった。

火葬場というものを、実は私は比較的最近までよく見たことがなかった。初めてその現場を見たのは、川崎の叔母、つまり母の一番下の妹がつい一年半前になくなったときだ。「カネおばさん」と呼んでいたこの叔母に、母方の六人のおじさん・おばさんの中ではもっとも直接的な形で幼児から世話になっていたので、その死には一般的「おば」よりも遥かに強い惻隠《そくいん》の情に駆られながら、どのような時にも終始やさしかったカネおばさんの遺体とともに川崎市立葬祭場へ行った。私の母も一緒だった。焼却炉の並ぶ棟の前に車の列が到着して下車すると、炉の発する轟々たる音が四囲《しい》を圧している。

五つの炉の中央に、カネおばさんの氏名を書いた「第八号」の札がかかっていた。右端の炉には、すでに焼き終わって骨を出すのを待っている人の氏名がみられる。炉の扉が開かれ、鉄のコロの上をカネおばさんの棺がすべって行った。カネおばさんには娘ばかり四人の子どもがある。上の二人は既に結婚していたが、この娘たち、つまり私からは従妹《いとこ》たちが、あらためて啜泣《すすり》きの声を挙げた。鉄の扉が閉まり、花束と香炉台が二つ置かれる。轟々たる火焰の音に包まれながら焼香の列。娘たちは耐えきれなくなって、窓ぎわの片隅まで逃げて行って一緒に泣いていた。外に出て待合室から巨大な煙突を見上げると、完全燃焼のためか煙は全く見えない。

待合室で酒や肴が出された。重油による焼却約一時間。炉の扉が開かれて、あの棺がすべりこんでいった鉄のコロが出て来ると、赤く燃え残る熾《おき》の上に残された骨は、関節や大腿骨など「主な骨」だけで、頭骨や指の骨などの細い、または薄い部分は全く消えている。主な骨にしても、骨というよりも「骨の残骸」のようにカラカラだ。火葬場の「業務委員」がそれを大きな十能《じゅうのう》ですくって、陶器の骨壺の前へ持ってきた。別の炉では次の遺体焼却の準備がすすめられている。花束・香炉台・焼香……。「業務委員」の動作は実にあざやかでスピーディーだった。工場の流れ作業を思わせる中で、遺族が次々と愁嘆《しゅうたん》の涙を流しては去る。そのような流れ作業の一環として、「業務委員」はカネおばさんの骨を十能ですくい、骨壺のまえに立って、この骨を壺に入れる作業を早くするようにと私たちをせかせた。私たちは二人で一対のハシを持ち、骨をはさんで壺に移す。四人の娘のうち、下の子二人が泣く泣くつまんでいれた大腿骨は、長すぎて壺の外へはみ出した。すかさず「業務委員」がそれを別のハシでたたくと、大腿骨は乾燥した音をたてて折れ、あざやかに壺の中へ落ちた。二人の娘はびっくりした顔つきで「業務委員」を見た。私たちがひととおり骨をひろうと、のこった骨は十能から「業務委員」が壺に流しこみ、焼却作業は終了した。

帰宅してから、相棒に「なんだかアウシュビッツみたいな感じで、残酷だなあ、火葬ってのは」というと、相棒は「あたしは火葬の方がいいわ。土葬ってのは何だか腐る状態を連想してね。ウジを連想していやだわ」と答えた。

役場や火葬場などでの手続きには隣組のシゲちゃやトシヲさたちが行ってくれた。親戚の主婦たちはお通夜のための御馳走づくりにかかりきりだ。台所のほかに、臨時の炊事場として駐車場が利用された。この駐車場も、閉店後の生計のひとつとして父が畑の一部に作らせたばかりだ。駐車場を作ることはきいていたが、出来上がったのを見て驚いた。駐車場なんかただの空地があればいいと私は思っていたのだが、これはコンクリートで下をかためた上、立派な鉄骨を使った堂々たる「建築」である。いささか「鶏を割《さ》くに何ぞ牛刀を用いんや」の感さえあった。土地の利用目的を変更するときに、こわすだけでも大変ではないか。「どうだ、立派な駐車場ずらよ。あれでいくらかかったと思う?」と得意げにきく父に、こわすときに大変だなどと答えたら怒りだすことはよくわかっていたから、適当に「三十万円くらいかな」というと、父は「ところがなあ、そんなにかからなんだぞ」と満足げな顔だった。私がいずれはこの家を売りはらってしまうのではないかということを、父はこころの片隅でいつも心配していたから「こわすときに……」などという言葉は冗談にも刺激的だ。先祖伝来の土地や家でこそなかったが、父母にしてみれば、あのように営々辛苦して築きあげたものである以上、死んだあとでも守ってほしいと考えるのは自然な感情というべきであった。

葬式の準備のために家の中や庭を片付ける仕事は、シゲオさやミツオさが中心になって進めてくれる。二階の一室は飯田に通学している女子高校生に貸してあったが、葬儀がすむまで生田の実家から通ってもらうことにし、部屋をあけてもらった。ゴザを新しく敷いたり、机を移動したりしていると、すべては父の匂いが籠められたものばかりで胸のつまる思いがするが、まだ父の生々しい遺体があるとき、それらは決して「懐かしい」といった感情をおこさせるものではない。たとえば飼い主を失った犬を見るかのような、一種痛ましさを覚えさせる。

父の遺体のある座敷と、長椅子のセットが置いてある洋間との境の襖《ふすま》が取り外され、お通夜のために広い空間が作られた。夜になって寒さがきびしくなり、洋間の片隅の石油ストーブが勢いよく燃えている。この石油ストーブは、しばらく前に買った送風式煙突つきの、かなり効率の良い品物である。いうまでもなく、信州の伝統的暖房は炬燵だが、この寒い地方での暖房と室内環境について、私は一九六三年に北極圏のイニュイ（エスキモー）民族を訪ねたとき、ひとつの「大発見」をした。北極圏のかれらの粗末な家の方が、信州の立派な「お大尽《だいじん》」や旧地主の家よりも暖いのである。これに驚いて、世界の各民族の防寒と住居との関係を検討してみると、まことに衝撃的なことに、わが信州の冬の生活環境はおそらく世界一寒いらしいことに気付いた。ヒマラヤの高所、シベリア、中国の東北地方（旧満州）、アメリカ合州国高地の先住民（いわゆるインディアン）など、日本より寒い自然に住む民族の住居は、泥の家であれコケの家であれ、ともかく室内は暖い。一方、日本で普通にエクメーネ（人間の住む地域）となっているところについて考察すると、最も寒い冬はむろん北海道だが、北海道の場合は暖房がよくととのっている。いかに貧乏な家でも「ルンペン＝ストーブ」は最低の設備だから、炬燵のように背中が寒いといったことはありえない。北海道の人が内地に来ると風邪をひく、とよくいわれるが、冬の北海道は東京に比べてさえも生活環境が暖いといえよう。

となると、家の構造が基本的に夏の暑さを防ぐために南国風に作られたまま日本アルプス山麓にまで到達したかたちの信濃国、しかも暖房は炬燵だけ（農家ではほかに囲炉裏《いろり》）という信州の生活環境が、世界一の酷寒となる奇観も理解することができる。信州と並んで東北地方もあげてよいだろう[2]。この奇観は、南国の動物としてのサルが、日本では雪の中でも活躍している奇観以上かもしれない。これはまた、寒さをヤセ我慢するのが美徳であるかのような倫理観も無関係ではないだろう。その結果、脳卒中による死亡率は信州が日本一というような歴然たる回答が出てくる。これにはツケモノを始めとする塩からいものの食べすぎも一因になっているに違いなく、この二点さえ改めれば、信州の脳卒中死亡率は急速に下降するのであろう[3]。第一段階として、五〜六年前に私は「ブルーフレーム」その他のような排気不能の原始的石油ストーブのひとつを、家へ手みやげに持ち帰った。私自身これは一〜二年間使ってみたが、この種の石油ストーブは、全く当然のことながら、室内の酸素を消費して炭酸ガスをそのまま室内に吐きだすわけだから、せっかく部屋が暖まったころには空気が悪くなっている。こんな馬鹿げたものは、主として経済的理由による一時的使用としての需要があるだけで、ほかには全く利点がない。第二段階として、煙突のある本当の石油ストーブをまず東京の自宅で使ってみると、大変好調である。私は両親にもこの快適な暖房を贈ることにして、父に費用を送った。送風式の、かなり効率の良いストーブを飯田で選んで父が設備したのは、たしか二年前の冬だったと思う。例によって凝り性の父は、煙突の取付けや石油流入パイプの配管など、自分で合理的に勘考して設置した。

この、信州の炬燵文化からすれば画期的暖房と言えるストーブは、しかしながら両親がその機能を十分に生かし得たとはまだいえない。欧米の寒い地方や北海道に生活した人はわかると思うが、暖房のきいた生活での基本的服装は「下に薄く上に厚く」である。即ち下着類は夏と大差なく、室内では春から初夏ていどの上衣を着ていて、戸外に出るときだけ非常に厚い外套を着る。こうすれば、寒い戸外からいきなり暖い室内にはいっても厚い外被を脱ぐだけですむが、もし下着を厚くしているとこの調節がきかない。ところが、私の両親は、この「下着をうんと着る」ことによる保温に馴れてきたため、この点の革命がどうしてもできない。当然、ストーブを焚くと「暑すぎる」ことになる。私たちはまた薄着になれているから、帰省するとストーブをうんと焚く。テレビのチャンネル争いと似たような、ストーブのボリューム争いとなった。

それでも父は、ストーブ自体はたいへん喜んでいて、ボリュームは大きくないにしても、冬の間は起きるとすぐにストーブに点火し、そこで新聞を読むのを楽しみにしていた。とはいうものの、理想的暖房ということになれば、このストーブでもまだ不満である。全館にゆきわたるセントラル・ヒーティング方式に越したことはないけれど、まだそこまでは経済的に手がとどかない。石油に頼る点も問題がある。とくに両親の場合、広い店舗があるために、この家の全館暖房など気が遠くなるような話だった。室内でも下着を厚くしていたのは、ときどき寒い店に出る必要があったことも一因だ。しかし信州のような寒い地方では、生活空間全体の暖房は無理してやるべきであり、さらに「二十四時間暖房を消さぬ」ことも重要である。かくも突然に父が卒中で死んでしまう恐れが、多少とも事前に予知できていたら、私もなんとか強引に実行してしまっただろうにと、たくさんの無駄な後悔のひとつとして、残念でならない。

イニュイ民族取材以来のこうした私の考えを見事に実証する統計調査が、父の死後一カ月余りして朝日新聞に報道された（一九七〇年一月一一日、日曜版「脳卒中の危険信号」）。この記事は次のように書きだしている――「㋑脳卒中は冬に多い㋺脳卒中は寒さがこわい。――この差に注意していただきたい。結論を先にいうと、㋑はまちがい。正しいのは㋺のほうなのだ。つまり、いくら冬といっても、ふれる空気の温度――つまり室内の温度――さえ暖かくしておけば、脳卒中は冬期に集中することなく、低い水準で一年に平均する。気象研究所の籾山政子研究員がこんどまとめた結果だ」

この中で「低い水準で一年に平均」という部分の、とくに低い水準という言葉が重要である。単に年間発生数が夏冬平均してしまうというのではなく、冬の発生も夏のように少なくなって、一年中が夏のように低い発生数になるという意味だ。この統計調査は、日本（東京）、アメリカ合州国（ニューヨーク）、イギリス（全土）の三カ所の脳卒中発生状況を調べたものだった。それによると、日本は気温が低くなるほど急カーブで発生数が多くなるのに対し、ニューヨークでは一年中ほぼ等しく、しかも日本の暖いときの低い水準にとどまっている。ニューヨークの冬は東京より寒いのに、各家庭やアパートの暖房がセントラル・ヒーティングで完備しているため、室内温度が暖いからである。そこで家中を暖く暮らしている北海道の統計を調べてみると、日本一寒いにもかかわらず、ニューヨークに近い数字が得られたという。ところがイギリスを見ると、これはまた日本以上の急カーブで冬の発生が多くなる。イギリスの暖房は昔からの暖炉方式が多くて、ニューヨークのような完璧な全館暖房には及びもつかぬ上に、重要なことは、夜寝るときに暖房を消してしまう点だ。北海道に次いで寒い信州で、世界一寒い室内となるような暖房をしていたのでは、脳卒中が日本一になるのもまことに当然といえよう。私の父もまた、それを証明する一人となってしまった。

五

お通夜の夕食準備ができたときは、もう午後八時を過ぎていたと思う。座敷と洋間をつづけた部屋に家中の飯台を集めて並べた。遠い北海道の敏雄伯父（母方）、九州の故・主馬三と兼雄両叔父（父方）の家族を除くと、すべての親戚が来てくれている。「北海道のおじさん」と幼児から呼んでいた敏雄伯父は、つい五日前、私と同じ日にここから静岡まわりで札幌へ帰途についたので、帰宅して二日目に父の訃報を受けたことになる。長途の旅で疲れたためか、「北海道のおじさん」は目まいがひどくなり、以後二カ月ほど寝込んでしまった。

「九州のおじさん」と私が呼んでいた主馬三叔父は、父が兄弟の中でも最も頼りにしていた弟であったが、二年前に胃潰瘍がもとで思いがけず急に亡くなった。このとき私は南ベトナムにいたが、父の落胆ぶりが手紙の中にもよく現れていたことをおぼえている。九州からはるばる汽車でやってきては、私の家にも泊っていったこの伯父は、母方の親類でいえば「カネおばさん」のように親しみのある、やさしいおじさんだった。帰りに駅まで見送って行くと、小学生の私に必ずいくらかのお小遣いを包んでくれたものだ。こういう習慣は私の周辺にはなかったので、なんだか悪いことを二人だけでしたような気分になったが、べつにお小遣いをくれたから「いいおじさん」だったというわけではない。やさしい態度はこのおじさんの日常的で安定した人格的な属性なのだ。やさしかったおじさん・おばさんが、思えば次々と他界してしまった。

やはり九州の島原にいる兼雄叔父は父の一番下の弟だが、仕事の都合がつかずにどうしても来られないことを、電話で切々と母に伝えてきた。この叔父は、中国北部から茶目っ気の溢れた写真を送ってきたことを幼時の私も覚えているが、その後は学生時代に九州を旅行したとき、島原一帯を案内してもらって以来逢っていない。「来年は九州へ行くぞ」と楽しみにしていた父を、兼雄叔父の方でも本当に期待していたのだが。

私は父の枕もとに近い席にすわっていた。燗《かん》のついたお酒がまわされる。田舎では一般にそうだが、父はとくに地縁血縁の交わりや義理を大切にし、そうした共同体というものの美しさも残酷さも知りぬいていた。だから自分の兄弟や甥などを中心に、こんなにも多くの親戚が集まったことは、もしこれが当人の死によるものでなければ、どんなにか喜んだことであろう。私の隣りにはシズオさとミツオさがいる。盃をかわしながら、ミツオさはこんな話をした。――「ありゃ何年前だったかなあ。夏だったよ。朝の七時半ごろ、ひょっこり俺んちに寄ってくれてさね。北海道の勝一のところへ行って今帰りだが、汽車が新宿から立ち通しで疲れたから、ちょっと休ませてくれっていうじゃない……」

ああ、あれは長男が生まれた夏だから、九年前（一九六〇年）の七月だ。私が札幌へ赴任したあくる年、初孫を見せるのが主目的でまず父を呼んだ。北海道は父にとって初めての旅だったが、もうひとつ、飛行機というものに乗るのも最初の経験だった。父はあのとき「飛行機なんちゅうものに、生きとるうちに乗れるたあ思わなんだぞ」と喜んでいた。しかし、何よりも喜んだのは、むろん生後半年の初孫だ。相棒と合計四人で然別《しかりべつ》湖の温泉へ旅行したが、その間の父の孫の可愛がりようは、全く文字通りの溺愛だった。私が初めて八ミリ映写機を借りて使ったのはこのときだ。父の生前の姿を、おかげで白黒フィルムの「活動写真」として今見ることができる。

この帰途、父は東京から夜行列車に乗ったのだった。そんなこともあろうかと思ったので、東京では相棒の実家に寄って泊めてもらってから、昼の一等車ですわって行くように言い含めてあったのだが、店を母にまかせてきたことが気がかりだったのと、東京の夏の夜の寝苦しさには常々懲りていたのとで、やっぱり夜行に乗ってしまったのである。一等車などというものも、私もそうだったように、父には思いも寄らぬ世界だった。年寄りが岡谷まで何時間も立ちつくしていたかと思うと、それは私も当時父からきいて知ってはいたが、改めて胸が痛んだ。

ミツオさはなおも思い出しては語りつづける——「札幌から東京の上空へ飛行機が着いたときの、夜景のすばらしさったら、忘れられんって言ってたなあ。あの日は俺んちに午後三時ちかくまで眠ってたっけな。それから岡谷の成田公園に一緒に上って諏訪湖を見おろしたり、あの辺には昔何があったとか言って、片倉製糸に働いていた若いころを心から懐かしがってたよ。一番印象に残ってるのは、川岸村寄りの方にあったとかいう写真屋を捜しに行ったことさね。片倉の社の近くだったそうだけど、そこで大きなアルバムを二冊買ったっちゅうんだなあ」

そうそう。このアルバムは、わが家の宝みたいなものだ。一枚の厚さが二ミリ近くもあって、各頁ともさらに一ミリ前後の厚紙で幅一センチくらい縁《ふち》どりしてあり、表紙は丈夫な麻張りの、それこそ踏んでも蹴っても壊れるようなしろものではない。小さな子どもには重くて持てないほどだ。大判の横開きのこの二冊に、父の少年時代から私の中学時代までの約六〇年間が圧縮されている。写真などというものは、このころの庶民にとっては年に一枚とるかどうかの「事件」だから、この明治末以来の記録は大切だった。例によって父は、親戚や友人からもらったものも含めて、すべて日付けを明記し、ピッタリと糊づけして、まるでアイロンをかけたようにきちんと張りつけてある。一週間前に法事で来た「北海道のおじさん」は、これを見てつくづく感嘆し、自分が昔とって紛失したのもここにはあるから、いずれ複写したいと言った。父にとってもこのアルバムは自慢のひとつで、「これもわたしがちゃんとこうやって保存しておいたからですに」と、八〇歳を越えている義兄としての伯父さんには「わたし」などという改まった言葉を使いながら、つい六日前の夜、ストーブのそばで父は言っていた。

その完璧主義はやや度が過ぎていたため、この二冊のアルバムが一杯になってからは、これと同じくらい頑固なアルバムを、もう売ってはいないなら自分で作ってから写真を張ることにしていた。未整理の、裏に日付けを走り書きした写真が山とたまっている。岡谷でこれを買った昔の写真屋を訪ねたのは、なつかしさの他に、あわよくば同じようなアルバムを入手できるかもしれないと、あるいは少しは考えた可能性もある。

「だけど、その写真屋はなかったなあ。その辺の店の人にもきいてみたけど、だれも知らなんだよ。それからこんどは諏訪湖の水門を見に歩いて行ったなあ。中央通りを、二人でアイスクリーム食べながら岡谷駅へ行ったもんだ。五時半ごろ出る汽車に乗って帰ったっけなあ」

ミツオさの話をききながら、滂沱《ぼうだ》と溢れる涙を私はどうすることもできず、両手でいくら拭いても

流れ落ちて、親戚の人々の顔を、しばらく涙の幕のために見ることもできなかった。（未完）

（季刊『辺境』第2次の1・一九七三年一〇月）

〈注〉

（1）小学校三年のときのこの作文は、本多勝一著『大地球遠征隊』（朝日新聞社）に収録されている。本書では原文の旧カナを新カナとし、漢字と句読点も読みやすく直した。

（2）**生活環境の寒極**　ずっと後に、この意味での生活環境の寒極は中国の南京周辺らしいことを知った。その報告は拙著『しゃがむ姿勢はカッコ悪いか』（朝日文庫）収録の「南京は世界の寒極かもしれぬ」参照。

（3）**信州の脳卒中**　事実のちにこの点の生活改善によって信州の脳卒中死亡率は徐々に下降しはじめ、一九八五年の統計では、信州の男性の平均寿命は沖縄県に次いで二位までになった。さらに一九九〇年には、男性が沖縄県を抜いてついに一位となり、女性も四位になった。これは一九九五年の調査でも同様である。詳細な検討は拙著『美しかりし日本列島』（朝日新聞社）収録の「日本一の長寿県・信州の〝内訳〟」参照。

父・本多勝策（ほんだ・しょうさく＝一八九七〜一九六九）信州・上伊那郡七久保村（現・飯島町）生まれ。小学校卒業後、岡谷市に出て片倉製糸に勤める。大沢すずゑと結婚後、一九二八年、病気（脊椎カリエス）療養のため退職、快復後は下伊那郡大島村（現・松川町）上新井に雑貨店（みすずや（美篶屋））を開業していた。「美篶」は信濃国の枕詞「みすず刈る」のスズタケから。七二歳で脳卒中のため死去。

宮沢芳重
――お地蔵さんになった日雇い労働者

同盟国だったドイツと違って、岸信介その他のような明白な侵略責任者が総理大臣になる社会とは、裏返せばまともな人間がしいたげられ、ときには気狂い扱いされて憤死する社会であろう。信州・伊那谷の一山村に生まれ、真の教育を求めて孤軍奮闘の生涯ののち、憤死してお地蔵さんになった宮沢芳重は、現代日本のかなしい民度での「大臣」どもとは反対の極にある人々の一典型である。

（下沢勝井・松下拡『人間・宮沢芳重――その反俗の生涯』合同出版＝の帯から）

〈付記〉　宮沢芳重（みやざわ・よしじゅう）は一八九八年（明治31）に長野県下伊那郡生田村長峰（現・松川町生田区長峰）で生まれ、小学校卒業後は農耕のかたわら郵便配達夫をしていたが、二〇歳で上京、新聞発送や筆耕などで苦学しながら正則英語学校・独乙語専修学校・東京物理学校予科などで学ぶ。天文学などの研究に励みつつ、厖《ぼう》大な読書をしていたが、五〇歳前後から故郷の伊那谷、とくに飯田に郷立の総合大学を設立するために情熱を傾注しはじめた。思想的には狩野亨吉から安藤昌益の世界観に近づいていた。晩年は数学の勉強にうちこみながらニコヨン（日雇労働）で生計をたてつつ、故郷の図書館などに多くの図書を寄贈した。郷立大学は実現しなかったが、飯田高校に天文台を設立する構想は六〇歳のとき実現した。一九七〇年（昭和45）、七二歳で死去。東京の「ニコヨン学者」として何度か報道されたため一部では知られていたが、本人はマスコミで扱われることを非常に嫌っていた。

死後、宮沢さんを慕う地元の有志らによって、生地の小高い丘（松川東小学校の校庭わき）に地蔵菩薩像がたてられた。「芳重地蔵」は、東に南アルプス塩見岳、西に中央アルプスの連峰を、そして南の彼方に、果せなかった郷立総合大学建設予定地・飯田市を見て立ちつくす。

加納一郎

——極地探検の研究と煽動の生涯

加納一郎氏——というより、やはりいつものように「加納さん」と書こう。加納さんと最後に話したのは、その突然の死のわずか一週間ほど前だった。久しぶりに、といってもたぶん二、三カ月ぶりだったたと思うが、電話が加納さんの方からかかってきた。来日中のドイツ人女性映画監督レニ＝リーフェンシュタールの新聞記事を読んでいるうちに、加納さんはいろんな思いで胸がいっぱいになったのである。

「やっぱりなあ。今の若い記者諸君には、あのころのことはわからんのやろうなあ」と、電話口で微笑しながら残念がっている顔が目に見えるようだ。——「彼女はベルリン・オリンピックの映画（民族の祭典、美の祭典）監督としてばかり書かれているんやけど、それ以前に女優として大変な活躍をしとった。とくにわしらのような山ヤには忘れられん人やな」

来日した去年で彼女は七四歳、その一週間ほど後に亡くなった加納さんが七八歳。加納さんの青春時代をこの女優が深い軌跡できざんでいるのは、山岳スキー映画への数多い出演で最新のスキー術を披露していたからである。当時の様子を加納さんは懐しさあふれる口調で語った。もともとバレリーナだったリーフェンシュタールは、原節子を世に出したアーノルド＝ファンク監督に起用され、『聖山』『モンブランの嵐』等々の主演女優として活躍したが、とくに日本の登山界に衝撃を与えたのはシュナイダーと共演した『スキーの驚異』（原題『狐狩り』）だったという。シュナイダーはアールベルグ派スキーの旗頭だ。そのころノルウェー式のスキーで〝時代の先端〟のつもりでいた山男たちは、いわばアルペン派の軽業スキー術をこの映画でさんざん見せつけられてドギモをぬかれたのだった。この中でリーフェンシュタールは狐の役になり、シュナイダーの狩人がそれを追いかける鬼ゴッコだ。ついに佐藤久一郎氏（日本山岳会の長老）は当時このフィルムを買いとって研究したという。

そんな想い出を電話口で語りながら、加納さんは「こんなことをいうと古い世代のくりごとみたいに思われるかな」とでもいいたげな、遠慮がちな、あるいははにかんだような声色で、しかし他方できれば記事の中でそんなことにも触れてほしいと私に示唆するかのような話しぶりであった。想えば一八年前、かけだし記者として札幌に赴任したとき加納さんを訪ねて以来、いつも同じだったあの静かな（しかし情熱を秘めた）語り口と、いくぶんハスキーな声。それをきくこれが最後の電話になった。

加納さんの学生時代から友人だった方々に比べると、私などはだから加納さんと知り合ったのは「最近」のことになってしまう。加納一郎という名前は私も学生のときからよくきいていたが、直接お会いしたのは就職してからである。けれどもその後のおつきあいでは、仕事を離れて個人的なことにも相談にのっていただいた。あまり積極的な意志で新聞記者になったわけではなかったから、札幌へ行って一、二年のあいだは「やめよう」と思ったことも再三あった。そんなときは、かつて朝日新聞社（大阪）にいた先輩でもある加納さんの家をたずねては、グチにも似た相談をもちかけた。この種の〃人生相談〃にはあまり明快な回答などありえないのだが、加納さんは息子に対するかのように真剣に考えてくれた。やがて北海道は私にとって第二の故郷と思われるほどになり、そこを舞台とする取材活動はすっかり私を「新聞記者」にしてしまった。あのころほど充実した記者生活は、以後諸外国へ行くようになってからもなかったと思っている。

加納さんが亡くなってまもない去年の九月中旬、加納さんへの尽きぬ想いの有志が東京で「加納一郎氏を偲ぶ会」（代表、西堀栄三郎日本山岳会長）を開いた。（関西でもこれより一足さきに開かれている。）国際文化会館での夕食会に集まった有志は、北海道や四国からの方々を含めて八十数人に達した。このときの提案のひとつに、加納一郎著作集の刊行がある。具体的な方法はまだ何も進められていなかったが、とりあえずこの機会にと提案だけされたものであった。

以後、「偲ぶ会」の中で比較的マスコミ界に関係の深い者が方法について検討してきた。故人との因縁から一応朝日新聞出版局を打診したが、これは実現しなかった。いくつかの曲折の後、有志による運動として刊行する方針をかためた。すなわち、目標を二〇〇〇部として予約者（運動参加者）を募集し、目標達成と同時に編集にとりかかり、予約者だけに配本する方法である。これにはすでに成功の前例もあり、次の点ですぐれている。――

①相対的に安い値段で良い本が入手できること。②目標達成を見定めてスタートするので、資金的に全く不安がない。③目標を越えた場合、それだけさらに本が充実する（増頁あるいは別冊増刊など）。

ここに拙文を寄せたのは、読者の中にこの運動に加わっていただける方があれば有難いと思ったからである。加納さんの著作活動での業績は大きくわけて三つあり、その第一は探検記の翻訳、第二は極地を中心とする探検史の研究と啓蒙、第三は『氷と雪』にみられるような雪氷学界への貢献であろう。これらの中には、きわめて貴重でありながら現在入手できないものも多い。たとえばチェリー＝ガラードの『世界最悪の旅』（スコット隊の南極探検・遭難の記録）は、各種のノンフィクション全集に抄訳がとりあげられているものの、その全訳は戦争中に一度出て絶版になったまま今だに再刊されないでいる。これは加納さんの名訳として有名だが、全訳版を持っている人はたいへん少ないであろう。また極地探検史を、加納さんほど情熱的に、読む人が若者なら探検家になりたくならずばおかぬほどの説得力をもって書いた人はいないだろう。体をこわして自身では活動できなかった加納さんは、ペンによって日本人を極地へ煽動したのであった。極地のあけぼのを日本語によって正しくとらえることができるのは、加納さんの力によるところが最も大きいだろう。古典の名にふさわしいものである。

著作集は右の「三つの分野」のうち第一と第二に重点を置き、未刊の随筆集も含めて五巻前後（二段組み四〇〇頁くらい）を予定している。刊行運動を成功させるために、なるべく多くの方々が参加して下さるようお願い申上げます。予約は加納一郎著作集刊行委員会（代表・西堀栄三郎）へ。

（アテネ書房『ケルン――解題』一九七八年六月）

加納一郎（かのう・いちろう＝一八九九〜一九七七）旧制京都一中の山岳部で活躍。北大に行って日本のスキー登山の草分け的存在となる。朝日新聞大阪本社に勤めながら、山岳雑誌『ケルン』を創刊、廃刊後は『探検』を編集発行。戦後は北海道で林業試験所につとめながら極地研究をすすめ、チェリー＝ガラードの『世界最悪の旅』を全訳したほか、名著『氷と雪』『極地を探る人々』その他の著書も多い。病のため自身では探検を実行できなかったが、日本の第一線探検家たちの成長に大きな影響を与えた。右の刊行運動の結果、教育社から『加納一郎著作集』全五巻（一九八六年）が刊行されている。本多が朝日新聞北海道支社にかけだし記者としてつとめていたころ、仕事の上でも個人的にも相談にのってもらった。晩年の一九六八年、その影響を受けた人々によって加納一郎を北極へおくる旅が企画され、実現した。その旅行記『わが雪と氷の回想』（朝日新聞社・一九六九年）も刊行され、右の全集（第4巻）に収録されている。

高野功

──「人民軍」同士の不当な戦場に死す

高野功記者（『赤旗』ハノイ特派員）は、中越国境戦争の取材中、ランソンに侵入していた中国軍の銃弾で殉職した。その第一報を八日の夕方きいたとき、誤報であってほしいと願う一方では、かなり高い可能性のある現実として「あの高野さんがついに……」という思いが希望的観測を圧倒するのをどうすることもできなかった。すぐに石川文洋氏（朝日新聞出版写真部）の部屋へ行った。日本電波ニュース社の友人に電話してみる。やはり本当だ。高野記者の打ってくる記事を毎朝のように『赤旗』で読んでいて、かなりこれは危険度の高いところへ踏みこんでいると思っていた。活躍ぶりに拍手をおくる気持ちと同時に、ハラハラもせざるをえなかった。ベトナム当局が外国人記者の安全に万全を期することは定評がある。だが、戦場に「絶対安全」はありえない。それにしても、今にしてベトナム戦争以来十何人目かの「殉職日本人ジャーナリスト」に高野氏が加わることになろうとは……。

私にとって、これは二重の意味で衝撃であった。ひとつは、いうまでもなく、ともにカンボジア国境戦線などを取材した〝戦友〟の死という個人的感慨である。去年の春、石川氏とともに中国経由でハノイにはいったとき、高野氏もその数日前にバンコク経由で赴任したばかりだった。鈴木勝比古特派員と交替のためである。高野氏と直接会ったのは、実はこのときが初めてであった。

想えば、高野氏が初めてベトナム（当時の北ベトナム）の地を踏んだのは一二年前（一九六七年）の夏だというから、それは私にとっても最初のベトナム取材として「南ベトナム」に滞在中である。以来、私も北ベトナムや統一ベトナムを何回も訪ねたのに高野氏と会う機会がなかったのは、彼が留学生としてハノイから離れた地域にいたためのようだ。

しかし、共にホーチミン市（サイゴン）へ行き、共に国境などを取材して歩くうちに、高野氏がきわめて有能な、すぐれた素質を持った記者であることを知った。ベトナム語が完全に話せることはむろん大変な武器だが、ジャーナリストとしての実力は、実をいうとコトバの問題を超えたところにある。いかにイギリス語がペラペラの記者でも、それが必ずしもアメリカ合州国について立派な記事を書けることにはならないだろう。しかし高野記者には、すぐれた記者の第一の条件ともいえる「執念深い取材力」があった。それに劣らず重要な「鋭い観察力」もあった。第一線の取材に出るのは初めてとのことだったが、それにしても文章も立派だった。その上に流暢《りゅうちょう》なベトナム語である。これで経験をつんだら、本当に恐るべき記者になったに違いない。

私が衝撃をうけたもうひとつの理由は、高野記者が中国の「人民軍」の銃弾によって殉職したという事実である。ベトナム戦争を通じて、南ベトナムの解放区といい、北ベトナムでの北爆下の戦線といい、合州国の侵略に抗して戦う側にいた日本人ジャーナリストは、一人として殉職しなかった。死んだ〃戦友〃たちは、すべて米軍またはサイゴン政権軍に従軍中か、カンボジア戦線かであった。ところが高野氏の場合は、抗米救国戦をベトナムの兄弟として共にたたかった「社会主義・中国」の、しかもベトナムに侵入した「人民軍」によって、しかも日本共産党機関紙記者として、犠牲者になったのだ。自称「社会主義国」をめぐる現在の困難な国際情勢を、彼の死はくすしくも象徴しているかに見えるのである。

あれはたしか、カンボジア国境に近いアンザン省の省都ロンスエンに泊った夜だったかと思う。高野氏を含めて四人ほどで、ベトナム支援のありかたなどを深夜まで語りあったことがある。そのときの彼の真剣な発言と表情は、暗い電灯や蚊帳、かこんでいた小テーブルなどとともに、実に生々しく記憶に残っている。それは今後の日本の「社会主義」の根幹にもつながる話題であった。いつかあのつづきを高野氏と語りたいと思っていたのだが……。

高野功（たかの・いさお＝一九四三〜一九七九）　兵庫県生まれ。宮城県立工業高校を一九六二年に出て東京の安立電気に入社、その秋に日本共産党に入党。一九六七年から四年間、ハノイ総合大学ベトナム語科で学ぶ。一九七八年二月から『赤旗』ハノイ特派員。翌年三月七日午後、ベトナム北部のランソン市内で取材中、中国軍狙撃兵の銃弾で殉職。享年三五歳。

宮本常一

――庄屋の台所の五〇個のハンコ

あれは九年前（一九七二年）の八月二五日のことです。札幌医大で開かれた日本民族学会・人類学会のシンポジウムに出席したあと、懇親会の二次会で石狩ナベを食べに、私を含めて計七人で行きました。そのうち今西錦司先生以下五人はいずれも私の旧知あるいは恩師でしたが、もう一人、私にとって直接お会いするのはこのとき初めてだった方が、宮本常一先生であります。

石狩ナベをかこんで飲むうちに、私が当時書いていてやや物議をかもしていた天皇制批判(1)について、今西先生が天皇擁護の立場から論争を挑んでこられました。私にとっては今西先生は公私にわたる大恩師ですが、こういうことでは譲れませんから、論争はかなり烈しくなりました。「ではアイヌから見た天皇って何だったんでしょう」という設問に回答が出てこないところで議論は消滅しましたが、その間、宮本先生はこの話題に強い関心を示し、かといって議論には加わらずに、終始ニコニコしながら耳を傾けておられました。あのとき宮本先生は何を考えていたのだろうという想いが、おだやかな笑顔の印象とともに、私には忘れられぬものとなっています。

宮本先生の文章は、それまできわめて断片的ながら目にしていたものの、まとまった著作を集中的に読むには到っていませんでした。しかし六年前（一九七五年）に岩手県の出かせぎの歴史を調べていたとき取材でお会いしたころから、宮本先生がどんなに偉大な、真に尊敬すべき人物かが、私のような門外漢にも少しずつわかりはじめたように思います。

このときいた先生の体験の一部に、山口県岩国の奥、向峠《むかいたお》の山田部落の話がありました。大正末か昭和初期のことですが、庄屋の家に行くと台所に五〇個ほどもハンコが並べてあったそうです。部落中の住民（ほとんど農民）から預かっていて、土地所有その他の文書に代表として自由に使っていたのでした。ムラ社会の共有の不動産としての山林が庄屋や名子主の個人所有になってしまった小繋《こつなぎ》事件型の騒動にはこうした背景があることを、宮本先生はそのとき義憤をこめて語られたものです。この話を私が書くに際して、先生は地名を改めて確かめ、間違いないことを電話で知らせて下さいました(2)。

この小さなエピソードにもみられますように、宮本先生の研究は徹底して末端の現場からの第一次資料に拠っており、それが必然的に、権力者の側でなく民衆・庶民（常民）の側に視点をおくことにもなったのでしょう。世界のどこの国においても、「書き残されたもの」のほとんどすべては権力側に都合のよいもの、都合よく曲げられたもの、あるいは支配の記録でした。そうした二次資料的「文書」をもとにした多くの歴史家による日本史に対して、宮本先生が掘りだす民衆史は、このような第一次資料をもとにしているために、きわめて正確かつ具体的で、説得力があります。先生は民俗学者ということになっているし、事実そうには違いありませんが、それ以上に、本来あるべき歴史学者の姿だとも思うのです。

近年になって提唱しておられた民具学の方法にしても、民具の形態や寸法のような古典博物館的研究よりは、それが作りだされる過程や背景に重点をおき、実際にその方法で作ってみてはじめて理解される領域があることを強調しておられました。これは民具の実際の製作・使用者、すなわち農民や漁民の視点からすれば全く当然のことで、むしろこれまでの民俗学がそうしてこなかったことの方が奇妙なことに思われるほどです。かつて小型タラ漁船に同乗して厳冬の北洋（北千島）へ行ったとき、船尾から延縄《はえなわ》を海中に三〇キロもくりだす作業中、船のスピードにあわせてさまざまな種類の縄を手早く結んだり重し（ドンベ石）をつけたりする漁師たちを私も手伝いながら、そのドウナワ同士の結び方やセナワ・シコナワ・ヤメ糸のつなぎ方などを教えられ、博物館で漁具の寸法をいくら測ってもこの種のことはわからぬことだろうし、その漁具の背後にある漁師たちの生きざまもわからないだろうと思いました。

そのような宮本先生に、私としてはこれから本格的に教えを乞いたいと思っていたのであります。それは単に「つもりだった」というようなものではなく、先生の著書から学ぶのはもちろんとして、先生の提唱をいま計画中の仕事の中で生かすために、実践の方法を指導していただくはず——私の方で勝手に決めてお願いに参上する「はず」になっていたのでした。口惜しい思いを、どうすることもできません。

でも幸いなことに、先生の志はすぐれた多くの後継者たちの中に生きていますから、そうした方々から私も学ぶことができるでしょう。先生の偉大な業績は、江戸時代の松浦武四郎のように、むしろ時間とともにますます輝きを増してゆく種類の、人類の宝であります。とんでもないニセ知識人やニセ学者が横行する現代、先生の早すぎる御逝去は、その意味でも残念に思われてなりません。

（宮本常一追悼文集『宮本常一——同時代の証言』一九八一年春）

〈注〉

（1）アンケート集『我々にとって天皇とは何か』（エール出版社編・一九七一年）の中で、私は天皇を否定し、今西先生は肯定している。私の回答はのちに拙著『殺す側の論理』（朝日文庫版または朝日新聞社「本多勝一集」第17巻『殺される側の論理』）に収録。

（2）これは拙著『そして我が祖国・日本』（朝日文庫版または「本多勝一集」第15巻『美しかりし日本列島』）第三部（南部のくに）の「小繋事件」に書かれている。

脇坂誠

——精悍なハニカミ屋との激論の日々

あこがれの山岳部に入部した一回生の春、山岳部の部室で初めて見た「ザッカス」こと脇坂誠ＯＢは、まさに山男そのものの精悍な風貌を見せ、その周辺から苛烈な岸壁や氷壁の空気が発散してくるかのようでした。さすがヒマラヤ帰りは違うと思われ、それ以前に見た山男の中では徒歩渓流会の川上晃良氏を思いだす風貌です。

けれども、部屋や彼の下宿で話すうちに、その心は案外やさしくハニカミ屋で、強がりを見せるときはむしろ気弱なときらしいことがわかりました。金毘羅の岩場ではときどき一緒になりましたが、大きな山行では残念ながら私は一緒だったことがなく、むしろザッカスを生々しく思いだすのは部室で激論した日々のことです。

なにしろ当時の山岳部は（今もそうかもしれませんが）議論が多くて、もちろん中には「議論なんかせんで仲良く楽しくやろうよ」式の山男もいましたが、「楽しく」議論する部員もなかなか多いことですから、深夜まで部室に電灯がともり、隣りの新聞部といい勝負でした。「なぜ山に？」「何のために山に？」「いかにして山へ？」といった種類のテーマから、やがて「現役によるヒマラヤ遠征の可否」という具体的かつ目前の問題になるに従って議論は熱気を帯び、『ルーム日誌』でのペンの論戦もスゴ味をおびてきて、もうとても妥協の余地はなくなってゆきます。

しかしザッカスは山そのものを心底から信じていたタイプの「純粋山男」でしたから、なにも山へ登るのにそんな大仰な議論などくだらぬと思っていたのでしょう。激論の輪に加わったものの、それを愉《たの》しむようなところはなく、むしろ「純粋山男」にふりかかってくる火の粉を、迷惑がりながら払わざるをえないような、「もういいかげんにしてくれ」といいつつ応戦しているようなところがありました。

最近、講談社から刊行した拙著『旅立ちの記』(1)に当時の山岳部のことを書く必要があり、念のため古い『ルーム日誌』を借りてコピーをとって読みふけりました。二十数年前のノートを読んでいると、ザッカスが髪を逆立てんばかりに激してペンを走らせている様子が、ほんの今夏の京大西部構内の一コマでもあるかのように鮮やかに思い出されます。妥協なき激論も、今となれば又とない青春の思い出となりました。

この『旅立ちの記』は、実は両親の一三回忌を記念して、ごく少部数ながら写真ページ入りの私家版を製作し、本の中に登場する方々や親類・友人に配ることにしました。ザッカスは本文中にはもちろん、写真ページにも登場します。ザッカスが闘病中であることをデルファ（高村泰雄氏）(2)から聞いていましたから、この私家版ができ次第お見舞いをかねて直接とどけるつもりでした。なにしろザッカスには、就職して京都を去って以来二十余年もごぶさたして、年賀状くらいでしか接していませんでしたから。

ザッカスの死をキョン（沖津文雄氏）[3]から電話で知らされたのは、私家版のできるほんの半月ほど前でした。まさか仏壇に贈ることになろうとは……。ザッカスよ。当時の記録を前にしてかの妥協なき激論の青春をまた蒸し返してみようか、などと楽しみにしていた訪問が、こんな次第でタッチの差で間にあわず、本当に申訳ありません。残念です。貴兄自身、おそらく最も残念なのは、山のことよりも園芸学者としてまだやりたい仕事がたくさんあったことでしょう。

ご存じの故・加納一郎氏は、あの世からのあいさつ状として用意していた「いささか長居をしましたが、やっとおわかれの時が……」の一文のあとに、次のような句をのこしました。あの熱血漢は、体をこわして自分が熱血を爆発させることができなかった分だけ他人を煽動《せんどう》し、私も煽動された口ですが、ザッカスもある意味では、爆発がまだ十分でないうちに先発隊として逝ってしまった感がありますから、ここに紹介しましょう。

ぼうふらも　蚊になるまでの　うきしずみ

いずれ私たちも後発隊として貴兄に追いついたら、激論のつづきをやろうじゃありませんか。

（脇坂誠追悼集『山・薔薇・ザッカス』一九八三年）

〈注〉

（1）『旅立ちの記』　講談社版は絶版。のちに朝日新聞社から刊行されている。

（2）**高村泰雄**　京大山岳部時代に本多と山行を共にした。農学部農学科卒後、フィリピンやビルマで稲作の研究。アフリカで農業生態学研究。アマゾンでトウモロコシの起源調査。一九五八年のＡＡＣＫ（京大学士山岳会）チョゴリザ登山隊員。一九六一年の同サルトロカンリ登山隊員として初登頂。著書に『アフリカ農業の諸問題』（一九九八年）ほか。現在日本熱帯農業学会副会長。

（3）**沖津文雄**　京大探検部時代の一九五七年、本多らと共にヒンズー＝ラージを探検。理学部地質鉱物学科卒後アラビア石油に入社、アラビア半島など中近東をはじめ海外各地で石油探鉱に従事した。一九八七年に本多らと共に日本シャハーンドク登山隊に参加。一九九二年のマレーシア＝パラム石油開発所長時代に本多らと共にキナバル山（北ボルネオ）登頂。

脇坂誠（わきざか・まこと＝一九二五～一九八二）神奈川県立フラワーセンター大船植物園業務部長。一九二五年東京生まれ・名古屋育ち。一九五三年京大アンナプルナ遠征隊員。一九五八年同チョゴリザ遠征隊員。一九八〇年ヤップ島・日本植物園芸協会調査隊長。一九八二年「木村賞」（日本植物園協会）受賞。著書に『さつき栽培12カ月』（講談社）『シャクナゲ』（ＮＨＫ出版協会）『庭木全科』（家の光協会）『小住宅の庭』（実業之日本社）『趣味のばら』（保育社）ほか。享年五七。

小林秀雄

——故郷と文化と民族を考えさせた詩人

信州の伊那谷と木曾谷は中央アルプス（木曾山脈）によってさえぎられている。中央アルプスは南アルプス（赤石山系）や北アルプス（飛騨山系）より幅がせまいにもかかわらず、高さではほぼ両者に劣らぬ稜線部分がかなりある。その結果、遠くからみるとまさに一枚の屏風が二つの谷をへだてているように見える。したがってそこから流れ出す川はいずれも比較的短かい距離で高い落差を通過することになり、急峻な谷底を大小の段々できざみながら天竜川と木曾川へ注ぎこむ。

この高い屏風を越えて二つの谷を結ぶ峠は五、六カ所あるが、さすがに最高稜線部たる西駒岳から越百《こすも》山に至るあたりに峠はなく、いずれももっと北か南のより低くなったあたりを通っている。利用度の最も多いのは飯田と南木曾を結ぶ大平峠であった。より正確にいえば、江戸時代宝暦年間から二〇〇年余の間における最も利用度の高い峠であった。それ以前には、さらに南の御坂峠の方が歴史は古い。そして最近の「高度成長」政策による過疎化と道路事情の変化によって大平峠はさびれはじめ、現在はバスも通わぬようになってしまった。

大平峠のすぐ東にある飯田峠との間の小盆地に宿場町として発達した大平部落は、拙著『美しかりし日本列島』（朝日新聞社）収録の「そして我が祖国・日本」で述べたような経過ののち、一九七〇年に全戸集団移住して二百余年の歴史を閉じた。周辺にムラがなくて孤立していたこの部落は、それだけ地域文化としての独立性が強く、ひとつの小宇宙としての独自の地域文化があった。生まれ育った人々がこの故郷を捨てるに際して後髪をひかれる思いだったことはいうまでもない。飯田市その他に散った村民たちの中には、望郷の想いを縷々《るる》吐露する人も少なくない。集団移住させられたことに怒りと恨みを抱く年配者もいる。

飯田市の詩人・小林秀雄氏は、筆名を武田太郎と号し、大平をたいへん愛していた。ここが廃村となるに際して、曲をつけるための次のような歌を創った（転載は作者の了承ずみ）。

さようなら　吹雪舞いちる
おさななじみの分校で
きみと別れの茶碗酒
背丈くらべが眼にうかぶ

さようなら　りんどう花咲く
飯田峠の　山守りの
とうちゃん持ってる火縄銃
熊の毛皮やいろりばた

さよなら　たよりとどかず
かなしさだめの大平
紅まんさくの山道の
わらびつみとる人もなく

この歌は、なんば淳至氏によって作曲されたとき、各節に「ああ帰る故郷　今はない」というリフレーンが付けられ、『大平エレジー』としてクラウン・レコードのドーナツ盤で出た。歌っているのは「高田耕とはじらいエコーズ」である。レコードをきいてみると、作曲は作詞の出来よりも落ちる。歌い手はもっと落ちる。飯田の小林氏いきつけの飲み屋で、そこのバーテンダー氏がギター片手に歌ったときの方がはるかに良かった。あのバーテンダー氏には「望郷」の想いがこもっていた。レコードで歌っているプロには、この歌の「文化」を理解する心がないのだ。故郷・風土から切り離された文化は、ただのなぐさみものの対象とされてしまう。都会の水茶屋などで歌われる木曾節が、木曾の木曾節と似ても似つかぬしろものになっているのと同様であろう。

故郷とは何だろうか。たとえば私自身の故郷としての伊那谷を考えてみると、その山や川は確かに故郷である。しかしもしそこが農薬その他で汚染され、公害工場が並び、高速道路や新幹線ができ、別荘地やゴルフ場だらけになり、観光客などであふれ出し、そして伊那谷に根づいていた文化が消えてしまったら、もうそれは故郷とはいいがたいものになるだろう。山や川は残っても、それは単に故郷の「舞台」の遺跡でしかない。死滅した標本だ。住みついてきた人々にしても、みずからが働き、その中で創り出してきた文化に拠らず、故郷・風土から切り離してなぐさみものとされた都会の文化で侵食されてゆくとき、もはやそれは故郷の人々ではなくなってゆくだろう。

故郷とは、したがってその意味では文化のことだということもできる。故郷は決してイナカばかりにあるわけではない。東京の下町に育った人々にとって、故郷はその下町の文化なのだ。拠りどころとなっているのは、下町の「舞台」ではなくて、そこで演ぜられ、息づいてきた生活文化なのだ。ということは、逆から言えば「舞台」が仮りに変っても、文化が変らなければ故郷はほろびない。極端な例はベトナムであろう。あれほど破壊戦争によって山の姿が変ってしまうほどの変化をよぎなくされた。しかし文化はついに変ることなく、民族自決による祖国統一と完全独立を迎えた。

大平部落の「故郷」はどうだろうか。山の木はだいぶ伐られはしたが、ともかく山も川も、そして百数十年も前に建てられた家さえも残った。正に舞台はそっくり残された。だがそこに住む人はだれもいなくなった。散りぢりになって、あちこちに埋没した。これでは文化が息づくことはありえない。さらに、その「死滅した標本」としての部落が、観光資本によって利用されようとしている。これでは舞台そのものさえも「なぐさみもの」と化すことだ。

資本の論理と侵入は、このようにすべてを「なぐさみもの」と化してゆく。故郷の歌が、それだけ切り離されて、「なぐさみもの」化しているだけなら、まだよかった。今やその舞台も人間も、つまり全「故郷」がまるごと「なぐさみもの」になろうとしている。

大平部落という小さな舞台についてのこの現象が、ひとつの国、ひとつの民族といった大きな単位にも当てはまることは、前述のベトナムの例でも明らかであろう。日本という国単位の「舞台」は、いまどうなりつつあるのだろうか。たしかに舞台は「沈没」してしまうわけではないし、人間も蒸発してしまうわけではない。だが、果して文化はどうだろうか。故郷が文化を意味するのであれば、祖国もまた文化を意味する。本当に私たちの先祖が創りだしてきた文化、三島由紀夫の如き文化破壊者のいうエセ文化ではなく、真の民族文化を守り、かつより発展させるためには、それを何が滅ぼそうとしているのか根源を見さだめて、戦いの鉾先をそこへ集中しなければならない。

〈おことわり〉この一文は小林君の亡くなる七年前（一九七五年）に書かれたものですが、彼のありし日をしのぶ弔文として再録させていただきました。文中のバーテンダー氏が歌ったとき、一番と二番の間にはさまれている次のような「語り」の部分を読んだ彼の表情が、つい数日前の飯田の夜のように思い出されます。

〈語り〉
信州の飯田市在、大平部落過疎のため集団離村、時に昭和四五年晩秋、紅まんさくの紅葉がきれいで、水はうまくて、秋のふるさとの思い出はつきません。
二五〇年続いた宿場町、そうだに私の家は代々庄屋でなあ。家はそのまんまだし、小学校分校もそのまま置いてきましたんな。そして、もう二度とこの家で暮すことはないんずら。さよなら、さよなら、もう大平は私の心の故郷でしかありません。

（武田太郎「詩と文と絵」刊行委員会『遺稿・追悼集「武田太郎・詩と文と絵」』一九八三年刊）

〈追記〉大平については、その後地元有志らの「大平宿をのこす会」が保存に努力し、さらに歴史的環境保存に熱意のある建築家や学者らによって「大平宿を語る会」が発足、「……のこす会」と協力して保存のみならず修理・再生をはかった。一九八二年には「大平保存再生協議会」（議長は飯田市長）の発足にこぎつけ、市条令による環境保全地区指定を検討中。

小林秀雄（こばやし・ひでお＝一九三一～八二年）信州・飯田町（のちの飯田市）に出生。旧制飯田中学・新制飯田高校に在学中ランボーに心酔して詩作を始め、処女詩集『焦土に立ちて』を出版。早大仏文科在学中に北川冬彦主宰の詩誌『時間』同人として旺盛な文学活動へ。大学院二年の後、郷里・飯田市に帰って亡父のハイヤー業を引継ぎ、まもなく社長に就任。かたわら詩集『原質』などのほか「折口信夫論」（『現代詩手帖』連載）『谷の思想』（角川書店）写真集『天竜川』（風書房）等を発表。また一陽展に毎年油絵を出品し、個展も四回開いた。心筋梗塞のため五一歳で急逝。

林達夫・とうるしの・馮景亭

――「かけがえの無さ」を考える

林達夫が今春八七歳で亡くなった。この人の名は私も中学生のときから知っていたが、それは思想家とか知識人とかいった意味ではなしに、『ファーブル昆虫記』の訳者としてだった。

これもさきに亡くなった「きだみのる」こと山田吉彦氏との二人の共訳によるあの名訳の岩波文庫を、飯田市の古本屋で二冊求めたときの嬉しさは忘れられない。戦後まもないあのころ、新本などむろんなく、私の村あたりの図書館にもなく、古本屋でも全二〇冊のうちこの二冊（第一〇、第一七分冊）しかなかった。（この当時まだ二〇巻の訳は完結していなかったが。）ずっとのちに全巻を求めたが、今も大切にしているこの二冊の奥付を見ると、刊行はなんと一九三〇年、まだ私など生まれる前のことだ。あまりに熟読したため、中学から高校にかけて書いた文章には『ファーブル昆虫記』の文体、すなわち訳者としての林達夫・山田吉彦の文体が露骨に影響している。

その林達夫の死にちなんだいくつかの追悼文や回顧談を読み、それぞれに「なるほど」と感心させられた。花田清輝の「書かなさすぎる」という嘆きをよそに「膨大な知識を抱えて」（『朝日ジャーナル』一九八四年六月八日号）死んだことは惜しまれるが、知識の量自体は実は大したことではない。

（知識の量だけ誇って独創的仕事のできない学者が、とくに日本には多いようだが。）林達夫に私が共感するのは、たとえば「林さんのスターリン批判は有名ですが、『スターリン批判のたくさん出ているときだったら、ぼくはスターリン擁護の文を書きましたよ。スターリンは政治家としては偉かったんだから』とおっしゃっていました」（同、鷲巣力氏談）というような面であった。

さて、ここで考えたいのは、もうひとつの型の「老人の死」についてである。たとえば、たまたま同じ『朝日ジャーナル』で連載中の拙文「南京への道」第六回（一九八四年五月一八日号）には、馮景亭という七六歳の老人のことが出てくる。無錫市郊外の一小村が日本軍に襲われて三八人がつかまり、強姦・虐殺・放火の地獄絵図となったとき、この老人一人は負傷しただけで奇跡的に生きのびた。あとの三七人がどのように虐殺されていったかを詳細に語ることができるのは、この馮景亭ただ一人である。

だが、私がこの村を去年（一九八三）訪ねるほんの三カ月前に、馮老人は亡くなっていた。村人たちはたいへん残念がり、また私のためには気の毒がって「でも、馮景亭の体験はくわしくきいてありますから、かわりにお話しできます」といってくれたものの、間接取材では限度がある。当人なら、そのときの情況をどんなに根ほり葉ほり徹底的にきいても一〇〇パーセントの回答が期待できるが、また聞きでは「その人が当人からきいたことだけ」しかわからない。馮老人の体験は文字通り「かけがえ」のないことである。

別の例でいえば、一昨年亡くなったアイヌ民族のフチ（おばあさん）「とぅるしの」さんは、そのアイヌ語自体はもちろん、ウエペケレその他のアイヌ伝承文化にとくにくわしい存在そのものであった。「かけがえのなさ」からいえば、存在の研究者よりも「存在そのもの」の方がはるかに重要であろう。研究者は別人が現れうるが、「そのもの」に代理や継承者はありえない。また研究者はえてして自分の興味に関係する小範囲のことだけを、「そのもの」の全体像の一部として残すにすぎないことが多い。

馮景亭や「とぅるしの」の死は、その比類なき「かけがえのなさ」にふさわしい報道も顕彰もされなかった。林達夫に限らぬことだが、知識人・文化人の死に際して惜しまれる「かけがえのなさ」についていて、私はいつもある種の違和感を覚えざるをえない。あえて林達夫の例でいえば、『ファーブル昆虫記』の「存在そのもの」としてのフランス語原書は馮景亭や「とぅるしの」に相当する「かけがえのなさ」性があるが、その訳業は代理人が絶対不可能とはいえない。モーツァルトのドン＝ジョバンニは「そのもの」だが、その解釈は、むろん林達夫流という意味では「そのもの」だとしても、ドン＝ジョバンニ自体の「かけがえのなさ」性を超えることはできない。

いうまでもなく、林達夫にケチをつけようというのでは毛頭ない。大いに、いくらでも、評価・顕彰してほしい。私がいいたいのは、「それに劣らず」または「それ以上に」評価顕彰されるべき「存在そのもの」が、あまりにも黙殺されすぎているのではないかということなのだ。馮景亭や「とぅるしの」に相当する人物の死が、あまりに軽く扱われすぎていはしまいか。出版やジャーナリズムの世界が知識人同士の八百長的「知的関心」に独占されているから、一種の仲間ボメ顕彰ばかりになっているのではないか。

きくところによると、文学賞の類はサロン内の仲間ボメの相互受賞に堕しているとか。これでは最近の日本の文学者に勇気ある知識人が出ないのも当り前というものであろう。

（『生協運動』一九八四年八月号）

田附重夫

——地球環境汚染と戦っていた「ガイガー」なのに

東京工大資源化学研究所教授・田附重夫さんの早世を惜しむ声が、内外の専門学者たちからしきりに寄せられている。

一言でいえば、光化学と高分子化学の接する最前線の領域で、きわめて広い応用分野を開拓し、その基礎研究をすすめていた。たとえば高密度記録媒体としてのCD（コンパクト＝ディスク）の材料設計とか、植物の光合成（炭酸ガス固定作用）の化学による実現とか。とくに後者は、炭酸ガス増加による地球環境汚染への対策としても期待され、こうした分野で国内では学界や通産省・科技庁のプロジェクト指導役をこなし、国際的にもリーダーになっていた。同じ研究所の宍戸昌彦教授は「大きな求心力を失ってこの分野の研究の失速を心配している」と嘆く。

その田附さんと最後に会ったのは、三カ月前の西堀栄三郎氏の通夜の席である。実は田附さんは京大山岳部で記者と山行を共にした山男でもあり、一九六四年のニューギニア最高峰ジャヤ山（旧名スカルノ峰＝五〇三〇メートル）に田附さんが登頂したとき、その山麓の村に記者が住みこんで書いたルポが『ニューギニア高地人』だった。田附さんはその後ヤルン・カン（ネパール＝八五〇五メートル）遠征にも西堀隊長のもとに加わり、七五〇〇メートルの第Ⅳキャンプまで登って支援している。同じ理科畑の西堀さんは日ごろ田附さんの着想の独創性を高く評価していた。
「いやァ、わしも大手術で命拾いしたところや」と、西堀さんは言っていたが、せっかくついに命拾いにはならなかった。去年の暮れの人間ドックでひっかかった胆のうの異常を、日大病院へ検査に行きながら悪性と判定されなかったことに、宏子夫人はあきらめきれないでいる。

（『朝日新聞』一九八九年七月二九日夕刊）


右の一文は、ガイガー（と山岳部時代の愛称で書かせていただきます）が他界されてまもなく、朝日新聞の「流れ雲」というコラムに発表した記事です。これは最近亡くなった方の追悼記事のコラムで、あるていど筆者の私事にからむことにもふれてよい（というよりむしろ歓迎）ところなので、こうした内容にしました。

山岳部時代のこと、西イリアン（ニューギニア）でのことなど、思い出は今なお生々しくて、それらを綴るにはとても短文には尽くせませんが、一種奇妙なことに、ガイガーのイメージがより鮮明な部分は、山行中のそれよりもむしろ部室で議論しているときとか、西イリアンでもキャラバンを終って夕食時の懇談のときとか、要するに山を離れた時間・空間のなかのことが多いのです。たとえば西イリアンでのある夜は、イギリスのイレブンイヤーズ＝テストのことを大いに論じたことを、焚き火に照らされたガイガーの微笑とともに忘れられません。

しかしながら、限りなくさまざまな主題について語っていながら、かんじんのガイガー自身の専門については、主として私の無知に由来するのですが、あまり対象にはしなかったようです。西イリアン以後はほとんど会う機会がなかったせいもありますが、八年前（一九八二年）に『私家版・旅立ちの記』を贈呈したとき、このなかに登場する山岳部ＯＢで関東在住の有志が私のために〝出版記念〟の小宴を開いてくれ、久しぶりに歓談することができました。そのとき改めて、光化学や高分子化学でのガイガーの仕事のすばらしさを、もちろん不十分な理解ながらも知って、たいへん頼もしくかつ嬉しく思いましたし、自著『ファイン・ポリマーの世界』（岩波書店）を送ってくれたのはその直後です。

想えば「ガイガー」とは、だれがつけたか知らないけれど、実にうまい愛称でしたね。議論はおもしろかったけれど、うるさいこともうるさかった。でもガイガーをよく知っている者からすれば、あのうるささは決して意地悪や性悪な心情からではなく、反対に心やさしい田附重夫チャンの表現様式の一側面でした。

地球環境といった意味での「人類」や「生物」のために惜しみて余りあるガイガーの死ではありますが、私たちにとっては「かけがえのない友人」としての死であり、何よりも第一に感ずるのは深い「淋しさ」なのです。

（追悼田附重夫出版会『追悼田附重夫』一九九一年）

手塚治虫
――漫画家を夢想した頃の「恩師」

A　ある種の予感を覚えるままに

信州の山村では映画を見る機会さえめったになく、かわりに村芝居などが盛んでおもしろかったものの、小学生（当時は「国民学校」）くらいの日常としては、魚とりやキノコとりといった山野のかけめぐりをのぞけば、少年用の雑誌や漫画が主たる楽しみだった。自分で買うことなどめったになく、近所の友だちや同級生のあいだで借りあってまわし読みをしていた。

私もまた漫画に熱中していて、『タンクタンクロー』とか『冒険ダン吉』といった長編単行本を借りたときは胸が高鳴って、しかし「また漫画読んどる！」と父に叱られるので井戸端（井戸と物置をかねた小屋）で読んだりした。読むだけではがまんできなくなって、小学校六年のときにノート一冊分の長編漫画を鉛筆で描いたが、これは軍国少年そのままに『壮烈戦闘機2号』と題する四七〇コマの「空の英雄物語」だった。（いまも保存してあるのでこのようにコマ数まで書けるのである。[1]）

中学生になってからも鉛筆で長編マンガを描いたが、もちろん「発表」するというようなことは全く思いもつかないうちに敗戦となった。(2) それから二〜三年して、正確には旧制中学のうちだったか新制高校になってからなのかわからないのだが、手塚治虫氏の作品に接することになる。そのころようやく「発表」のことを考えるようになった。しかし現在とちがって、漫画の描き方を初歩から教えてくれる入門書など全然なかった。だからたとえばスミで描く前に鉛筆でおおざっぱに下絵を描くとか、原稿の方が発表された絵より大きいといったことも知らなかった。

いま思えば冷や汗ものだが、そこで手塚治虫氏に「漫画原稿の描き方」を質問する手紙を書いたのである。私も昆虫に熱中していたので、オサムシ(治虫)という筆名にとても親しみを覚えていた。それに手塚氏は漫画界では大型新人として有名でも一般にはまだそれほど「有名人」にはなっていないころなので、こちらも気軽に面倒なファンレターを出したのであろう。

まもなく返事がきて、かんたんではあったが漫画原稿の描き方を教えて下さった。これはもう大変なことなのだが、当時の私はその「大変性」を理解できず、今その返信がどこにあるのか捜せないでいる。棄てたはずはないので、信州の実家のどこかにあると思う。とはいうものの、同じころある昆虫学者やある鳥類学者に出した手紙が黙殺されたことがあったため、手塚氏の誠意にはもちろん感激した。(といっても手塚氏が現在のような超有名人になってしまっては、(3) とてもあのようなことは物理的に無理と思われるが、ファンレターにはどう対応しておられるのだろう。)

こんな次第なので、手塚氏は文字どおり私の「恩師」であり、(発表時の)表題に「先生」をつけたゆえんである。教えられた方法にしたがって漫画を描き、いくつかの雑誌に投稿した。一つか二つ採用されたことがあったが、成功率は低かった。やがて関心の中心は漫画から登山や生物学に移った

ために投稿もしなくなってしまったが、長編のつもりで描きかけたまま放置された原稿が変色しかけて残っている。(4)

以来今日まで、先生の主要作品を熱読し、強い影響を受けてきた。十余年前から何かのきっかけでときどきお互いの新著を贈答していたものの、そのような恩師としての手塚先生と直接じっくりとお話する機会がもてたのは、四年前（一九八四年九月一四日）に中国から帰国する飛行機の中である。私は南京からの帰途、先生は上海での漫画家交流会に出席された帰途だった。上海空港待合室での先生は、通りがかりの初めての人でもサイン依頼に快く応じ、キャラクター（作品の主人公）のひとつまで描きそえて、かつての漫画少年に対する誠意は少しも変わっておられない様子だ。そして機上で隣りあわせてからは、少年のころの失礼を話したり作品を論じたりして、あたかも「世紀の巨人」と直接対話したかのような胸のときめきをおぼえながらの数時間であった。

いや、これは「あたかも」ではなくて、手塚先生は事実として「世紀の巨人」であろう。数年前に文芸評論家の小林秀雄が死んだとき、その解説を書いた朝日新聞社のある編集委員（当時）は、「現代まれにみる巨大な存在」として、「その大きさに比肩し得るのは、わずかに、民俗学の柳田国男ぐらい」と表現した。これについて私は「小林秀雄〝巨人〟報道を嗤《わら》ふ」(5)と題し、明治以後の現代日本で巨人を二人だけ選べば小林と柳田だというこの解説について解説した。柳田国男はともかくとして、小林秀雄クラスだったらそれ以上の巨人は日本にもたくさんいる。たとえば、とすぐに浮かんだ一人が「手塚治虫」である。

手塚先生が日本人に与えた影響の広さ・深さ・大きさは小林秀雄など足もとにも及ぶまい。そして、これが重要なのだが、その影響は国境を超えているのだ。さきの小林秀雄の解説への解説で、「その思想が民族の境界を超えるかどうかは、偉大性を考えるための有力な要因の、少なくともひとつ」と私は主張し、「小林の思想は、世界といわずとも、たとえば隣国の韓国人や中国人の目で見るとき、どんな様相を帯びてくるでしょうか」と書いた。手塚先生の国境を超える普遍性にくらべると、小林秀雄の「思想」などは〝巨人〟どころかメダカ民族の自慰でしかないであろう。事実これはほんの一例だが、中国人ジャーナリスト趙文斗氏の次の言葉は図星である。

「日本では偉人といわれる人も隣国では尊敬されない。その意味を考えてほしい」(『朝日ジャーナル』一九八八年九月一六日号「なぜ日本人は嫌われるか」)

手塚先生の思想の片鱗は、たとえば次のようなことばの中にもうかがうことができると思う。

「……しかし、終始一貫して、僕が自分の漫画の中で描こうとしているものは、次の大きな主張です。

〝生命《いのち》を大事にしよう!〟

この主張は、『自然の保護』『生きものへの讃歌』『科学文明への疑い』『戦争反対』などのテーマにかえて、どの作品にも、訴えたつもりです」(手塚治虫『漫画40年』秋田書店)

このような真の巨人と、たまたま本誌(『朝日ジャーナル』)で舞台をともにすることができたことを、不肖ながら〝弟子〟の一人として限りない光栄に思う。

＊　　＊

以上のような一文を書いたのは、実は去年（一九八八）一二月である。手塚先生の本誌連載が二度目の休載になったとき、あの律儀な人が……とある種の予感を覚えるままに、深夜に目ざめたときペンをとって書いたものであった。いつ出してもいい内容なので、他の仕事で本誌締め切りにまにあわぬときのための予備にしておいた。それが今日二月九日、突然の訃報によってそのまま追悼文となってしまった。享年六〇。まだ活力のみなぎる齢の早世、それを惜しむ何百万あるいは千万の単位かもしれぬファン以上に、御当人こそがさぞ口惜しかったことであろう。

（『朝日新聞』一九八九年二月一一日夕刊および『朝日ジャーナル』同年二月二四日号）

B　天才ドオベルマンよ！

手塚治虫先生が亡くなられた九日の夜、伊藤正孝氏（『朝日ジャーナル』編集長）が弔問にうかがうというので同じ車に便乗した。東久留米市のご自宅への途中で伊藤氏からきいた話によれば、一二月の再入院の前に会ったとき、これから手がけたい仕事を列挙してやる気満々だったという。

ご自分の仕事部屋に安置された先生の亡《な》き骸《がら》は、「かつらです」と言っていたあのベレー帽を胸にのせていつもの眼鏡をかけ、すでに癌との苦闘も終えてやすらかな表情であった。この仕事部屋には御家族もほとんど入《い》れなかったと悦子夫人が語っていたが、その壁には「10万馬力復活！」と題する寄せ書きが張られ、弟子たちや手塚プロ一同の必死の祈りをこめた激励の文字が、いまは悲しくおどっている。「10万馬力」はむろん『鉄腕アトム』のエネルギーである。

想えば去年（一九八八）一月二九日の朝日賞祝賀会の席で歓談したのが手塚先生とお会いした最後、

あのあとまもなく発病されたのだった。私のほうは南米などに長期出張したりで、お見舞いの便りさえ失礼していたが、実際そんな重大な病とは知らなかった。

応接間で手塚プロの松谷孝征社長と伊藤氏が本誌（『朝日ジャーナル』）での特集の打ち合わせをしたさい、絶筆になった連載『ネオ・ファウスト』の、最後の下書き原稿（『朝日ジャーナル』一九八九年二月二四日号二九ページ）を拝見した。ふきだし（人物の会話部分）に鉛筆で書かれている字を見たとき、四〇年ほど前にいただいた先生の手紙をありありと思いだした。完成品の本は活字になっているふきだしの文句を、原稿ではどうしていいのかも分からなかった当時、先生にそのことも尋ねたのである。「鉛筆でうすく書いておく」というお答えであった。（前述の描きかけのマンガ原稿も、だからふきだしの部分は鉛筆でうすく書かれている。）

二日後（二月一一日）のお通夜に集まった人々は壮観だった。上は五〇歳代から下は二〇歳代まで、現代漫画界・アニメ界を背負う人々、そのすべてが、直接・間接に手塚先生の影響を受けて育ったのだ。その影響はファンにおいてこそさらに広く・長く、げんにわが家でも親子二代に及んでいる。今後も（もし人類が無事に生きつづけるものならば）古典としてさらに何代にも及んでゆくだろう。

そのように大勢集まっていた弟子の漫画家たちの中で最も若い方の一人・石坂啓氏にきいた思い出話には、手塚先生の別の素顔がいくつもあり、それらはこの天才の評価にマイナスになるどころか、むしろ「天才性」を理解する上でもたいへん貴重かつ納得できるものであった。

たとえばファンに対する態度である。見知らぬファンでも実に丁寧で律儀な対応をするのだが、そのあとで超多忙の現実にもどると突然イライラーッとしてパニック状態になり、自分自身に腹を立てたり周囲に八ツ当たりしたり。しかし次のそんな機会には、またもケロリとして、つい「やさしい手塚先生」になってしまう。ファンレターに対しては年に一度の賀正葉書で応じていたものの、ときには急に思いたって、長文の返事を初めての人に延々と書きつらねることがあった。こういう一見相反する態度も、この天才がバランスを保つためにはむしろ当然だったのであろう。

たとえばまた、若い才能への露骨な競争心である。最近一〇年ほどの間に私が見たアニメのなかで最も感動したのは宮崎駿《はやお》氏の『風の谷のナウシカ』で、アニメばかりか日本映画界全体としても最高傑作にはいると想うのだが、手塚先生はこれを見ていたに違いないにもかかわらず、断固として黙殺しつづけたという。いや間接的表現ながら否定的な評価をしていたらしい。

わかる。おそらくショックだったのだろう。すべての点で頂点をきわめた手塚先生は、言ってみれば漫画・アニメ界での宮本武蔵である。明らかに実力のある剣豪が若手の中に出現したとき、宮本武蔵は並々ならぬ敵愾心《てきがいしん》を抱くであろう。勝つためにはそれ以上の作品を問う以外にない。手塚先生は冗談に漫画を〝正妻〟、アニメを〝恋人〟と呼んで、漫画でもうけながらアニメにつぎこんで赤字になる関係をたとえていたが、それほど惚れこんでいたアニメ界に宮崎氏のような才能が出現したことに、一種〝三角関係〟のような嫉妬を覚えていたのだろう。今後のやりたい仕事の中に、宮崎氏の仕事への挑戦の意味も含まれていたに違いない。宮崎氏の次の言葉は興味深い。

「ボクは手塚さんを超えたとは言わないけれど違う方向はみつけたと思っている。手塚さんに戦いを挑み、そして訣別して新しいものをつくることこそ、手塚さんも望んでおられるのではないか」

（『ＳＰＡ！』一九八九年二月二三日号）

その手塚先生にとっては、してみると宮崎氏は「挑戦への反撃」対象だったのかもしれないが、こういう対決ならば観客としてものぞむところ、両雄が作品による火花を大いにちらせてほしかった。

それにしても手塚先生は質ばかりか量においてもまさに天才・超人であった。週刊誌に換算すると四本に四〇年間連載し続けたことになるという。それにアニメが加われば慢性的な睡眠不足は当然であった。三〇歳ごろ結婚してから家族と共にいた時間を換算するとわずか一年何カ月だとか。その超多忙な様子を伝えるエピソードは限りないが、いかに超人といえども鉄腕アトムのようなロボットではない以上、そんな生活を四十数年もつづけていたら、身体に影響のないはずはなかろう。食事も家庭料理から遠ざかりがちになり、店屋物《てんやもの》が多くなって、どうしてもバランスが良くないだろう。あるいはこれが胃がんの遠因ではなかっただろうか。父君が三年前に九〇歳近い齢で亡くなったばかりというから、家系的にも決して短命ではなかったはずである。

もう二〇年ちかく前の手塚先生の作品に『ドオベルマン』(『SFマガジン』一九七〇年二月号)という短編がある。新宿で突然出会った奇妙な外人画家ドオベルマン。それが死ぬまで、もうメチャメチャな量の絵を描きまくる。はじめは絵に脈絡がないように思われたが、次第に全体が一貫性を示すことがわかってきて、どうやら遠い宇宙で大爆発《ビッグバン》に関係して亡びた星の生涯らしい。その星から脱出した宇宙人が、ドオベルマンという無名の地球人画家を選んで、自分たちの歴史を記録させたのである。ドオベルマンの最後の絵は、恒星の大爆発のあと自分たちの惑星を脱出するところだが、脱出先を暗示する太陽系の絵を「カキカケタラ、(内なる声に)急ニヤメサセラレタ」と言ってドオベルマンは死ぬ。

このドオベルマンの狂気じみた大量生産の様子は、まるで手塚先生自身の生活を皮肉っているかのようだ。客が来たのも気づかずに、食事には手間を惜しんで即席ラーメンばかり。「自分の寿命を知っていてその一生が終わるまでに描き上げなければならないといったセッパつまった感じだった」(『ドオベルマン』から引用)

手塚先生の生涯に似てはいないだろうか。あたかも宇宙人に指示されていたかのように、眠る時間も食事時間も削って描きつづけた四十数年間。でも手塚先生は、その寿命までに「描き上げ」たのだろうか。おそらくそうではあるまい。六〇歳は無念の未完成だったに違いない。

手塚先生の功績について「漫画やアニメに画期的影響を及ぼした」といった類の評価があるけれど、とてもそんな枠の中の人物ではありえなかった。ノーベル賞などというようなものの価値に幻想は全く抱かぬものの、たとえばの話、もしその文学賞を贈るに真にふさわしい現存日本人がいるとすれば、いかなる日本の小説家よりも、それは第一に「手塚治虫」だったのではなかろうか。

(『朝日ジャーナル』一九八九年三月三日号)

〈注〉

(1) **『壮烈戦闘機2号』** この長編マンガは小学校時代の作文とともに本多勝一『大地球遠征隊』(朝日新聞社)として刊行されている。

(2) **中学生の長編マンガ** これも右の本に収録されている。

(3) のちに知ったところでは、年賀状の機会に一年分のファンレターに応じて印刷葉書を出していたという。

（4）　描きかけのマンガ　これも『大地球遠征隊』に収録されている。

（5）　小林秀雄の解説への解説　本多勝一『愛国者と売国者』（朝日新聞社）収録の「小林秀雄〝巨人〟報道を嗤《わら》ふ」

手塚治虫（てづか・おさむ＝一九二八～一九八九）　本名は手塚治。大阪府豊中市生まれ。浪速高校理2、大阪大学医学部をへて、一九五一年から同大附属病院インターン勤務。一九四六年一月、阪大入学前から毎日小学生新聞に「マアちゃんの日記帳」でデビューし、翌年の『新宝島』がベストセラーとなる。以後、『ジャグル大帝』『アトム大使』（のちに『鉄腕アトム』へ）『リボンの騎士』『火の鳥』と次々に発表。数々の賞を受賞。一九六一年、虫プロダクション創立、アニメ界にものりだす。人類史上最大ともいえる漫画家であり、思想家でもあった。

西堀栄三郎

——着想が卓抜な「真夜中のニワトリ」

京大の山岳部に私がはいった一九五四年当時、西堀栄三郎とか今西錦司・桑原武夫とかいった創生期の超大先輩たちは、現役学生からみれば雲上人みたいに思われたので、親しく接する機会がない、というよりも畏敬の念が強すぎて近づくのもはばかるような存在であった。しかし現役学生によるヒマラヤ計画をすすめ、探検部も創設する過程で、こうした〝雲上人〟にも助言を得るため近しくなっていったけれど、西堀さんは京都に住んでおられなかったので依然としてお会いする機会がなかった。

初めて直接お話ししたのは、一九五六年の一一月二九日である。このとき五三歳の西堀さんは、第一次南極越冬隊長として『宗谷』でインド洋を南下中であった。私は現役学生によるヒマラヤ遠征のあと、貨物船に便乗して帰国の途上だった。両船はスマトラ沖ですれちがい、遠めがねで互いに船体を認めながら無線電話で話したのである。西堀さんのほか、永田武隊長や伊藤洋平・北村泰一両隊員（山岳部OB）とも話した。西堀さんは今西さんへのことづけのあと、探検部が南極にも目を向けて実力を身につけるよう助言された。

このように直接の対面ではなかったものの、西堀さんとの初めての出会いはいささか〝劇的〟だった。残念ながら私は就職せざるをえなくなって探検家への夢は挫折したけれど、つとめ先が最初の北海道から東京へ転任になってから、今度は直接お会いして親しく助言をいただいた。何についての助言だったか忘れたけれど、ステファンソンの著書（Arctic Manual）を借りたことがあるから、北極圏の『カナダ＝エスキモー』取材に関連したことかもしれない。新橋で驕ってもらった寿司が実にうまかった。

以後、西堀さんと個人的にお会いするときは冒険に関する仕事での助言を得るためのことが多かった。名せりふ「石橋を叩けば渡れない」や「出る杭はのばす」の元祖で、同名の著書もある西堀さんは、日本に少ない真の意味での冒険家といえよう。科学や技術の飛躍的大発見は、石橋を叩くような研究からは出てこない。むろん着実な研究の裏付けは必要だが、ある一線以上は賭けであり、直感である。科学者として世界に通用する第一線の研究者だった西堀式ものの考え方は、だから海や山や極地の冒険においても全く同じ――というより、むしろ冒険を母体として科学にはいったというべきだろう。植村直己を熱心に応援した西堀さんに、私は金子健太郎（ドラムカンのイカダによる太平洋横断計画）を紹介したことがある。そのときの助言のしかたは、横できいていても教えられるところが誠に多かった。

西堀さんとは最近になるほどお会いする機会がふえ、とくに『加納一郎著作集』（教育社）の編集ではひんぱんに西堀事務所を訪ねた。そして、そうとはむろん知るよしもなく最後の邂逅となったのは去年（一九八八年）の一〇月末である。山岳部・探検部の先輩として、ある若手ＯＢの送別会に出席されたときだった。胆嚢の手術から立ち直って意気軒昂、相席にいた私に熱弁をふるったのは、トリウムを燃料とする安全な原子力発電構想である。

「これなら、たとえ皇居に原発を置いたって大丈夫やで」

うーん。宮城《きゅうじょう》に原発を、ですか。これは「東京に原発を」よりおもしろい。見出しになりますね。そう私が言ったとたん、相手が新聞記者であることを思い出されたらしい。昭和天皇の病状が刻々と報道されていたときだったから、西堀さんはあわてて話題をそらせてしまった。

西堀さんがかつて理事をしていた日本原子力研究所の現・企画室長で、山岳部の後輩でもある松浦祥次郎さんは、このように何につけても卓抜な着想で世の常識に風穴をあけていた西堀さんを「真夜中のニワトリ」と評した。夜明けに鳴けばいいのに、深夜では早すぎてときに物議をかもす。しかし当人はこの評が結構気に入っておられたようだ。

毎年一月に東京でやっているＡＡＣＫ（京大学士山岳会）関東在住会員の懇親会に、西堀さんは日本にいるかぎり毎年必ず出席していたのに、今年は姿を見せなかった。去年のこの会でＡＡＣＫ関東会が発足して西堀さんを初代会長に決めたばかりである。欠席がたいへん気になったので、かねて計画していた懇親山行を早くやりたいと思いつつ、私はオーストラリアのサバク地帯へ仕事でしばらく出張しなければならなかった。訃報をきいたのは帰国直後である。

四月一六日通夜。近縁者からきいた話では、義兄・今西錦司博士（西堀夫人は今西氏の妹）の、現在のしたたかな闘病の姿が、最後の入院中の大きな励みになったらしい。想えば少年時代から八〇歳代まで、この二人ほど一緒に山や探検にうちこんできた絶対的友情の生涯があるだろうか。無意識となった死の床から、西堀さんは「今西！」と呼びかけたという。

かねて計画していた「懇親山行」は、そのまま西堀さんの追悼山行となって六月はじめの丹沢で行なわれた。前夜泊まった山荘で、三高山岳部時代の西堀さんたちの作詩「雪よ岩よ……」（雪山讃歌）を、私たちはそれぞれの感慨をこめて歌った。

（『朝日新聞』一九八九年四月一七日夕刊および日本山岳会『山岳』一九九〇年版）

西堀栄三郎（にしぼり・えいざぶろう＝一九〇三〜一九八九）世間的には第一次南極越冬隊長として知られたが、その活動は登山界・探検界はもちろん品質管理から原子力関連にいたるまで、壮大な広がりの、かつ最先端をきりひらいてきた巨人。植村直己などの冒険家を心から愛し、支援した。その創意工夫と冒険の生涯は、『西堀栄三郎選集』（3巻と別巻の全4巻）として悠々社から刊行されている。今西錦司の義弟。

犬飼哲夫

——北方動物へのダ・ビンチ的な幅広い研究

世間的には南極・昭和基地での犬ゾリ用カラフト犬の育ての親とか、タロとジロの生存予言などで有名だったが、本領はいうまでもなく動物発生学や動物生態学である。北方地域の動物相では、北海道でのナキウサギの発見そのほか、いわばレオナルド・ダ・ビンチ的な幅広い研究が目立ち、「一人の動物学者で、これだけ広い分野で研究を展開された方を知らない」（森樊須北大教授＝応用動物学）ほどだった。

朝日新聞北海道支社でのかけだし記者時代に「きたぐにの動物たち」という連載記事を長くつづけたことがあり、多くの取材協力者たちの中で最もおせわになったのは犬飼さんである。「権威はあるが、権力を指向されない」（森教授）犬飼さんは、ひとつには記者と同郷の日本アルプス山麓育ちのせいもあって、終始気さくに相談にのって下さった。北大植物園で飼育されていたヒグマの肉を記者の社員寮に持参されて〝クマ鍋《なべ》〟で談論したこともあり、野性に比べるとやわらかくて家畜的（？）だったその味を今も忘れない。

ところが犬飼さんの葬儀のあと、長女・有賀孝子さんを弔問したときの話では、意外なことに家では極端なまでの無口だったという。犬飼さんの母親も「哲は無口で」と嘆いていたし、妻や娘にも同様だったと。

パチンコが大好き、といった一面もあったが、晩年に視力が落ちてからは遠のいていた。それでも記者がある件で手紙の問い合わせをした返信には、乱れない字が几帳面に書かれていた。八年前（一九八一年）に白内障などの手術で入院するとき、目が見えない間のなぐさみにと孫にテープ録音させたのが「雪山讃歌」だった。南極にカラフト犬を送りこんで以来親交のあった西堀栄三郎越冬隊長らが、三高山岳部時代に作詩した歌である。その西堀さんがこの四月に他界したとき、入院中の犬飼さんに家族は知らせなかった。知人・友人の消息を聞きたがり、淋しい夢を見てはそれを家族に語る日々だったから。弟子思いでもあった犬飼さんの、意識不明に陥る最後の言葉は、最近亡くなった弟子の長男の消息だったという。

――一九八九年七月三一日没・九一歳

（『朝日新聞』一九八九年八月一四日夕刊）

長谷川恒男・大西宏

――ヒマラヤに逝った最高級の登山家たち

とうとう長谷川恒男氏（四三歳）も遭難してしまった。

その第一報をきいて、さまざまな感慨にふけりながら日本山岳会のある小委員会に出席すべく赴いたとき、久しぶりに会った早坂敬二郎氏（東京農大山岳会）が言った。――「本当にショックです。昨日の長谷川さんにつづいて今日の大西さんでしょう」

私はそのとき初めて、日本山岳会のナムチャバルワ隊（日中合同登山）に参加していた大西宏隊員（二九歳）の遭難を知った。最高級の実力をそなえた登山家をまたしても失ったのである。

今年（一九九一年）のヒマラヤ（チベットなども含む）では、日本登山界の重鎮、それも老成した大家ではなくて、現役の大ベテランたちや若い才能を多数失った。列挙すると次のとおりだ。

①梅里雪山（一月上旬）――京大学士山岳会隊一一人と中国側隊員六人、計一七人全員が遭難。生存者ゼロ。大ナダレによる。

②チョモランマ（五月二七日）――隊員二人のパーティーのうち二上純一氏（三九歳）が転落死亡。

③シシャパンマ（九月一九日）――長野県山岳協会隊のうち五味秀一氏（三六歳）と宮下哲一氏

（四〇歳）の二人がナダレで死亡、一人重傷。

④ウルタルⅡ峰（一〇月一〇日）――ウータンクラブ隊の長谷川恒男隊長と星野清隆隊員（三一歳）の二人がナダレで死亡。

⑤マカルー（一〇月一三日）――横浜のベルニナ山岳会隊のうち石坂工隊員（二六歳）が死亡、一人重傷。これは八〇〇〇メートルでの露営二泊という恐るべき条件下での凍死だった。

⑥ナムチャバルワ（一〇月一六日）――日本山岳会隊の大西宏隊員がナダレで死亡。

以上いずれの山も、極端な悪天候や険しさなどによる悪条件下の登攀だった。要するに「危険かつ困難な山」における「大ベテランたち」の遭難である。死者（日本人のみ）の合計は一八人に達する。六隊のうち四隊一六人もがナダレだ。また①④⑥の三峰は世界に数少なくなった大モノ未踏峰である。こうした遭難は、日本国内での「普通の山」でのそれと全く次元を異にし、もはやほとんど批判の対象にはならない。多かれ少なかれ、死も覚悟の上での主体的冒険であり、「いつも生死がつきまとう緊迫感のなかで、充実した生活が送れれば、死というものをことさら悲しむ必要もない」（長谷川恒男）[1]のである。主体的冒険に対して低い評価しかできない日本型メダカ社会には、このような死はもはや理解を絶している。そんな国に生まれながら冒険に賭け、峻険な現場から遺体となって帰国した山男たち、あるいは何百年もたたなければ氷河の底から現れぬかもしれない遺体に、せめて連帯と鎮魂のうたを贈り、限りない哀悼の意をささげよう。

　これらの遭難者のなかには、私にとって個人的にも因縁浅からぬ人々がいる。梅里雪山隊は同じ山岳会員であり、うち二人は私たち同志一〇人が創設した京大探検部の若手ＯＢだった。また、ウルタルの長谷川氏は、直接的には日本アルパインガイド協会専務理事として仕事を通じてのつきあいだったが、その謙虚な人柄と、とくに自然保全の原則を重視する登山指導には心底から敬服していた。実際、山から最も恩を受けているはずの山男の中には、その破壊勢力に対して何もせぬどころか、逆に加担するような忘恩の徒が意外に多いのである。そんな意味でも長谷川氏はかけがえのない人物であり、残念でならない。

「あの世」でかれらに邂逅する日もどうせそう長い先でもないのだが、縄文的あるいはアイヌ民族的世界観からすれば、その日には炉端で一パイやりながら、たとえば次のようなこともやはり語らざるをえないであろう。

ヨーロッパ＝アルプスに始まる近代登山の歴史、といった巨視的な見方からすれば、ヒマラヤはチョモランマ（あるいはサガルマータ、いわゆるエベレスト）など八〇〇〇メートル級十数座の未踏峰が次々と陥落していく一九五〇年代がその黄金時代だった。以後のヒマラヤは二つの流れに分かれてゆく。一方は「より困難な登路」とか、登る時間の短縮とか、一挙に何峰も連続して登るといった、あえていえば「奇形化」である。「バリエーション」などとも呼ばれている。これは際限のない進化（退化の意味も含む）をとげてきて、今や八〇〇〇メートル級の全山を一年以内に酸素なしで登ってしまうとか、ローツェの南壁のような、メスナーの率いる一〇人の国際登山隊が五週間かかっても失敗した究極の難ルートを、単独で六二時間以内に頂上往復（ユーゴスラビアのトモ＝チェセン＝一九九〇年）といった極端な例さえ出てきた。

もう一方はヒマラヤの大衆化・観光化である。たとえば私たちが学生のころは学術探検の対象だった地域が、今や旅行社の募集するツアーの対象になってしまった。

このような流れのなかにあっては、少なくとも登山家としていわゆる「最前線」に立とうとするなら、あたかも一〇〇メートル競走で一秒の何分の一をあらそうのと同じ意味での記録を求めて、しかも「より困難な」舞台を求めて限りなく挑戦することになる。これはもはや「定向進化」（それが自己の生存に不利になっても中止できずに、滅亡するまで奇形化してゆく）であろう。「処女峰としての最高峰があるから」登るのだ、という意味でマロリーが言った「ソレがあるから」を、単に「山があるから」などと大誤訳して平然としている人々には、この奇形化の意味が理解できない。(2)

そのような方向へと奇形化した世界——登山界全体がそうなったというのではない——では、もはや「山」はかつての山ではなく、「登山」もかつての登山ではなくなっている。一万メートル＝マラソンは平面での競争だが、それをタテにして障害物を加えた上での競争にすぎなくなる。それはそれで別の趣味として尊重はするが、「山のぼり」がこのようなものと一般に受けとられては困るのだ。大自然を舞台にしての「山のぼり」は、年齢相応なり実力相応なりの登り方ができる安全で楽しいスポーツであって、ゴルフなどの比ではない点、すでに本欄（『朝日ジャーナル』一九九一年一〇月四日号「しばらくゴルフをやめませんか」）でも述べた。

そして、その「タテのマラソン」における障害物は果てしなく危険なものになってゆく。武田文男氏（朝日新聞編集委員）によれば、八〇〇〇メートル級の山に登った世界五六二隊についてイギリス人が調べた統計だと、三〇人に一人が遭難死している。日本隊では、六〇〇〇メートル級以上について一九五二年から八八年までの統計だと四〇人に一人、しかし一九八一年の「とくに悪い年」は二〇人に一人が死んだ。この死亡率は、Ｆ１などのオートレースをはじめとする「危険なスポーツ」の中でもダントツといえるだろう。ヒマラヤはそれほど危険な舞台なのだ。

そのような舞台での冒険に生命を賭ける登山家たちに、いかに「かつての登山」とは異質なものとなったにせよ、また、各個人の考え方はさまざまにせよ、何はともあれ基本的には論評以前の大前提として私は敬意を表さざるをえない。とくに日本においては、前述のような冒険に無理解なメダカ社会なるが故に高く評価するのである。だが、それが右のような定向進化の流れの中の現象であることもまた事実なのだ。

冷酷に地質時代的オオザッパでひっくるめてしまえば「定向進化の流れ」といった表現になるとしても、個々のケースはむろんさまざまだ。全員が不帰の人となった京大隊が最もわかりにくいけれど、これとてもこの山岳会が一九三一年にできて以来六〇年の歴史を検討することによって何ほどかの仮説はたてうるかもしれない。ここでは長谷川恒男氏と大西宏氏の場合を考えてみる。

長谷川氏が登山家としての生涯を随筆ふうに書いた比較的最近の本『山に向かいて』（一九八七年・福武書店）を読むと、まずプロローグで危機一髪の体験と仲間一人の死が語られる。欧州アルプスやアンデスでは快調な山行記録が続いたものの、ヒマラヤにとりかかってから「つきのない状態」が続いたこと。それでも「静かに運がめぐってくるまで待つ」ことができず、「行動しなければなにも見えない」と思って「危険な目に何度も遭いながら」「これでもか、これでもかと痛めつけられながらも」挑戦をつづけてきたことなど、生死の境界の強烈な体験が、長谷川氏らしい冷静で温厚な人柄そのままの文体でつづられる。

しかしこの本の中心は、アルパインガイドとしての体験や信条であろう。勤め先をやめてプロになったとたん、重傷を負いながら守った女性客のことや、小学生たちへの指導、中高年者への指導。自然の恵みを大切にしながらの謙虚な姿勢に貫かれていて、まだ「発展途上」にある日本のアルパインガイド界でこういう人物を失ったことを改めて口惜しく思われる。

だが、エピローグ「再びヒマラヤへ」の章は、長谷川氏をつき動かしている内的衝動がそんな次元のものではないことを知らせてくれる。

もともと長谷川氏は、最前線の登山家たちの中でもとりわけまじめで、ゴマカシやカンニングの嫌いなタイプだった。それを示す一例がエピローグの冒頭にある。ガイドの仕事はもちろん職業としてプライドを持ってはいるものの、アルピニストの誇りはまた別だ。アルピニストの「誇りをすててまで登山をしたくない」ので、「シェルパという助っ人は欲しくない」。だからグランドジョラス北壁の頂上に一週間かけて立ったときも、その記録をヘリコプターから撮影していた写真家が、疲れきった様子の長谷川氏にヘリに乗るようすすめたが、ことわって下山のルートも自分の足で氷河を歩いた。イタリア側のその氷河ルートはクレバスとナダレの巣として知られるところだったのだが。

このような態度は、晩年の故・植村直己氏（といっても遭難の年齢は長谷川氏と同じ）とは正反対の極であろう。植村氏の北極点単独到達は、飛行機で四回も補給され、それも食糧ばかりか犬やテントや、はては犬ゾリまでも空からとどけられ、ついには極点から飛行機で帰る。(3)これはもはや映画のロケのための「時代劇」（樋口敬二氏）と本質は変わらない。シェルパもヘリも拒否する長谷川氏には、こういう時代劇は無縁であった。植村氏の遭難にさいして、長谷川氏は寸鉄の一言を残している。――「はた目を気にしちゃいけません」[4]

だが、そのような長谷川氏の中に、どうしても突き上げてくるアルピニストの内的衝動があった。「再びヒマラヤへ」の最後の方に、年齢的・体力的に次第に衰えてきたときの限界について述べたあと次のように書いている。

私はそれが見えたとき、山を降りればいいと思っている。ほかの世界ではそれを引退と呼ぶだろうが、登山の世界では最高頂に達したとき以下の登山をしていけばいいのである。登ってきたほどの時間は下りにはかからないが、ゆっくり山を下降してゆけば、足腰が弱くなっていくころには、自分がいちばん初めに出会った穏やかな自然のなかで生活できるし、生きていける。私はそうした登山人生を送るのが私自身いちばん望ましいことだと思っている。そのためにも自然保護の運動をしたり、子供のための登山教室を開いたり、新しい村を築いていくような村作り運動をしていきたいと思っている。

右のような登山人生を、長谷川氏にはぜひ送ってほしかったし、もうそうしてもいい年齢になっていたと思う。にもかかわらず、長谷川氏は「再びヒマラヤへ」、それもウルタルⅡ峰のような難峰、つまり危険な障害物に充満する最前線へ向かったのだ。「だのになぜ、歯をくいしばり、きみはゆくのか、そんなにしてまで」（藤田敏雄作詩『若者たち』から）。ひとつには、「きみ」は青春の残照の最後をかざりたかったのかもしれない。でももうひとつ、なにか理解を絶する宇宙の力のような、つまりは「定向進化」の路線を走る、「きみ」自身もわからぬ衝動もあったのではなかろうか。その痕跡は、この本の「あとがきにかえて」の次の結びの言葉にも残されているように思われるのだ。

「死という終着点がすぐそこにあると思えば、自分の生きかたも自《おの》ずと決まってくる。自分に与えられた使命も自ずとそこに見えてくる」

そしてウルタルⅡ峰への今回の再挑戦では、さらにその証しともなる言葉を計画書に残している。山の計画書に次のような言葉をしるすことは、ふつうのヒマラヤ遠征では考えられぬほど驚くべきことなのである。(5)

「私たちは何度も危険な目に出合ってきたが、たまたま運がよくて、一命はとりとめてきたという繰り返し。死はすぐ目前にある」「危険を覚悟で一歩踏み出すのは、誰のためでもなく、自分の生きていくひとつの証しだと思う」

長谷川氏よりさらにずっと若く、二〇代にして遭難してしまった大西宏氏には、残念以上に痛々しさを強く覚える。この定向進化には、長谷川氏の場合と違って、山における最先端の「冒険」をめぐる狭い意味でのひずみをみる思いがするのだ。それは以下のような意味においてである。

さきに長谷川氏の登り方の対極として、晩年の植村直己氏の方法を批判的に書いた。これはしかし植村氏自身も私との対談の中で次のように語っているように、自分でも気付いていたことだと思う。

ご支援のお願い

本多　勝一

「週刊誌」と名のつく雑誌は多々ありますが、専門別とかある分野でのものは別として、総合雑誌としての〝硬派〟の週刊誌は日本に『週刊金曜日』一誌しかないと言えるでしょう。一九九三年に創刊されて以来、マスコミの資本によるうしろだてなしに、広告料にも依存せず(注)、読者の支持だけでがんばっています。何でも同一方向になびきやすいメダカ社会・日本の中で、権力やスポンサーの干渉を排して、プライバシー以外の一切のタブーに挑戦できるこの貴重な雑誌を存続させるために、私たち編集委員は力を注いできました。保守合同によって憲法改悪がもくろまれ、環境破壊も進む日本にあって、政・財・官の一極集中化した構造にマスコミまで癒着した危険な情況の中で、この雑誌を何とか安定した軌道にのせたいものです。

『週刊金曜日』は、主たる財源を定期購読者の購読料に依拠しています。安定経営のためにも、割引がある定期購読にご協力ください。内容をごらんになりたい方は、紀伊國屋や丸善など主要書店や一部大学生協でも入手できます。尚、見本誌ご希望の方は裏面の電話かＦＡＸでご請求下さればお送りいたします。

（二〇〇二年六月）

(注) 広告はのせないのではなく、経営基盤をそこにおかない意味。

『週刊金曜日』編集委員
落合恵子・佐高信・椎名誠・筑紫哲也・本多勝一

●裏面のお申し込み書に必要事項をご記入の上はがきに貼付して『週刊金曜日』までお送り下さい(電話またはFAXのお申し込みでも可)。廃刊・休刊の場合を除き、本誌発送開始後の途中解約には応じかねますのでご注意下さい。
●創刊号(93年11月５日号)からのバックナンバーにつきましては、別途お問い合わせ下さい。

『週刊金曜日』定期購読申込書

フリガナ		性別	
お名前		年齢	歳
本誌送付先ご住所	□□□-□□□□		都道府県
	市区郡		
電話	（　　） ー		

振込用紙・手続用紙の送付先が本誌送付先と異なる場合は、通信欄にご記入ください。

定期購読料は割引価格です。

なるべく1年以上の購読申し込みにご協力下さい。(定価500円)

●該当する番号に○をしてください。(郵送料・消費税込)

1 半年購読　24冊　11,760円 (1冊当り490円)
2 1年購読　48冊　23,000円 (1冊当り479円)
3 2年購読　96冊　43,200円 (1冊当り450円)
4 3年購読　144冊　57,600円 (1冊当り400円)

※金融機関の自動引き落としによる月払いもあります（最低半年以上）。
料金は1冊500円×その月の冊数となります。お問い合わせは業務部まで。

通信欄
惜

購読申込専用フリーダイヤル　0120-004634
FAX 0120-554634

㈱金曜日　〒101-0061 東京都千代田区三崎町3-1-5 神田三崎町ビル6階

植村　たとえば日大隊にしましても、自分では負けたくないという気持ちが、口には出せませんが、ありありとあるわけですね、はっきり言いまして。そうしますと実際に行動しているときに、安全を確認してから先に進む行動をとるかというと、そうではないのです。もう日大隊が自分の眼中にあるものですから、どうしても迂回して行かなくてはいけない所でも先に行こうとする。そこで何か危険が起きる。常にそういうものが出てくる。マイペース、自分のやろうとする本心からはずれてしまうというのは、人を意識するが故だと思うのです。

本多　これは確かにその通りですね。以前の植村さんの歩みから言えば全くその通りです。マイペースでやってほしい。

植村　今こうやって行動が広がってきていますけれど、ふり返ってみて、心から満足したのは、そのとき自分に出来ることを精一杯やったころです。かつての方が心がおおらかで、満足の度合いは大きかった。「では今、そうすればいいじゃないか」とおっしゃられるかも知れませんが、でも行動がこういうふうにエスカレートしてきている中でグリーンランドなんかも出来たのだから、これプラス何かもうちょっと位の行動、何かもうひとつ新しいものをしたいという気持ちが強い。そうした時に、金銭的にはもう自分の能力だけでは出来ない状況にある。

本多　一種の定向進化だ、これは。(6)

この対談のあとで書いた植村直己論を、私は次のように結んだ。

「個人の課題」としての冒険精神を忘れず、戦略は大いにあやつりながらも、どうかそれに呑まれてしまうことなく、今後とも植村ペースでの初志貫徹を望みたい。」[7]

ひとことで言えば、大西氏は晩年の植村氏のように「それに呑まれて」しまった可能性もなしとしない。「植村ペース」ならぬ「大西ペース」を乱されてはいなかったか。遭難当時の新聞などによれば、大西氏は植村氏と同じく明治大学山岳部OBで、植村氏の「後継者として期待されていた」[8]とのことである。

大西氏の主な海外登山を拾うと、崑崙のカカサイジモンガ（一九八五年）、パキスタンのラカポシ東峰（一九八七年）、北側からのチョモランマ（一九八八年の三国友好登山）、アンデスのアコンカグア、そして特に名を知られたのが、山ではないが一九八九年の「徒歩による北極点到達」（七カ国八人の国際隊に参加）である。そのあともさらにチョモランマ登頂やマカルー登頂があり、ナムチャバルワは偵察隊にも加わって今回の本隊参加となった。かつては考えられなかったほど目白押しに連続しての大遠征参加である。

同じ明大山岳部で現役時代のリーダーをつとめ、植村氏遭難にさいして捜索隊にも加わっていた根深誠氏の論評を紹介しよう。

「尖鋭的な登山家が遭難などで少なくなってしまったのも原因して、現役山岳部の学生さえ、金がなくても毎年のように大登山に参加できるようになった。それが自分のペースでない登山となっている。とくに中国の残された高峰は、日中合同といった政治的側面も加わって、ますますマイペースとは逆になる。方法も大時代的な、ヨーロッパの山男だったらバカバカしくて逃げだすようなもの、これでは登山の『行為』が先行するばかりで、個人の考え方・哲学など無関係だ。極端に言えば『記録』は残しても『心』を残すだけの思索のひまもない」

このような大情況の中では、武田文男氏もいう「マスコミ登山」ともなってこよう。植村直己に代わるタレントが欲しいテレビ界やそれにつながる大新聞や雑誌。その欲求による「企画」に次々と利用されて「冒険タレント」化されてゆく尖鋭的登山家。「その意味では、大西君の遭難も植村直己の最後のころと似ていますね」（武田氏）

大西氏の遭難を「痛々しい」と述べたのは、このような意味からであった。「マスコミ登山」に利用されないために、実力ある若い登山家には梅棹忠夫氏との次の対話をかみしめてほしいと思う。(9)

梅棹　芸術だって学問だって人生の生き方という観点から見たら、常に自分の内面に武装が必要だ。

本多　武装がないと、たとえば電通に利用されて身を亡ぼす。

梅棹　論理的ないし心情的な武装ね。武装が必要だ。そういうことを植村は気付かせてくれた。

本多　ある意味ではそれも植村の功績ですね。

……以上のような感想を、いずれあの世へ行ったとき炉端で一パイやりながら語ったら、かれらはどう答えるだろう。

（『朝日ジャーナル』一九九一年一一月八日・一五日各号）

〈注〉

（1）『アエラ』一九九一年一〇月二九日号「死への危険に誘われる登山家の宿命」（武田文男）から。
（2）この問題については今西錦司編『大興安嶺探検』（朝日文庫）の本多の解説（とくに注9）で詳述した。
（3）この点に関しては武田文男・本多勝一編『植村直己の冒険』（朝日文庫）で詳述。
（4）長谷川恒男『山に向かいて』福武文庫版（一九九一年）の藤井康男氏の解説から。
（5）（1）と同誌から。
（6）（3）と同書から。
（7）『朝日新聞』一九八〇年三月一七日付朝刊。
（8）『朝日新聞』一九九一年一〇月一七日付朝刊ほか。
（9）（3）と同書から。

〈大西宏遺稿集『遠く高く』（悠々社）のための追記〉　この一文は遭難直後に『朝日ジャーナル』で論評したものなので、当然ながらご遺族への配慮などは一切なく、この遺稿集に収録するご要望にそうことには躊躇しましたものの、あえて原文のままの転載を了承いたしました。大西氏は南極大陸の徒歩横断計画の隊長をつとめるはずで、これにこそ賭けていたのです。さまざまな背景のいきさつからナムチャバルワに加わったわけですが、ナムチャバルワゆきを前にしたあるとき、同世代の山仲間の一人に、本番の南極の前にこれに加わることの一種〝不本意〟ともいえる心の内をもたらしたことを、その山仲間当人からお聞きしました。大西氏の遭難は、長谷川氏の場合以上に、やはり本人にとっても実に無念だったに違いありません。「山で死んで幸せ」などといった気なぐさみを言うよりも、やはり真に冒険に賭けた者への「連帯と鎮魂のうた」（本文から）として、その「無念」の思いを共有したいのであります。私の身近な例でいえば、かつてヒマラヤ（ヒンズー＝ラージ）への学生探検隊として終始行動を共にした友人・吉場健二君は、霊長類の研究者として大きくはばたく前に、ある小島へ渡る小舟が遭難して若死にしました。あの「無念」をも思いおこすのです。

今西錦司

──病床に先生を見舞う

六月一五日の夜おそく、今西錦司先生逝去の電話があった。

今西錦司先生。この師は、小学校から大学までのすべての恩師の中で、その「恩」が最も大きいにもかかわらず、どういう恩なのかを他人に説明することが困難な人物であろう。拙著『冒険と日本人』（朝日文庫）の冒頭に、つぎのような献辞が掲げられている。

「本書を／ほとんど憎んだ二人の師／高校時代の鹿間時夫先生／大学時代の今西錦司先生／および／無謀な冒険を決行することによって／日本的社会での体制から指弾された／すべての分野での青年たちに／捧げる」

この二人の先生に対しては、非常な影響を受けていながらしばしば強く反発し、ときに憎んだりした。ただ鹿間先生は差別的だったからこちらの怒りも大きかったが、今西先生にはそういうところが全くなかった。そのかわり自分の探検計画実現のためには弟子や学生の都合など冷酷に切りすてるような、秋霜烈日《しゅうそうれつじつ》というか、油断のならぬ一面があって、そんなときは大いに憤慨した。それでも結局は今西先生に敬慕の念を抱きつづけたのは、そんなことのあとではきっとそれを償うような行為によって修復してくれたからであろう。

このケタはずれの人物について思い出を書けばきりのないものになるが、ここでは先生が入院されてから二度お見舞いに行ったときのことを書いて追悼の意にかえたい。

老境にはいってむしろピッチをあげた今西先生の山登りは、八五歳のときの一五五二山目（高丸山＝神戸）が最後だった。すでに視力が極度に衰え、体力的にも限界に来ていた。京都市内の病院にはいったのはその翌年にあたる一九八八年である。倒れるまで登りつづけたといえよう。山仲間や弟子の学者などから「再起不能」ときいて、その年の一〇月一六日の日曜日、これが最後のお別れになるやもしれぬつもりで病院を訪ねた。

病室には息子さんの一人「シー坊」（宇治日出二郎氏）が来ていた。会話はほとんど不可能と聞いていたが、寝たきりの先生の耳もとにシー坊が「本多さんが来ましたよ」と伝えると、「本多か」と、かなり大きな、はっきりした声の返事があった。私は嬉しくて思わず涙がこぼれそうになった。シー坊が先生の手をとって「握手してあげて」と言った。そのやせて細い手は、学生のころ一緒にイワナ釣りに歩いた当時の精悍な手とは比ぶべくもなかったが、それでも明らかに握手としての手ごたえがあった。しかしそのあと対話をつづける力はもはやなかった。

シー坊によると、耳はかなりきこえているらしい。体調に波があって、調子のいいときは本を読んであげることもあり、最近も進化論関係の本を少しずつ読んであげると、あるていどの反応があるという。

別れぎわに「それではお元気で」と言うと、先生は「さようなら」とまたはっきりした声で言い、こんどは自分で手をさしだした。ああ、これが最後の握手になるのかと、その手を握りつつも、三十数年前に探検部を創設したり学生探検隊でヒマラヤへ出たりしたころの、今西先生に全面的に力になっていただいた日々の具体的思い出が、つい最近の風景のように脳裏をよぎった。三〇歳年上の先生には、なにか父親に近いような感情も覚えるのである。病院の近くでタクシーを拾い、京都駅から新幹線に乗っても、三十数年前のさまざまな風景がよぎりつづけるのだった。

ところが、今西先生の生命力は強かった。それからも一進一退のまま入院生活はつづき、ついに四年間にわたる闘病の末に今日を迎えたのである。その間に、今西先生より長生きすると周囲のだれも疑わなかったその親友・岳友たる桑原武夫先生や西堀栄三郎先生の方が先に逝ってしまわれた。

去年の九月二一日、再び今西先生を病室にお見舞いした。こんどは先生の高弟たる吉良龍夫氏（植物生態学者）と藤田和夫氏（地質学者）もご一緒である。このとき今西錦司編『大興安嶺《たいこうあんれい》探検』（朝日文庫）が刊行されて、その出版記念と大興安嶺探検五〇周年記念に、梅棹忠夫氏・川喜田二郎氏など当時の隊員が京都に集まって親睦会を開いた。私もこれに解説文を寄せたので同席したのだが、会に先立って探検隊長・今西先生を見舞ったのである。

藤田氏が先生の耳もとで「吉良・藤田・本多が来ましたよ」というと「わかる、わかる」と答えられた。さらに「大興安嶺探検が文庫版になったんです。わかりますか」ときくと、また「わかる、わかる」と応じる。この前たずねたときと同じくらい意識はしっかりされているようだ。しかし腕はさらにやせ細っていた。吉良氏がその文庫版を手に持たせてあげると、先生は「重たい本やな」と言って細腕にしっかり抱いた。文庫本とはいえ六〇〇ページもある。嬉しそうだった。五〇年前の壮挙の文庫版を、いまどんな想いで抱いておられることだろうか。

「五〇周年と文庫版刊行で、これからお祝いの会をやるんです」と藤田氏がいうと、意外にも「どこでやる?」と先生は反問した。先生はもちろん私たちにとっても初めての料亭だが、一応その名を答えた。そのうちどうやら意識が混濁されたようで、「毎日どこかにいるねん」と、ときどき遠い旅先か探検先に立っているらしいようなことをつぶやかれた。「大興安嶺あたりでしょうか」と吉良氏がきくと「そやな」と答え、また意識が不明確になられた。

つきそいの保健婦さんと流動食などについて話していると、それに気付かれた先生が「まずいなあ」と言われたので私たちは笑った。ここに到っても食い道楽なのである。

「ではまた来ますよ」とお別れの言葉を告げたとき、先生は三たび意識が弱まって「だれだ?」と言われた。私たちはまた名のった。私が名のったとき「ホンダ?」と応じられたので、さらに「勝一です」というと、先生は「カツイチか」と答えて納得された様子であった。

今西先生とは、これが本当に最後の別離となった。探検に全勢力と情熱を傾注していたわが青春時代の恩師たちの中でも、その中心的存在だった今西先生の死は、青春の風景の一部をもぎとらたような気さえする。いささか感傷的一文となったことをお許し願いたい。

(『話の特集』一九九二年一〇月号)

今西錦司(いまにし・きんじ=一九〇二~一九九二)京都の西陣に生まれる。三高山岳部の草創期に西堀栄三郎らと剣岳などを中心に活躍した。京大農学部農林生物学科で昆虫生態学を志向、一方で旅行部(尖鋭的探検・山岳部)の黄金時代を築き、そのOBとして「京大学士山岳会」を結成し、ヒマラヤをめざした。戦時中はポナペ島・北部大興安嶺・内蒙古などの学術探検、戦後はネパールヒマラヤ、カラコラム、さらにアフリカと探検し、霊長類研究では世界最先端をリードした。本多らが京大で日本初の探検部を創設したさいには全面的に支援し、ヒンズー＝ラージへのパキスタンとの学生合同探検を実現させる蔭の力となった。『今西錦司全集』（講談社・全一四巻）が出ている。

今西の弟子たちからは、梅棹忠夫・吉良龍夫・藤田和夫・川喜田二郎・中尾佐助・伊谷純一郎・河合雅雄・川村俊蔵等々、多くの著名な学者が輩出した。享年九〇。

池田拓

——神も仏もないような二六歳の事故死

この五月の末に、二六歳のある青年が労災事故で死亡した。

人間の生命の重さに個人差があるものでは全くないにせよ、たとえば九〇歳代の高齢者の大往生と、二〇歳代の「人生これから」の青年の死とは、その「惜しさ」に大差があるのは当然であろう。この青年――山形県飽海《あくみ》郡平田町の池田《いけだ》拓《たく》君の場合も、本当に惜しまれる、実に残念な死であった。

その知らせを、たまたま京都の日本山岳会自然保護委員会全国大会に出席中にきいたとき、父親・池田昭二氏（六五歳）の温顔《おんがん》がすぐに脳裏にうかび、最愛の一人息子の死になんと申しあげたらよいのか、そのいたましさを慰めようにも言葉がなく、話すことがつらくて電話もできなかった。先週になって初めて電話する気になったのは、このコラムに拓君のことを書こうと思ったからである。

高校で地学の教師をつとめていた池田昭二氏とは、日本山岳会をつうじて以前から知己だったが、とくに鳥海山のスキー場開発問題の取材では協力していただいた。息子さんの死はとても諦めきれるものではなく、眠れぬ夜が続いているようだ。「じっと家にこもっていると気が滅入るので、鳥海山乱開発阻止運動にかけまわるなどして身体を動かすようにしています」とのことである。

池田氏によると、拓君は幼稚園のとき腎臓病（ネフローゼ）をわずらい、小学校四年になるまで入院生活をつづけた。唯一の慰めたる読書をつうじて、とくに見知らぬ世界への夢をひろげていたという。自分の足で通学できるようになった四年のころから動物に関心をもちはじめ、とくに昆虫やサンショウウオの観察に夢中になった。遊びたいさかりに病室にとじこめられていた無念をとりかえそうとするかのような日々であった。

中学では吹奏楽に熱中し、生徒会長をつとめたりもしたが、過激な運動は医者に禁じられていたので体操は「見学」ばかり。しかし中三の秋、医者と親には内緒で学校行事の持久走（マラソン）に出場し、ビリながら完走して「涙が出るほど嬉しかった」とのちに告白したそうだ。

高校でようやくなみの健康体をとりもどしたものの、受験本位の授業に興味を抱くことができず、（これには全く同感）、吹奏楽部のコンダクターをやりつつも植村直己の本などを読みふけっていたという。読書感想文コンクールではよく受賞していたことを、級友の母親などから聞いて池田氏は知った。アメリカ大陸縦横断を着想したのは高二のころらしい。五〇キロ競歩とか、酒田―石巻の日本自転車横断などに挑戦していた。

自分の幼児体験もあってか医者を志望し、国立大医学部を受験したが失敗する。そのあと突然上京し、家に電話して「一年間だけ働きます。そのあとで告白するから何も聞かないで」と言った。その言葉のとおり、一年後に拓君は二〇〇万円をためて帰省する。建築労働者として資金かせぎをしたのだった。

「若いうちでしかやれないことがあると思う。それをやってから勉強しなおして医者になる。いまは目をつぶってわがままを許してほしい。きっと元気で帰るから、心配しないで」

このように親に説明して、四年前（一九八八年）の一〇月二八日、拓君はアメリカ大陸徒歩縦横断の旅に出発した。せめて飛行機代だけでも出そうとした親の願いも、自分の力だけでやりぬきたいからと頑固にことわって「成田空港のゲートに消えていった息子のうしろ姿が、つい昨日のことのように思いだされます」（池田氏）。

まず北米大陸の横断である。テントと寝袋を背負って、サンフランシスコからウィリアムズバーグ（ワシントンの南東の海岸）まで約五〇〇〇キロを、九カ月かかって歩きとおした。寒波に襲われた冬のロッキー越えが最もつらかったようだ。

ついで南米大陸を縦断すべく、中米のグアテマラまでバスで行き、スペイン語学校にはいる。一〇週間の学習ののち、南米大陸最北端の町サンタマルタを出発したのが一昨年（一九九〇年）の二月九日であった。コロンビアでニセ警官に旅行小切手を盗まれたり、寒さ・日射病・飢えなどで苦しみながらも、親切な先住民（インディオ）などに助けられたりして、ついに約九〇〇〇キロを歩きとおし、マゼラン海峡を越えてフエゴ島南端の町ウスアイアに達する。一年七カ月、日本を出てからだと約三年かかっていた。帰宅したのは去年（一九九一年）一一月八日である。

四年前に私もマゼラン海峡を訪ねたとき、バイクで一人旅をしている日本青年に会った。こうした世界旅行者は珍しくないが、すべて徒歩という例は稀有《けう》であろう。この大旅行で精神的にも成長した拓君は、帰省すると三日目から自動車学校に通って免許をとり、鳥海山など三つの山に登ったが、今年の正月あけに再び上京する。

「勉強したい。勉強しなければ何ひとつできないことがわかってきた。アメリカの大学で森林生態学をはじめいろんなことを勉強したい。そのための資金をつくってくる」

これが上京の理由だった。再び建築労働者である。三月（一九九二年）に一時帰宅したとき、拓君は池田氏に言った。――「お父さんがやっている自然保護の仕事、あとは僕がひきうけるから（安心してよ）」。

ふだん父子の間にあまり対話がなかったというが、息子は父親の背中をみて育っていたのだろう。このときの対話が、父子としての最後のものであった。

五月一五日。東京・新宿区の工事現場二階で作業中の頭を、五階から落ちてきた鉄材が直撃した。脳挫傷。救急車で東京医大病院に運ばれる。そのとき池田昭二氏は、月山のふもとにいて「最後の鷹匠《たかじょう》といわれている松原英俊氏を訪ね、「鳥海山の自然を守る会」総会のための講演を依頼していた。急報をきいて夜行列車でかけつけ、必死の看病を五日間つづける。拓君の心臓が止まったのは、五月二〇日午後五時五七分であった。

弔問に来た高校時代の友人二人が、拓君からもらった手紙をそれぞれ池田氏にもってきてくれた。一通は南米から、一通は帰国してからだが、いずれも鳥海山を守るための署名の呼びかけである。南米からの手紙を引用しよう（梅木保夫君あて）。

前略、お元気ですか？　トラベラーズ・チェックの再発行に時間がかかり、まだコロンビア中央部をうろうろしています。

ところで、ボゴタでは日本から手紙を受け取ったのですが、その中の僕の父からの手紙で、大変ショッキングなことを知らされました。鳥海山が大手企業、国土計画（コクド）の手で大規模に開発されようとしているのです。（中略）僕にとって鳥海山はとても大切なものです。この話を聞いて、南米縦断など意味の薄いことに思えてきて、やる気が半減してしまいました。

さらに僕の父は、「鳥海山の自然を守る会」の代表なのです。僕が1人日本に帰ったところで反対署名集めぐらいしかできないのですが、何とか力になりたいと家に電話しました。「僕には、今、時間があるから、友達やその家族をあたって200名は署名を集められる。そして〝帰れ〟と言われたら、すぐにでも日本に帰る」と。当面僕は、鳥海山のことを非常に気にしながらも歩き続けます。そしてできるだけ早く南米最南端まで行き、道草を食わずにすぐ帰国するつもりでいます。

無学な僕には巨大資本（世論作りまでしている）にたちうちできる知識も何もないことはよくわかっているのですが、少しでも何かできることは……とこの度ペンをとった次第です。保夫君も忙しい毎日を送っていることでしょうが、せめて反対署名の1つも書いてもらえませんか。願わくば友達にも何人かにあたって欲しいと思います。（中略）

自然保護か開発かは、とても複雑な問題ですが、保夫君ははたしてどちらでしょうか。悪い夢なら早く覚めてくれ、という気持ちで南米を歩いています。それでは又お便りします。お元気で。

1990・4・20　池田　拓

拓君の事故現場に残した手さげ鞄の中から三冊の本が出てきた。『朝日ジャーナル』（五月二二日号）のほか、なんと私の著書『極限の民族』と『しゃがむ姿勢はカッコ悪いか？』である。そして友人あての、書きかけの手紙もあった。文字どおりの絶筆だ。

御無沙汰しております。お元気ですか。おそらく引っ越したのでしょうが、葛飾区の住所宛にこの手紙を送ります。うまく木下さんまで届けばいいのですが。

唐突で大変申し訳ないのですが、署名運動に協力してもらいたいのです。私の故郷の山・鳥海山に、国土計画による大規模なリゾート開発が計画されており、それに対する反対署名です。鳥海山には、数少なくなったブナ原生林をはじめとする繊細な自然が残っており、私個人としても数々の思い出もある大切な山です。開発企業とそれに与した政治家、そして一般の人も含め、あまりに自然に対する認識がなく、

環境の危機、地球の危機が叫ばれ、足もとの自然保護に献身している人物に対して、一人息子を失わせるというこの試練は、あまりに酷ではないのか。だが、池田氏は「神も仏もない」ようなこの試練に抗して、私あての手紙をこう結んでいる――。

「息子の遺志を生かすためにも、親としてもうひと頑張りしなければと思っているところです」

〈追記〉鳥海山の自然破壊をすすめていたのは、全国でゴルフ場やスキー場開発によって自然破壊をつづける代表的企業の西武系「コクド」（堤義明社長）だが、日本山岳会の池田昭二氏や佐藤淳志

氏（鳥海山でイヌワシ繁殖を確認）など有志たちによる猛反対運動で、一九九八年にいたってついに開発中止が決定した。

（『サンデー毎日』一九九二年一二三日号）

池田拓（いけだ・たく＝一九六六年〜一九九二年）山形県飽海郡平田町に生まれる。高校卒業後、アルバイトで資金をつくって徒歩による北米大陸横断と南米大陸縦断を果たす。留学するための学費をかせぐべく再びアルバイト中、工事現場で事故死。享年二六。著書『南北アメリカ徒歩縦横断日記』（無明舎出版）は死後刊行された。またその伝記として安倍甲著『ビーグル海峡だ！』（女子パウロ会）がある。

貝沢正

——「北海道アイヌ」よ、さようなら

長良川の河口《かこう》ダム問題は、その「ダムのためのダム」（すなわち土建政治・金権構造のダム）ぶりがすでに広く知られるようになった。ここにこそ「日本」の正体が象徴的に示されていると言えるだろう。[1]

長良川問題以上にひどいダムの例が、このコラムでもふれたことのある「二風谷《ニブタニ》ダム」（北海道・日高）である。証人喚問等で今国会の焦点ともなっている共和汚職事件。逮捕された金権タカリ自民党代議士・阿部文男もと北海道・沖縄開発庁長官らによるこの大汚職事件に示されているとおり、アイヌモシリ（アイヌの大地）北海道は、こんな男が「開発」の最高責任者となって破壊がつづけられてきた。二風谷ダムは、全く有害無益なダムを、単にカネ食い虫として建設しているのだ。

そのような二風谷ダム建設にさいし、農地の強制収容にも応じずにたたかいつづけてきたアイヌ民族の一人・貝沢正《かいざわただし》氏（七九）が、この二月三日（一九九二年）朝ついに最期の息をひきとった。去年（一九九一）一一月に行なわれた建設省の現場検証では、入院中の苫小牧の病院からダムにかけつけて立ち会ったが、単に形式をととのえるだけの〝検証〟に、貝沢氏は「たった三時間で何がわかる

のか」と吐きすてるように言った。共に立ち会った札幌の弁護士・田中宏氏によれば「建設省の係官が逃げるように我々の前から去ったことは象徴的ですらありました」（田中氏の弔辞から）。

アイヌ民族の公的組織「北海道ウタリ協会」の副理事長もつとめてきた貝沢氏については、かつてその生涯を「朝日新聞」で連載記事に書いたこともある。(2) 燃える心を秘めた、しかし大地のようにものしずかな翁《エカシ》。惜しい人物《アイヌ》を亡くした。

二月六日に二風谷で行なわれた告別式は、貝沢氏の遺言により、主としてアイヌプリ（アイヌ民族の伝統的方法）で行なわれた。強制収用に対して貝沢氏とともに拒否してきた朋友・萱野茂《かやのしげる》氏（二風谷アイヌ文化保存会会長）によるアイヌ語の「火の神への知らせ」（イオイタッコテ＝アペサムタ）で始まり、「引導の儀」（イオイタッテコテ＝ポネサムタ）に終わる。カムイモシリ（あの世）へと故人を送るにふさわしい、誠に厳粛な別離のひとときであった。

葬儀委員長の求めで、参列者の一人として私も次のような弔辞を贈った。

弔　辞

貝沢正さん、……というより、いつもあなたが自称していたように「北海道アイヌ」の正《ただし》エカシ、と呼びかけたいと思います。

正エカシと最初にお会いしたのは、数えてみれば今からちょうど二〇年前（一九七一年）、二谷風アイヌ文化資料館開館式の場でした。あのときの、民族の怒りと訴えとを代表するかのような切々たる開館の辞は、今なお耳に残っております。

そして正エカシと最後にお会いしたのは、ほんの二カ月ほど前でした。前々からあなたがこだわりつづけていた三井の山林、二風谷コタンのすぐ裏を占領している広大な三井の山を、せめて地元のアイヌが生活に直接必要な面積くらい、もともとの所有者たるアイヌに返すべきだという主張を、なんとか全国民に公表して訴えるべく、入院中の苫小牧の病院を訪ねたときです。エカシの病状が思わしくないことを御家族から聞いていましたので、万一の場合を気づかってのことでしたが、私の方にも理由がありました。定年による退職の日がせまっていたので、それが過ぎては書けなくなるのです。エカシが作成し、娘さんがワープロでうった三井の社長あての直訴状をまえに、病院の食堂でエカシの説明をお聞きしました。そのときのエカシは闘志満々、三井に対して表現はじゅんじゅんと説くかたちながら、相手の顔も立てつつ一歩もひかぬ決意にみなぎっていました。だれが何といおうと、この道理は一〇〇パーセントアイヌ民族の側にあります。世界中のいかなる民族をもなっとくさせずばおかぬ訴えです。

そして、エカシの写真入りのその記事「『アイヌの山、返して』――古老が三井に手紙」が『朝日新聞』に掲載されたのは、去年の一一月二一日夕刊、まさに私の朝日新聞記者としての最後の日であり、最後の記事でありました。あなたにとっても、アイヌ民族復権の闘いにあけくれた生涯のなかで、これが最後の訴えとなったのです。あれからわずか二カ月余りで、こりようにお別れの言葉を述べなければならなくなろうとは……。

残念です。言葉もありません。しかし正エカシよ。あなたの無念さは、私などのそれの何百倍、いやとてもそんな量で比較できるようなものではありますまい。シャクシャイン戦争にアイヌ軍が敗れて以来数百年、あなたの先祖たちが無念の生涯を重ねてきた末の、民族の怨念を晴らせぬままの、一個人の死を超えた口惜しさだったでしょう。

地球環境の危機が叫ばれている昨今ですが、地球上でもとりわけ恵まれた自然環境の日本列島は、かなしいことにその貴重さを理解できぬ民族の土建屋政治によって次々と破壊されてきました。とくにアイヌモシリたる北海道は、ごく最近まで環境が比較的保全されていたのですが、ここにもついに毒牙が及びはじめ、こともあろうにアイヌ民族の神話の聖地たる二風谷に無用のダム、単なる土建資本のカネモウケと汚職政治と癒着役人のためのダムがつくられつつあります。エカシがこれに正面から立ちはだかったのは全くの必然でしょう。

あなたが母なる大自然の、とくに山を愛しつづけ、守り、かつ育てようと孤軍奮闘していた姿は、本当に神々しいものがありました。あたかも大自然のカムイ(3)たちが、あなたを使徒として地上につかわしたかと思われたほどです。

数年前のある日、あなたは自分の山へ私を案内して下さいました。上ヌキベツ(4)にエカシが買ったばかりの山林です。エカシはつねづね、山は変な人工林にしないで、自然に生える木をそのままに育てれば、やがては昔のアイヌモシリ時代と同じような立派な姿を回復すると主張していました。この山林はその考えを実践するための舞台でもあったのです。

長靴姿で案内してまわりながら、育ちつつある一本一本を、エカシはわが子のようにいたわりつつ私に解説して下さいました。あと一〇〇年もすれば、ここはかつてアイヌ民族が自由に渉猟《しょうりょう》していた時代と同じように、うっそうたる大木でおおわれた美しい山になるだろう。そのころはむろん自分は生きてはいないが、子孫が志をついでいてくれさえすれば必ず実現するだろう。それを天国で見ている自分を想像するだけでも楽しい、と。

あのときの正エカシほどはればれとした笑顔を見たことがなく、私の脳裏からいつまでも消えません。おそらくあれは、さまざまな木々のカムイや沢のカムイたちの喜びと一体となった笑顔でもあったのでしょう。

今日、あなたはカムイモシリへの旅路につきます。おそらくあなたは、その途中で二風谷ダムの建設現場ものぞいてゆくでしょう。あなたは去年の三月八日、この環境破壊ダムを推進する元凶たる建設省で意見陳述したとき、ダムが完成したら自分も水没して湖底の人柱となる決意を表明し、民族の聖地破壊を阻止できなかった責任をとって先祖にわびると予告しました。あなたの早すぎる死は、この悲愴な決意の実行をはたせませんでしたが、あるいはこれもアイヌの先祖たちのおぼしめしなのかもしれません。あなたの志は、あなたの遺言どおり、あなたの後継者たちがひきついでゆくでしょう。あなたによって蒙《もう》を啓《ひら》かれた私たちもまた、及ばずながら可能なかぎりの力をつくして恩返しをしたいと思います。

「北海道アイヌ」こと正エカシよ。いずれ必ず私たちもカムイモシリへ行くことになります。そのときはまた、炉ばたでアペフチカムイ（炉端の神）ともども一パイやりながら語りあいましょう。

ありがとう、貝沢正さん。

さようなら、北海道アイヌ！

（『朝日ジャーナル』一九九二年二月二八日号）

〈注〉

（1）長良川河口ダムは、金丸信・建設大臣のとき着工決定となった。のちに北川環境庁長官がダム問題の調査をしたとき、自民党副総裁たる金丸信は北川氏を電話で脅迫した。さらに一九九三年に金丸が脱税で逮捕されるや、長良川ダムにかかわる鹿島建設や大成建設から「裏金」が渡されていたことが明らかになった。

（2）**貝沢正の生涯**　「本多勝一集」第17巻『殺される側の論理』（朝日新聞社）収録の「『北海道アイヌ』こと貝沢正氏の昭和史」。

（3）カムイは「神」とやや概念が異なり、神や悪魔も含めてもっと広く、精霊的な意味も含む。

（4）**上ヌキベツ**　アイヌ語を嫌う勢力によって、この地域は「旭」と改称された。

貝沢正（かいざわ・ただし＝一九一二〜一九九二）北海道でアイヌ人口が最も多い沙流《さる》郡平取村（現・平取町）二風谷に生まれる。父方の祖父ウエサナシの世代から「貝沢」姓を名のった。貝沢は二風谷の沢「ピパウシ＝貝のいる所」に由来する。母方の祖父コタンピラと祖母かぬもれ夫妻は、アイヌ叙事詩の著名な伝承者。平取尋常高等小学校高等科卒。一九四一年、開拓団員として「満州」へ。戦後は一九六七年から平取町議会議員。一九七一年、二風谷アイヌ文化資料館落成とともに初代館長。翌年から北海道ウタリ協会（アイヌ民族の組織）副理事長となる。一九七四年、第一次アイヌ訪中団の団長として中国へ。以後、アラスカ・北欧・ソ連・台湾・ハワイ等の先住民族を訪問・交流。一九八八年、『アイヌ史』刊行の編集委員長。一九九一年、二風谷ダム建設のための強制収用に反対して建設省でも意見陳述。一九九二年末、三井物産と三井林業社長あてにアイヌへの山林返還を要求。翌年二月三日、大腸ガンのため苫小牧の病院で逝去。享年七九。死後刊行された著書に『アイヌ　わが人生』（岩波書店・一九九三年）がある。なお、右の二風谷ダム反対運動については、長男の貝沢耕一氏が受けつぎ、萱野茂氏とともに原告として裁判をつづけ、一九九七年三月二七日に札幌地裁の判決があった。ダム建設と収用裁決は「違法」と判断されて勝訴となり、アイヌの「先住民族」も公認された。ただし土地収用裁決の取消し請求は棄却された。詳細は注（2）の本参照。

酒井三到男

——悲しみよりも、友を失う淋しさ

九月二五日夜、酒井三到男《さとお》君の死を遠田健君からの電話で聞いた。

「あと数日」と言われていたとおりだったので、その瞬間には大きな衝撃はなかった。けれども、長年の親しい友を失ったときに特有の深い悲しみ、親兄弟の場合とは次元を異にするその悲しみは、むしろ第一報の瞬間よりもあとになってしのびよるものだ。それはおそらく、その瞬間には現実味を肌で感じられないからに違いない。実感としてその悲しみをとらえるには、一定の時間を要するのだ。それは「悲しみ」というよりも「淋しさ」と言うべきなのかもしれない。

かつて曾我富士男君を失ったときもそうだった。中学・高校のころ登山と生物学をつうじて知り合った曾我君とは、以後の山や旅を中心に、もう「どうにもならぬ」ほどの友となっていたが、三八歳の若さで彼は急死した。あのときの追悼文のなかで、人生の定義について古来さまざまある例に、もうひとつ加えて「人生とは人間関係である」とすることも可能ではないか、と書いた。いま酒井君を失って、やはり同じことを強く感ずる。四〇年来になる親しい友を失うことは、人生における重大な欠落なのだ。だから悲しさ以上に淋しさを強く覚えるのであろう。

右の「定義」につづけて、追悼文には「したがって幸福の定義もまた古来たくさんあるけれど、もうひとつ『幸福とは、広い意味での人間関係がうまくいっていること』とすることもできる」「人間の死が、当人よりもむしろその周辺に不幸をもたらすのは、それによって人間関係が絶たれるから……」とも書いた。これは個人差のあることかもしれないが、長く生きても一〇〇年は稀《まれ》な人生のなかで、親友といえるほどの人間関係はそれほど多くできるものではない。そのような少ない親友が欠けてゆくとき、生き残った側は不幸を感じ、残った人生の時間がそれだけ淋しく感じられるのであろう。還暦に達したとはいえ、私たちの高校や大学の同級生にはまだ死んだ者が少なく、酒井君の死は一般的に言ってもまだ早いし、まして「友」としては淋しきにすぎる。

酒井君のこの闘病体験記『生の時刻』については、実は生前に刊行が予定されていて、出版社から私にも序文を寄せるよう依頼があった。序文ではなくて感想文ならと、ほかの先生（担当医師など）がたとともに付録として書かせていただくことにし、ゲラを読んでいた。さらに裏話を加えるなら、この体験記の冒頭、すなわちT病院の誤診にかかわる書きだしの数十枚（二〇〇字詰原稿用紙）は、酒井君の話を聞いたときに手記を書くようすすめた結果であった。場合によっては重大な誤診事件としてT病院を告発することもありうると思った。まもなく酒井君が書いてきた原稿を見て、これはやはり誤診とみて間違いないと思われ、そのとき東洋医学について連載していた光文社の月刊誌『宝石』で部分的に引用した。T病院については別の誤診で裁判中の事件をとりあげたので、酒井君の例も一緒に挙げたのである。T病院は実名を出すべきではないかと思ったが、温厚な人柄の酒井君がためらったので、その意思を尊重して私も「全国的といえるほど有名なT病院」と表現するにとどめた。

酒井君の原稿については、私の記事で引用するにさいして、「できれば状況の描写をもっと詳細かつ具体的に」と助言した。たとえば階段で左足がぶつかる描写ももっとくわしく、というように。酒井君はすぐに書きなおした。専門分野の論文等はむろん書きなれていたであろうが、こうした一般的「作文」は大量に書いていたわけでもあるまいに、作文技術上でも構成の点でも、ほとんどプロに近いほど「つい読みこんでしまう」ような引力を持つ文章だった。

手記『生の時刻』の中にあるように、酒井君がガンと気付き、かつ医師もそれを認めたのは一昨年（一九九〇年）の一月二二日である。昇天はその約一年半後であった。一年半。『一年有半』という題名の遺稿を書いたのは中江兆民である。喉頭ガンになった中江兆民は、医師に「余命一年半」と宣告され、その残された日々を遺稿執筆に専念する。この手記は酒井版『一年有半』であろう。社会活動家や文科系ではなかった酒井君は、自身の内部に巣くった敵を詳細に観察した。しかも酒井君が総支配人をつとめた外資系の製薬会社は、制ガン剤を主要製品のひとつとしていたので、たとえてみればガンの専門医がガンになった場合に近い立場におかれたといえよう。自分でガンを予知して以来、その自己観察は病状や対応の方法ばかりか、精神状態をも冷静に記録してゆく。

彼自身も書いているとおり、酒井君は私たちからみてもたしかに楽天的で、いわゆるネアカな性分だったから、会ったときは痛快な話や楽しい表現で周囲を明るくさせた。それはしかし、軽佻浮薄《けいちょうふはく》ということではまったくない。さまざまな話題の中から一例をあげると、リクルート疑獄事件で未公開株問題が浮上したとき、これは銀行が恒常的にやってきたことであって、庶民からみればその底なしの不正は許しがたいという。それなら酒井君が証拠をつかんで私が記事にしようということになったが、これはついに現物の証拠をにぎれずじまいであった。

この十数年というものは、酒井君とは遠田君と三人で飲む場合が常だった。音楽の話題が多く、さまざまな議論のなかで三人共通していたのは、モーツァルトに対する一般の過大評価への醒めた視線と、バッハへの全面的傾倒、そして邦楽では津軽三味線絶賛などであった。医療や製薬業界のことも論じたものの、専門分野にしては話題にすることが少なかった。東洋医学について激論になったとき、酒井君が東洋医学に疑問を抱いているのに対し、遠田君と私は西洋医学の基本的発想に疑問を抱いた。とくに遠田君は極論が好きな傾向があるので、現代医療に対してほとんど全否定のような調子で、かつ人類そのものへの懐疑とともに攻撃した。すると酒井君は、例によってニコニコしながら「おい遠田あ、それはちょっと感情的だぞ」などと受け流し、西洋医学的発想の論証によって反駁《はんばく》するのだった。

そのような激論にさいしても彼はネアカだったが、ネアカの本領を最も発揮して私たちを笑いころげさせたのは、たとえばこの手記でいうと、尻や睾丸や〝ジュニア〟をベッドで看護婦に洗ってもらう描写のようなところだ。実際の話はこれよりはるかに具体的で痛快で、しかも彼一流の話し方は落語家の名人芸にちかく、録音しておきたいほどであった。入院してもそんな調子だったから、酒井君が寝巻姿でなければ、どっちが見舞客かと第三者はあやしんだであろう。

しかし、夜になって病室でひとり考えこむとき、突然のガン、しかもすでに転移したガンとともに刻々すぎゆく時間とのたたかいに、酒井君はどれほど思い悩んだことだろうか。生き急ぐ日々の「一年有半」は、この手記のいたるところで、さまざまな側面からの光芒を放つ。どうせいずれは私たちも迎える「その日」のために、身近な友人の放つその光芒は、偉大な宗教者や高名な哲学者のそれとはまた別の、あたかもやすらかな引導渡しのようなある種の覚悟をさせてくれる。同時にまた、もはや老年期にはいる私たちに、生きるとはどういうことかを改めて問いかける。

こうした「友人としての感慨」とは別に、この手記は東洋医学の基本的立場からしても多くを示唆しているように思われる。これをさまざまな視点からの参考にすることは、文中にもあるように酒井君の願いでもあろうから、この点については別の場で詳細に論じることとしよう。(1)

手記の最終章は、今春の誕生日を迎えたときの感想をつづっている。今にして思えば死の五カ月ほど前である。生き急ぐ君は彫刻にうちこんでいる。「少なくとも三年は生きて基本を自分のものとし、その後一～二年、自分の持っているものを表現して独自の彫刻作品をつくることだが、それまで生きられるかどうかは神のみぞ知る」と書いた君は、つづいてすぐに「近頃、腰の右側に鈍痛がある。余り気持ちのよいものではない。腰に転移したとは思いたくないが……」とも書いた。事実は「思いたくない」方向へと刻々すすんでいた。思いたくなくても、冷静な科学者の目によってすでに君は悟っていただろう。最後の一言――「後のことは将来、また書き出すかもしれない」は、すでに「書き出すことはもうできない」と知った者の言葉だ。

最後に君を見舞ったのは、八月四日（一九九二年）の正午ごろであった。大塚の癌研附属病院から退院する日――喜びの退院ではなく、実質的には自宅で死を迎えるための退院である。この日も遠田君と一緒に行った。貴美子夫人が退院手つづきをしておられた。もう自力では歩けなくなっていたので、ベッドから車イスに移る君、さらに玄関口でタクシーに移る君を手つだう。君の表情からは、つい二～三カ月前までのネアカの「ジェラール＝フィリップ」（学生時代のあだ名）は消えていた。そして私たちを見る君の目は、生と死との境界をへだてた側からの、言葉にならぬ万感の思いを語っていた。それでもつとめて明るくふるまおうとしている君が、かえって私たちの胸をしめつけた。もはや奇蹟を祈るしかない。

真夏の日ざしの中を去ってゆく君のタクシー。ふりむくことさえできなくなっている酒井。淋しい風景だ。淋しいが、しかし別離の悲しみは、四〇年来の友人としてはその割に深くないように思われた。おそらくそれは、残された「生」の日の数が、君と私たちとではもはやそれほど大差がなかったからなのかもしれない。

しばらくは、さようなら、酒井君。

（酒井三到男『生の時刻』付章・かまくら春秋社・一九九二年）

〈注〉

（1）**東洋医学の基本的立場**　のちに朝日新聞社から刊行された単行本『はるかなる東洋医学へ』で詳述。これは月刊誌『宝石』の連載をまとめたもの。

酒井三到男（さかい・さとお＝一九三一～一九九二）静岡県島田市生まれ。千葉大学薬学部の学生時代に肺結核で一年休学したため、一学年下の本多らと同級になった。田辺製薬（大阪）に入社したが、スイス系の外資会社「日本ロシュ」に移り、さらにイタリア系外資会社「ファルミタリア＝カルロ＝エルバ」の総支配人となってガン新薬の開発をリードした。ガンと判明したのは死の一年半余り前、肺ガンが脳に転移してからだった。享年六一。著書『生の時刻』（かまくら春秋社）は死後刊行された。

廣瀬顕

――梅里雪山へ、若者たちはなぜ？

この本（『追悼　廣瀬顕』）が出るのは一九九五年だから、京大探検部ができた一九五六年からは三九年目ということになる。これは日本で初めての探検部でもあったから、日本に大学探検部ができて三九年の歴史をきざんだことにもなる。

約四〇年という年月のあいだ、発足のころから激論があった「探検」の意味について、さらに一層激しく論じざるをえぬ情況がつづいた。仮に一〇年を一世代とした場合、発足当時の私たちの世代の悩みと、その後の各世代の悩みとは、相当に異なるものがあっただろう。それでも潰れることなく、ほぼ一定数の学生が毎年入部しつづけて今日にいたったということは、世代を超えて底に流れる普遍の「何か」がありつづけたのかもしれない。

発足世代の私たちのうち、大学に残ったOBはともかく、私などのように就職したOBには、現役との交流はほとんどなかった。何年に一度かのOB総会に出席するていどだった。そんな「薄い関係」のOBの一人たる私にとって最初の大きな衝撃は、現役のなかでも最も活動的な一人だったらしい松本岳士君の遭難である。

松本君の冬山（大山）遭難は一九八二年だから、私たちより二世代もあとのこと、直接会ったことはなかった。別の現役学生に何かの機会で会ったとき、松本君を中心にパタゴニア計画がすすんでいることを聞いたことがあったていどである。しかしその追悼文集（『I Live a Bird』京大探検部　一九八三年）で、探検部を創ったときの同志・高谷好一氏（探検部長）の序文を読み、また松本君と同世代による座談会や父君・松本徰夫氏の追悼文などを読むと、現役学生のころの私たちの姿を彷彿とさせるものがあり、内実こそ変化しても悩める青春の風景に変わりはなく、胸にせまるものがあった。しかも父君によれば、私の著書からも（肯定的であれ批判的であれ）影響があったようだ。

こうした若者の死は、つらいばかりか一種自責の念に近い想いにかられもする。活字であれ演説であれ音楽・絵画・舞台・映像であれ、表現することは何らかの意味でかならず煽動の側面をともなう。たとえば私の記事なりルポルタージュなりを読んでジャーナリストをこころざしたという若者に会うことも少なくないが、そんなとき一種の責任のようなものを覚えるのは、煽動されて入ったジャーナリズムの世界が必ずしも若者の夢にこたえるものとは限らぬからであろう。とりわけ新聞社などは、もう私たちが現役でいたころとはまるで違ったものになっているはずだ。

だが探検部の若者の遭難となると「夢」が消えるどころではない。死んでしまった若者。……かつて探検部はじめての海外遠征としてヒンズー＝ラージ（一九五六年）で行動を共にした吉場健二君は、霊長類の若き生態学者の道を歩みはじめてまもなく、さる小島へ渡るとき小舟が沈没して遭難死した。あのときの当人の無念さ、私たちの無念さ、そして両親や妻子の悲しみは、三〇数年後の今なお胸の奥に深く刻みこまれている。

吉場君の場合は、探検部を創設した同志・同僚としての「若者の死」であった。しかし二世代もあとの松本君となると、しかも私自身の「影響」もあるとなると、そこに前述のような〝煽動責任〟のごときものを、一種自責の念に近い想いとして、どこか心の片隅で覚えざるをえないのである。

たしかに、たとえば私が農林生物学科（遺伝学教室）をめざしたのには木原均教授の影響があるし、山岳部・探検部関係では今西錦司先生をはじめ梅棹忠夫先生たちの影響をぬぐいがたい。かといって、仮に一九五六年から五七年にパキスタンの山で私が遭難したとしても（実際遭難しかけた）、木原先生や今西先生に責任があるわけでは全然あるまい。それでもなお、たとえば梅棹先生をはじめとする探険家の学者たちに影響されなければ探検部創設には到らなかったであろうこともまた事実なのだ。こんなことを言いだせばきりがないし、梅棹先生が影響をうけた今西先生にも責任が及ぶし、今西先生が影響をうけたそのまた師という〝無限責任〟になってしまう。しかしそれでもやっぱり、いくばくかの自責の念に近い想いは残るのである。

そんな想いを、とくに馬齢を重ねるほど強く覚えるようになったのは、私もまた三児の親となったこと、そして山の遭難で息子を失った親たちの嘆きに何度も接してきたからであろう。山岳部にはいることに反対する親が多いという話もよく理解できる。山岳部のリーダーたちにしても、とてつもない責任を背負っていることを、若者同士では等身大のものとして認識していないのではなかろうか（これは自戒の意味でもあるが）。親の視点からすれば、息子を山だの探検だのに熱中させた煽動者がいなければ、その死もまたなかったはずだと、いかに生き返らぬ夢とはいえ、つい連想してしまうのである。

そして、今回の「梅里雪山《メイリシュエシャン》」（六七四〇メートル）大遭難。この計画について私は全く関与していなかったので、遭難隊員一七人（中国側六人・日本側一一人）のなかに探検部から二人が加わっていることを知ったのは、遭難の報をきいてからしばらく後のことであった。廣瀬顕君と工藤俊二君。松本君よりさらにあとの、私たち創設世代からすれば三世代もあとの若者たちである。もちろん私は会ったことがなかった。

だが、またしても強い「自責の念」に近い想いに私は圧倒されることになる。最近刊行された追悼文集『梅里雪山』のなかで、筑波大学付属駒場高校にいたときの工藤俊二君の担任教師・熊倉啓之氏が、次のように書いているのだ。

「三年生の進路面談の席で——『僕は本多勝一にあこがれています。将来は、彼のようなルポライターになりたいと思っています。だから彼と同じ京都大学を受験します』——目を輝かせながら、きっぱりと言いきった君。そのときのことは今でも忘れることはできません。」

そして、生年月日をみて重ねて驚かされた。廣瀬君は私の次男と同じ年、工藤君は長女と同じ年に生まれている。ああ、二人は私の子どもと全く同じ年齢の若者だったのだ。人生の旅立ち、その自立の街角に出たばかりの子たちが、希望に満ちたその輝きのただなかで、突如として消えて、いや消されてしまった。この一文を書きながらも消された二人、一度も言葉をかわしたことさえなかった二人の姿が、自分の子たちの顔とダブッてみえる。悲しみよりも、当人たちの口惜しさ・無念さはどんなだったであろうか。さらにご両親の気持ちはどんなだろうか。自分の子どもが遭難した八ケ岳に毎年登りつづける親。冬の薬師岳で遭難した一三人のうち、春の雪どけを待っても遺体が見つからなかった二人を、晩秋まで探しつづけてついに見つけ、白骨の息子と対面した親。そのほか多くの例をみてきた者としては、そんな親たちにおくるべき慰めの言葉など、ひとつもない。古典や教典を引用したり冥福を祈ったりすることさえ偽善にみえる。子どもらは、行きたくて行った。真の冒険とは、本来こういうものだ。結果的には逝きたくて逝ったともいえようか。わが青春も死と紙一重のことが何度もあった。当人にとっては「死などないのだ。ただ俺だけが死んでゆくのだ」といった言葉も、想えば学生のころパキスタンへ行く貨物船の中で読んだマルロオの本にあった。親たちは、ただ耐えるしかない。悲しみは死ぬまで癒されることはないが、せめて理解してやってほしい。息子らが何をめざして、なぜ「梅里雪山」などへ、なぜヒマラヤでも最悪の天候地帯にあるこの山へわざわざ出かけていったのか。

梅里雪山はまだ未踏峰のままである。すでに還暦をすぎた身には、この山に雪辱戦をしかける気分はともかく、体力は及びもつかぬ。それでも、もしまた京大隊が捲土重来、とむらい合戦に向かうというなら、せめて全容をのぞむベースキャンプくらいまでは同行して、一七人の若者を呑みこんだこの「魔神の山」を画布に直接描いてみたい。そして氷河の中に眠っているであろうかれらの遺体に、悲しみに耐えながら生きているご両親からの言葉を伝えたい。

一九九四年一二月一一日

（「廣瀬顕追悼集刊行委員会」編集・発行『追悼　廣瀬顕』一九九五年）

太田勇

——今後にこそ影響力と光芒を

すばらしい教授が東洋大学におられることを長女から聞いたのは、たぶん入学して半年くらいのころだったと思います。自分の経験からしても言えるのですが、大学なんていい先生に出あえるかどうかに最大の意味があるのではないでしょうか。先生よりも「〇〇大学卒」の看板に目的がある学生生活では、せっかくの大学時代が実りあるものにはなりますまい。日本の大学制度にも関係しますが、「△△教授がいるからその大学に行く」とか「□□教授の講義を目的に大学を移ってあるく」といった例が欧米には珍しくないそうですね。極論すれば、本当に師事したい先生が一人でもいて、それに深く接することができた大学生活なら、それだけでその学生の人生は祝福さるべき門出だったと言えるほどです。

長女が太田勇先生に出合えたのは、そんな意味で本当に幸せでした。私自身は太田先生について失礼ながらそれまでお名前を存じませんでしたが、先生が雑誌等に書かれた論文や随筆などを拝読するにつれて、長女のいう意味がよくわかるようになりました。実に教えられることや共感するところが大きいのです。やがて私が編集委員の一人に加わっている『週刊金曜日』にも随筆をお願いするようになり、直接お会いして親しくお話を聞く機会ももてました。議論してもこんなにおもしろく、かつ啓発される学者は、失礼ながら今の大学の先生方には決して多くはありません。

太田先生の書かれた単行本として最初に拝読したのは、想えば亡くなる二年前刊行ということになる『国語を使わない国』（古今書院）です。無原則なシンガポールの言語環境を論じたこの本は、イギリス語化がすすんで植民地的様相が濃くなりつつある日本の将来にとっても示唆するところが極めて大きく、『週刊金曜日』の大型書評で私自身が紹介するつもりでした。ところが古今書院の広告との関連で編集部内に異論が出たため、もう少し時期をずらせることになり、そろそろ書こうと思っていたところの訃報です。健康上の不調については長女から聞いていましたし、入院先から原稿をいただいたこともありましたが、重大な事態がこんなに早く到来するとは、まさか予想しませんでした。今となれば悔やまれる思いの数々です。

享年六二歳。まさに「これから」でした。訃報を聞いたあと、『週刊金曜日』一九九六年三月八日号の編集後記に書いた小文から一部を引用します。


アジアの地理について現場を重視しての鋭い視点を持ち、とりわけ現在のような日本（および日本人）にとって傾聴すべき見識の持ち主です。日本というよりも、日本を含めたアジア全体のために実に惜しい人物。文化地理学上の論文や雑誌寄稿は多いけれど、まとまった啓蒙書は「これから」という段階でした。

私たち以上に、ご本人こそがさぞや無念だったに違いありません。折しも、藤岡信勝（東京大学教育学部教授）といった文字通り曲学阿世の徒が、日本のアジア侵略を教科書から抹殺する運動を始めています。こんな輩が日本の〝主流〟になりかねない今後を思うとき、太田先生の逝去はまさに「日本を含めたアジア全体」のために本当に残念なことでした。せめて、先生の論稿を集めた全集でも出せないものでしょうか。太田先生の思想は、むしろ今後にこそ影響力と光芒を放つべきだと思うのであります。

太田先生の、確固たる思想を秘めつつも温容と落ちついた語り口で接して下さったありし日を想いつつ……。

（『地理学への情熱――太田勇追悼文集』一九九七年四月＝非売品）

〈追記〉右のような経過ののち、太田氏逝去のあとで発表された書評を以下に再録する。

「英語帝国主義者」が権力をにぎるとき
――太田勇『国語を使わない国――シンガポールの言語環境』（古今書院）書評

シンガポールという小さな島国は、特殊といえば特殊な国にはちがいない。だが言葉の問題から鋭く切りこんだ本書を読むうちに、これは日本の将来とも大いに関係してきそうに思われ、なんだか身につまされるような読書になった。

　シンガポールは、一九世紀はじめにはほとんど定着住民がいなかった。だからイギリスが侵略して統治するにさいして、土着の言葉を弾圧する必要がなかったという。しかしその前までジョホール＝サルタンの勢力下にあったから「強いて言えばマレー語が土地言葉」（本書）になる。

　そのマレー語が、シンガポールの「国語」である。ところが、シンガポールでマレー語が真に生きているのは、総人口約三〇〇万人を構成する三民族（マレー系・中国系・インド系）の中で、マレー系のわずか一四・一パーセントの、しかも家庭内や同民族内での場にすぎない。それ以外の公的な場では、ほとんど「忘れられた存在」（本書）だ。なにしろ公務員試験ですら国語が必修科目ではなくなり「政府自らが国語を軽視している」（同）のである。

　そのようなシンガポールで、人口構成の圧倒的な多数派は、中国系たる「華人」の七七・七パーセントだ。あとインド系七・一パーセントが、マレー系とともに主要三民族を構成する。そして公用語は、これら三民族の言葉たる華語・マレー語・タミル語のほか、イギリス語（イングランド語）を加えた四語である。このうち「国語」のはずのマレー語については右のとおり。タミル語もそれ以下の問題外。

　となると、常識的（?）に考えれば、圧倒的多数者である中国系の華語が主役になりそうなものだが、戦後それが政策的に虐待されてゆき、今ではイギリス語が圧倒的になり、シンガポールの実質的〝国語〟はイギリス語になってしまった。本書の主題のひとつはそうなってゆく「過酷な文化変革」（同）の過程だが、それ以上に主要な主題は、政策的に虐待された華語人口層の心理・思想・価値観・生活態度である。そうした中で、日本人の「華僑」観への大幅な修正もせまっている。

言語の植民地化は、たいてい教育の場から始まる。シンガポールの華語衰亡の象徴は、華語教育の牙城《がじょう》だった南洋大学の興亡にみられる。マレーシアからシンガポールが独立した一九六五年から、イギリス語系のリー＝クァンユー政権（人民行動党）と官僚は華語教育弾圧を強力にすすめ、ついに一九八二年には南洋大学を〝処分〟してイギリス語一辺倒のシンガポール大学に吸収するにいたる。その前の一九七九年には、華語中心のはずの南洋大学で講義をイギリス語でやらせる教育改革が強行され、学力は高くても華語でなければ講義を理解できない華人学生は、次のような悲惨な事態になった。

講義内容を筆記できない学生には教室は忍耐の場だった。真剣に、しかし暗い表情でただじっと聞いている。（中略）日本の学生よりはるかに真面目に聴講しているのに、効果的な文字の使用を禁じて理解しにくくするとは何事だと腹がたった。

彼らは講義が終わると忙しくなる。英語ができる学生からノートを借りてコピーし、それを華語に翻訳する仕事が待っている。英語が苦手な学生は毎日英語の勉強に追われるだけで、講義内容を理解する前に疲れはててしまう。言語がひとの能力を判定する実態を目の前でみる毎日であった。

（中略）

講義の英語化は、華語であればふつうに理解できる学生を劣等生に仕立てあげた。華語社会の後継者つくりの機能を奪われた南洋大は、英語で中途半端な教育効果しかあげられず、どこで社会の期待に応えるのかが不明瞭になった。（本書から）

これがイギリス人やアメリカ人の多い国ならともかく、同じ華人たるリー＝クァンユーの独裁政権が、華人人口の圧倒的な国で強行した政策なのである。そのリー＝クァンユーは「つねづね頭がよい生徒は第二言語の習得が速いと言っている」（同）ので、たとえば物理学や数学や絵や音楽が得意でも「英語に苦労する学生は劣等生のラベルを押され」（同）ることになる。

リー＝クァンユーは、周知のようにイギリスの大学を出た〝エリート〟であり、中国系移民の三世ながら学生時代まで中国語を話さぬ家庭に育った。しかし一九五九年にシンガポールが自治権を得て首相になってから中国語（北京語）を習い、さらにシンガポールで最も多く使われる福建語まで習って、総選挙での得票に備えた。だから前述のようなリーの定義による「頭がよい生徒」を自認でき、つまりは「言葉秀才」を基準にした政策が強行されることになる。

唐突だが、逆の極端な例としてポル＝ポト政権（カンボジア）を思い出した。あの大虐殺政権は、基準を最低鈍才（？）に置いて、学校秀才や外国かぶれを殺しまくった。リー的存在などまっさきに殺されただろう。反対にリー政権は、言葉秀才による独裁的イギリス語国家を、独立後わずか十数年にして実現に成功した。「言語源流別小学校生徒数」の比率グラフ（本書）をみると、華語が圧倒していた戦後の比率は、一九六〇年ごろには逆転し、一九八〇年には華語がイギリス語のわずか五分の一ていどに激減している。

まことに、ひとつの言葉が衰亡するのに一世代さえかからぬのである。日本の言語情況は、はたしてシンガポールと無関係と言えるであろうか。終章で太田勇氏が述べている次の一言を引用しておく。

英語本位の社会づくりに関しては、もっと国際的な視野——英語が世界を支配することの意味を論じながら語らなければならないが、ここではシンガポールが近代国家として発展したのは、イギリス帝国主義の勝利だと述べるに止めた。建国の父リー＝クァンユーは、英語を共通語にしたのは歴史的偶然だと述べているが、この「偶然」は実に大きな意味を持っていて、シンガポール人の世界観に絶大な影響を与えた。アジアの価値観を掲げて行う民族語教育が、将来それをどのように修正できるのであろうか。

なお、太田氏は本誌（『週刊金曜日』）編集協力ブレーンの一人だったが、本書をあたかも遺書のようにして、去年（一九九六年）二月に六二歳で逝去された（一九九六年三月八日号「編集部から」参照）。そのエッセイ集たる新著『地域の姿が見える研究を』が、今月になってやはり古今書院から刊行された。

（『週刊金曜日』一九九七年四月一一日号）

〈追記〉ここに描かれたシンガポールの言語情況は、太田氏が亡くなって六年後に本多もイラク取材のさいシンガポールに立ち寄って実見することになる。本多勝一著『非常事態のイラクを行く』（朝日新聞社・二〇〇二年）の第1章「シンガポールという文化的奴隷国家」参照。

179　太田勇

太田勇（おおた・いさむ＝一九三三～一九九六）東京教育大学大学院理学研究科博士課程（地理学）を経て東京教育大学附属高校教諭・東洋大学助教授・ワシントン大学客員研究員・東洋大学教授に。この間シンガポール南洋大学に客員教授で一年間いたときの体験から『国語を使わない国』を著わした。専門分野の論文のほか、多数の啓蒙的論考を諸雑誌に発表した。また前記追悼文集（非売品）の一部も含め、病院生活の手記等を加えた一般書として夫人の太田陽子氏（横浜国立大学名誉教授）の編著による『情熱の人――太田勇・地理学の研究者』（文芸社）が二〇〇四年に刊行された。

郭和夫

——郭沫若の長男、ふしぎな因縁の「老朋友」

去年（一九九五年）の三月、初めて大連を訪ねました。

中国の東北地方には二五年前（一九七一年）に訪ねて『中国の旅』を書いたけれど、瀋陽から大石橋まで来ながらそれ以上は南下せず、大連には寄れなかったのです。まだ文化大革命の最中だったことも関係していただろうと思われます。これ以後、中国には私は三回行ったのですが、いずれも南京大虐殺関連の取材ばかりだったので、東北地方には全くごぶさたでした。東北地方については『中国の旅』の続報としてどうしても再取材したい部分があったため、行きたい行きたいと思いつつ、多忙なままに去年まで延引してしまいました。

そして、東北地方を再訪したら是非とも大連に寄りたいと思ったのには、二つの理由があります。第一は日清戦争について現場などを見たかったこと、第二に郭和夫氏と郭安娜《かくあんな》さん母子を訪ねたかったことです。

ところが非常に残念なことに、安娜さんは私の訪ねる前年の夏に九九歳で他界し、さらに全く思いがけぬことに、そのわずか一カ月ほど後に和夫氏も七七歳で急逝されたのでした。

想えば、郭和夫氏と親しくお近づきになれたのもふしぎな因縁によるものだったと言えましょう。私が京大で山岳部にいたとき、貧乏学生で下宿代にも困っているのを知った山岳部の友人が、遠い親類にあたる家を紹介してくれたのです。その家の息子さんの家庭教師をときにはしてあげるていどの、ほとんど居候に近いような条件で、やはり山岳部にいたY君と二人でおせわになりました。「その家」とは、上田慶三・初枝ご夫妻の、京都市・太秦《うずまさ》におられる一家です。そして、この初枝夫人の妹・喜代さんが、和夫氏の夫人なのでした。和夫氏が京大の学生だったころ知りあわれたとのことです。

しかしながら、私も当時から和夫氏と接したわけではなく、そうする動機もありませんでした。「動機」ができたのは、それから十数年後に前述の『中国の旅』取材で訪中した一九七一年です。このとき北京の人民大会堂で、和夫氏の父君たる郭沫若《かくまつじゃく》氏と会見し、晩餐会でも親しくお話する機会がありました。公式にはもちろん新聞記者としての会見ですが(1)、長男和夫氏と喜代さんをめぐる個人的な話題にも及びました。

これが縁となって、和夫氏ともおつきあいが始まるわけですが、中国でお会いしたことはなく、もっぱら和夫氏が来日されたときに歓談していました。私が中国と直接かかわり始めたのは、あの文化大革命の後期からですから、以後の中国は内部の大波瀾がつづく時期です。文革をめぐっては日本でも評価が大きくわかれたし、ベトナム戦争をめぐってもついに中越戦争にいたるなど、まことに大問題が続発しました。私の中国関係の仕事はもっぱら「侵略の実態」取材にありましたから、そうした中国の内部自体を直接的に仕事の対象とすることはありませんでしたが、一ジャーナリストとしては関心を抱かざるをえません。そんな私にとって、和夫氏とお会いしたときに聞くお話は、一般マスコミに現れる情報とかなり異なるものがあり、大いに参考になりました。

中国についての日本での情報や評価は、親中国派と反中国派とで非常に違うばかりか、それぞれが逆の立場でかたよっている傾向があります。しかし郭和夫氏のお話は、一言でいえば一種「さめた目」というべきか、事実にたいする冷静な観察をもとにした情報だったのです。おかげで私の中国認識も、比較的冷静に終始することができたのではないかと思います。

一例をあげましょう。中越戦争は明らかに中国軍が先にベトナムに攻めこんだのですが、その理由がカンボジアにあったことは当初から明々白々です。つまりカンボジアのポル＝ポト政権は文革の申し子として中国以上に極端な超文革を強行した。もちろんポル＝ポトは徹底的な親中国派です。当の中国で文革がダメになっても、ポル＝ポト政権との親密度に変わりはなかった。こんなところにも中国の「論理性より政治性」が現れていますが、日本の対ポル＝ポト政策も同様でした。

そんなポル＝ポト政権による「虐殺のカンボジア」へ、反ポル＝ポト（ヘン＝サムリン）政権をかかえたベトナム軍が侵攻し、親中国政権たるポル＝ポトを倒してしまった。これに対する「こらしめ」として中国がベトナムを背後から攻撃した。これが中越戦争の大ざっぱな背景です。

ところが郭和夫氏によれば、このとき中国内部ではカンボジアのことなど全く説明がないというのです。要するに中国の一般民衆はみんな、中越戦争はベトナムが中国の国境を侵《おか》したから反撃した、それだけの「理由」しか聞かされていない。新聞も放送も、一切はその一点だけだということを、日常的な細部にわたって話して下さいました。

たとえばこのような話題がいつもあり、一方では中国の感心させられるエピソードももちろん多く、会うたびに時間を忘れて、食堂だと閉店時間に及んでしまうのでした。喜代さんと二人のときは私の方も相棒と二人で会ったものです。母君の安娜さんとも、一九八一年の来日中に市川でお会いしたことがあり、郭沫若氏との間のさまざまな個人的〝秘話〟を聞きました。

長寿だったご両親の長男・和夫氏が、まさか母親とほとんど同時に急逝されてしまうような事態をどうして予測しえましょう。近いうちまた東北地方へ取材にゆく予定ですが、あの地で唯一「老朋友」といえた郭和夫氏がいない無念は言葉につくせません。来日のたびに、私の好きな中国の銘酒をみやげにしつつ、人なつこい笑顔とざっくばらんな話しっぷりで魅了したあの温容。いつまでも忘れられません。

（郭和夫記念追悼誌編集委員会編・発行『逝きし友の魂に――郭和夫の追悼』一九九六年）

〈注〉

（1）この会見記の詳細は「本多勝一集」第14巻『中国の旅』（朝日新聞社）に収録されている。

郭和夫（かく・かずお＝一九一七～一九九四）日中関係の大御所として著名な文人政治家・郭沫若と佐藤をとみ（中国名「郭安娜」）の長男として、岡山市で生まれる。父の九州帝大医学部卒とともに上海に帰国。一九二七年、父が北伐従軍。しかし翌年、蔣介石の裏切りで北伐が失敗するや、父に懸賞金つき逮捕令が出て、日本に亡命。市川市に住む。一九三七年の日中戦争勃発で、抗日戦争参加のため父は秘密裏に中国へ。和夫は旧制一高をへて京大工学部工業化学科に入り、一九四一年に卒業して大学院へ。戦後は台湾をへて一九四九年から大連の中国科学院大連化学物理研究所に配属。一九五三年、京都で学生時代に知合った上田喜代子と大連で結婚。以後、中国科学院で要職を歴任しつつ、全国化学会の理事や人民代表大会の代表などをつとめ、ソ連や東欧各国も視察した。一九七九年には訪日代表団として来日、一九八六年からは毎年訪日していた。一九九四年九月一三日、出張中のハルビンで脳出血のため急逝。享年七七歳。

伊藤正孝

――「ジャーナリスト」を守ってくれたジャーナリスト

伊藤正孝さんにかかわる思い出は書けば尽きないものがありますが、最初のそれはやはり南アフリカ共和国の黒人取材です。

あのとき、私はアメリカ合州国の黒人取材を終わり、朝日新聞の連載タイトルを「黒い世界」として第二部まで発表していました。なぜ「黒い世界」か。それは、アメリカの黒人ルポが終わったら、次はアフリカに移り、さらにオーストラリアのアボリジニ、最後に在日黒人を取材する予定だったからです。つまり合州国は、世界の黒人地域の中のひとつにすぎないのでした。

ところが、アフリカ取材に移ろうとした直前、私の父が急死したため、さまざまな家庭事情で一年間休職することになりました。したがって黒人取材も中断したのですが、この企画は当時の田代喜久雄編集局長や社会部長もぜひ続行したい意向だったし、もちろん私も中断は非常に残念なことです。そこでバトンタッチとして〝白羽の矢〟を立てられたのが伊藤さんでした。伊藤さんは差別と犯罪の牙城たる当時の南アにおもむき、そのルポ『南ア共和国の内幕』で見事に期待に応えてくれました。これでアフリカに魅せられた伊藤さんは、以後「黒い世界」よりも「アフリカ」そのものにのめりこんでゆくことになるわけです。

そのような伊藤さんと、亡くなるまでさまざまな場でおつきあいが続きましたが、私にとって「恩人」ともいうべき一例をここに挙げておきたいと思います。

それは、筑紫哲也氏のあとを継いで『朝日ジャーナル』の編集長に伊藤さんがなったときのことです。ある日あらたまって私をお茶にさそい、二ページ分コラムの連載を依頼して下さいました。

「毎週だけど、大丈夫？」とやや不安げに聞いた伊藤さんの表情を今も忘れません。その少し前まである月刊誌でつづけていた連載評論「貧困なる精神」を、社内の「四編集局長会議申し合わせ[1]」にしたがって〝自粛〟し、欲求不満になっていたせいもあるので、私は答えました。

「毎日だって大丈夫」

こうして一九八八年四月一日号の『朝日ジャーナル』から、連載コラム「貧困なる精神」が始まった次第です。これは同誌が休刊になって三十余年間の歴史を閉じるまでつづくわけですが、伊藤さんに「恩人ともいうべき一例」と前述した理由は、このような場をつくってくれたこと以上に、最後までその場を守ってくれた点にあります。なぜか。

連載をはじめて一年か二年したある日、伊藤さんが「ここだけの話」として私に語ったところによれば（もう時効だからいいでしょう）、当時の編集担当重役たるＳＳが、私の連載をやめるよう露骨に要求しました。ＳＳ氏は私の社会部時代からの先輩記者あるいはデスクですが、その強引な性格と思想上の違いから、私に対して敵意を抱いていたようです。たとえば田中角栄の選挙にさいしての私のルポ（一九七六年一二月七日夕刊「田中圧勝……村の心理と論理」）を、言を左右して掲載したがらなかったので、別のデスクに出して発表されたことがあります。（皮肉なことに、当時の広岡社長が「いいルポをありがとう」とわざわざ私に直接言ったものです(2)）。

そこで伊藤さんは、SS氏に対して次の手段で抵抗しました。つまり「貧困なる精神」は、『朝日ジャーナル』読者アンケートのなかで圧倒的な支持率がある。これをやめることは雑誌の部数減につながるから、どうしても承服できない、と。（実はSS氏は次期の下村満子編集長に対しても再び圧力をかけましたが、下村さんも同じ理由でこれを拒否しています。朝日新聞社の編集担当「重役」にはこんな男もいたのです。）

ジャーナリストとしての私の活動は、読者とともに社内のこうした良心派に支えられて定年まで続けることができたのだと、今さらながら感謝の気持ちでいっぱいです。

伊藤さん、本当にありがとう！

（伊藤正孝回想録編集委員会『「駆けぬけて」――回想・伊藤正孝』一九九七年）

〈注〉

（1）これについてはて拙著『貧困なる精神・A集』（朝日新聞社）収録の「それでは皆さん、さようなら」に詳しい。

（2）このルポはさらに加筆して本多勝一集第15巻『美しかりし日本列島』に収録されている。

伊藤正孝（いとう・まさたか＝一九三六〜一九九五）福岡市に生まれる。早大から朝日新聞入社、鹿児島支局・西部本社をへて一九六七年から東京本社社会部。欠陥車キャンペーンで活躍。一九七〇年、飢餓で一五〇万人が死んだビアフラ内戦（ナイジェリア）を取材。翌七一年にはアメリカのラルフ＝ネーダー率いる消費者運動の取材。一九七七年からアフリカ支局長（ダルエスサラーム）、八〇年には中東アフリカ総局長（カイロ）としてイラン・イラク戦争も取材。一九八七年から『朝日ジャーナル』編集長。一九九〇年から朝日新聞編集委員となり、第一次イラク戦争（湾岸戦争）も取材した。享年五八歳。

広島三朗

——またしても岳友の遭難

「とうとう長谷川恒男氏も遭難してしまった」と、彼の死を悼む一文を書きだしたのは六年前だった。続いて次のように書いた。(1)

「その一報をきいて、さまざまな感慨にふけりながら日本山岳会のある小委員会に出席すべく赴いたとき、久しぶりに会った早坂敬二郎氏（東京農大山岳会）が言った——『本当にショックです。昨日の長谷川さんにつづいて今日の大西さんでしょう』……私はそのとき初めて、日本山岳会のナムチャパルワ隊（日中合同登山）に参加していた大西宏隊員の遭難を知った。最高級の実力をそなえた登山家をまたしても失ったのである」

ところが、当の早坂氏自身もまた、この翌年（一九九二年）に雪崩で遭難することになる。

以上の三人は、いずれも何らかのかたちで個人的に関係のあった岳人である。想えば、これまでに友人・知人の何人を遭難で失ったことだろうか。ついでにいえば、ベトナムやカンボジアの取材を通じての友人・知人たる〝戦友〟もまた何人も〝戦死〟した。きびしい戦場ばかりを選んで従軍する戦場カメラマンは、兵隊以上に死の確率が高いのだ。そんな確率のまま長期間戦場にいて生き残った石川文洋氏などは希有な強運の例であろう。

ヒマラヤ登山もまた、本格的なものであれば死の確率は高い。私自身も学生時代の二回のヒマラヤ登山で、危機一髪がそれぞれあった。死ななかったのは「運」としか言いようがない。ベトナムの解放区で米軍機やサイゴン政府軍の砲艦に殺されなかったのも、私の逃げ方がうまかったわけではなく、単に「運」がよかったにすぎない。

そして、今これを書いている八月二一日（一九九七年）、「とうとう広島三朗氏も遭難してしまった」と書く破目になった。今朝の報道で、パキスタンのスキルブルム峰（七三六〇メートル）登頂成功のあと、氷河での氷塊ナダレによる突風で遭難が伝えられたのだ。六人死亡、五人負傷。広島氏のほか、やはり死んだ原田達也氏も旧知の岳人である。二人とも、世界第二の高峰チョゴリ（別名「K2」）に登頂した岳人だ。一九七七年のこの登頂は、日本人としてはもちろん最初だが、世界的にもイタリア隊の初登頂から二四年ぶりの第二登として歴史的意味があった。

ヒマラヤでの「死の確率」がいかに高いかは、このときのチョゴリ登攀隊員のうち、六人ものちに遭難死していることからも理解されよう。今回またしても、このときの隊員中四人（広島・原田氏のほか土森譲氏と中込清次郎氏）が死んだのだ。ほとんど「死屍累々」である。

私個人にとっては、広島氏にはとりわけ深い思いがある。「冥福を祈る」などといった決まり文句など、腹立たしいだけだ。一〇年前（一九八七年）には共にヒマラヤへ行った。(2)日本でも雪の富士山や槍ヶ岳（北鎌尾根）などで山行を共にしてきた。広島君よ。何と言えばいいのか、今は言葉もない。二人の息子さんや晶子夫人にしても、悲しみ以上にどんなに口惜しいことだろうか。君のチョゴリ登頂記(『K2登頂——幸運と友情の山』潮文庫)の序文の最後で、君は書いた——「……そしてその第一は、山で死なないことであると思った」。
にもかかわらず、君は山で死んだ。

〈追記〉以上は、広島氏の遭難直後にある月刊誌に書いた追悼文の再録です。広島氏とともに一〇年前に行ったヒマラヤの登山については、『夏休みの処女峰』として朝日新聞社から刊行する予定でした。[3]この本が広島氏に捧げるものになるとは全く予想しなかったことで、本当に残念の極みです。

(神奈川ヒマラヤンクラブ『スキルブルム7360——夢は白き氷河の果てに』一九九八年)

〈注〉
(1) 拙著『リーダーは何をしていたか』(朝日文庫)に収録。
(2) 拙著『ヒンズーラージ探検記』(朝日新聞社)にこのときの紀行が収録されている。
(3) 隊員全員で書いたこの報告書は刊行が遅れているが、二〇〇五年までには出る予定。

広島三朗(ひろしま・みつお＝一九四三〜一九九七)神奈川県立高校で地理の教諭を勤めながら登山家として活躍。一九七一年ガンガプルナ、一九七七年チョゴリ(K2)登頂。パキスタン北部での民俗調査もつづけていた。著書に『ヒンズークシュ真っただ中』(講談社)『K2登頂——幸運と友情の山』(潮文庫)『地図と地形の読み方』(山と渓谷社)など。訳書にショーン・バーグ『オクサスとインダスの間に』(論創社)

井上民二

——地球環境の最重要人物を飛行機事故で失う無念

生命の重さに個人差があるものでは全くないにせよ、たとえば九〇歳代の高齢者の大往生と、二〇歳代の「人生これから」の青年の死とは、その「惜しさ」に大差があるのは当然であろう。……と、山形県の青年・池田拓君の労災死を悼んだのは五年前ですが（本書収録の「若者の死を惜しむ」）、二〇歳代でなくとも、四〇代から五〇代はじめにかけての、まさに「働きざかり」真っ最中の友人を、このところたてつづけに事故で失って、哀悼と同時に「惜しさ」で歯がみをする思いです。ほかにも世話になった人々を最近何人も失って落ちこんでいますが、ここでは多くの報道で社会的にも公知となっている二人の友人の事故死についてふれることにいたします。

一人は、パキスタンのスキルブルム峰（七三六〇メートル）登頂成功のあと、氷河での氷塊ナダレで遭難した神奈川ヒマラヤ登山隊、あの六人の死者のなかの広島三朗隊長（五四歳）です。高校教師をつとめながら地理学の専門家として活躍している広島氏とは、一〇年前（一九八七年）のヒマラヤのほか、日本国内でも多くの山行《さんこう》を共にしていました。その追悼文は遭難の第一報がとどいた八月二一日（一九九七年）に別に書いたので[1]、ここではその中から次の部分だけ引用しておきます。

「広島君よ。何と言えばいいのか、今は言葉もない。二人の息子さんや晶子夫人にしても、悲しみ以上にどんなにくやしいことか。君の登山記『K２登頂――幸運と友情の山』（潮文庫）の序文で、君は書いた――〈第一は、山で死なないことであると思った〉……にもかかわらず、君は山で死んだ。」

そして、そのあとまもない九月六日、ボルネオのミリ付近で小型機が墜落し、乗っていた一〇人全員が死亡しました。このなかに、熱帯雨林研究で知られる井上民二教授（京大生態学研究センター＝四九歳）がいたのです。井上氏は私より一世代若いのですが、大学で同じ農林生物学科にいた上に探検部のOBとして交流があり、とりわけ五年前に私もミリを訪ねて熱帯雨林の研究現場を見てからは大いに注目していました。井上氏の活躍は『朝日新聞』の一面トップで報じられたこともあるので、ご存じの方も少なくないと思われますが、今後の人類にとって最大の課題たる地球環境と密接に関連する熱帯雨林、その生態系研究の最前線にある人物を、こんなばかげた事故で失うなんて、惜しさとともにやりばのない怒りさえ覚えるのです。

「林冠《りんかん》」といっても聞きなれない人が少なくないかもしれませんが、要するに森林の表面のことです。私も西パプア（ニューギニア）の奥地を探検したときに驚いたのですが、本当の熱帯ジャングルは「昼なお暗い」ため林床（地面）に下生えがあまりありません。だから道がなくても歩きやすく、そのかわり食物になるような草や昆虫や小動物も少ない。熱帯の豊かな生態系は、地上数十メートルの林冠でこそ展開されているのですが、これまでその世界は未知の秘境でした。井上氏はここを探検していたわけです。

井上氏とは探検部OBとして交流があったものの、個人的にとくに親しくする機会はなく、探検部のOB会で直接話したほかは、報告会を聴いたりしたていどです。しかしまだ若い井上氏には、いずれじっくり会った上で、私の関係する雑誌などでも熱帯雨林の重要性を特集し、読者にも認識を深めていただきたいと思っていました。

人類を含めた全生物にとって、熱帯雨林がどんなに重大な意味をもつかを理解するために、その研究状況を早くから映像作品《ドキュメント》として発表してきた記録映画作家がいます。この人には全く別の専門分野もあり、私が知るようになったのはその「別の」分野たるアイヌの民族文化を通じてでした。すなわち本誌（『週刊金曜日』）でもすでに紹介したことのある片山龍峰氏(2)です。とりわけ片山氏がとりくんできたのは、アイヌ語と日本語の関係やアイヌ語復権問題などですが、ここで紹介したいのは熱帯雨林を通じての井上氏と片山ドキュメントとの関係であります。

片山氏は、多少とも目立つ仕事をする人にしばしばみられる自己顕示症候群とは正反対の極にあるタイプなので、こんなことを書かれると嫌がるのはよくわかっているのですが、その作品は正確で高い信頼度と同時に洗練された娯楽性に支えられ、知る人の間では非常な期待が寄せられています。これまでに手がけてきた作品には科学的あるいは考古学的・民族学的対象を扱ったものが多いのですが、熱帯雨林に関した最近のものとしては『緑の秘境・林冠』（NHKスペシャル）とか、『空飛ぶ謎のヒヨケザル』（NHK・生きもの地球紀行）、最も新しい例では『熱帯雨林からのメッセージ＝謎の一斉開花を追う』（NHK教育テレビ・八月二一日・ETV特集）があり、これらには井上氏が深くかかわってきました。ごらんになった方は、意味するところの重大さもさることながら、そのおもしろさに我を忘れたほどではありませんか。井上氏当人も解説者として登場します。

井上氏の遭難死を悼んで、NHK教育テレビは特集を放送するそうです。今週土曜日（一一月一日）夜八時から九時一五分まで、『熱帯雨林から21世紀が見える――生態学者・井上民二が残したメッセージ』（未来潮流）。

地球環境がますます重大化する二一世紀にこそ、一層の活躍をしてほしい井上民二氏でした。

（『週刊金曜日』一九九七年一〇月三一日号）

〈注〉

（1）**その追悼文**　本多勝一『民族と国家、そして地球』（貧困なる精神M集・朝日新聞社）収録の「またしても岳友の死」を指す。

（2）**片山龍峰氏**　『週刊金曜日』一九九五年一一月一七日号の特集「アイヌ語復権をめざして」。また片山氏は単行本として『日本語とアイヌ語』（すずさわ書店）や『アイヌの知恵――ウパシクマ①』（新日本教育図書）もある。

井上民二（いのうえ・たみじ＝一九四七～一九九七）兵庫県淡路島東浦町生まれ。津名高校時代に淡路島の鍾乳洞研究で読売新聞学生科学賞受賞。京大では農林生物学科で昆虫学を専攻しつつ、探検部員としてパタゴニアを学術調査。大学院・昆虫学教室助手をへて、一九九一年（四三歳）から京大生態学研究センター教授。この間、スマトラ自然研究に長年かかわったほか、パナマのスミソニアン熱帯生物研究所にも一年間滞在してハリナシバチの血縁認識調査。一九九二年からマレーシアのサラワク州ランビル国立公園で、熱帯雨林の林冠研究チームを率いる。一九九六年、同公園での一斉開花・一斉結実の調査に没頭したほか、バイカル湖でロシアとの共同研究。一九九七年九月六日、ブルネイからサラワク州ミリに向かう途中、ランビル山での飛行機事故で遭難死。享年四九歳。著書『生命の宝庫・熱帯雨林』（NHK出版）ほか多数。

山田哲雄

——君に弔辞を「読む側」になろうとは……

いつものように、中学以来の呼びすてで「山田」と言うぞ。

山田よ。いわゆる平均寿命とやらからすればまだ早すぎたが、しかしお互い「弔辞を読む側になるか、読まれる側になるか」は分からぬ年齢に近づきつつあった。

だが、ついこの六月に山田を訪ねたときは、まさか俺が「読む側」になろうとは、全く予期できなかった。もちろん君はかなり憔悴《しょうすい》してはいた。でもそれはガンの大手術のあとなのだから当然と思っていた。

ただ、典子《のりこ》夫人の様子に、ほんのかすかな不審を覚えた。自慢の古酒を持っていったので、玄関から出てきた典子さんに「酒を飲んでもいいんですね」と確かめたとき、「はい、もう何でも喜んで」とかいった意味の返事。その言葉そのものではなくて、仕種《しぐさ》や表情のなかに、あたかも「もう今のうちだから何でも」と言っているかのように感じたのだ。でもそれは俺の思いすごしだろうと、そんな憶測はほとんど無意識に打ち消した。

しかし、残念ながらこれは思いすごしではなかった。あのとき、まさかこれが山田と話す最後の日だなんて思いはしないから、いつものように雑談したものの、その内容などほとんど覚えていない。そうだよなあ。昔からの友達なんて、会って雑談すること自体が目的なんだから、中身なんてどーってことない。それが本当の親友ってもんじゃねーか。なにもここで「親友」の定義をするわけじゃねーが。

山田よ。過去六六年の生涯のうち、中学以来だと五四年間われわれはつきあってきたことになる。言っちゃあ悪いが、山田と典子夫人のつきあいとか、俺と相棒のつきあいより長いわけだ。

いろいろあったなあ。どうせ長くない未来に俺も「そちら」つまり「あの世」に行くわけだが、山田は信じないであろうあの世とやらがもしあるとすれば、山田の好きだった湯ドウフとともに一杯やりながら、前世の思い出でも語ろうじゃないか。そんなときの思い出は、もうたくさんありすぎていちいち挙げるのも面倒くさいが、ビデオテープかなにかの映像のように脳裏から消えない風景のうち一つ二つだけここで拾って、あとはあの世まで持ちこすことにしよう。

われわれの世代は旧制中学から新制高校になったころだが、どちらにしても秋の大運動会はおもしろかった。仮装行列だの応援団だのに熱中していて競技などどうでもよかったが、山田は応援のタコ踊りが実にうまかった。それを鮮烈なイメージとして今だに忘れないのは、ハカマ姿の山田が美少年だったからだと思う。そうだ、山田は同級生のなかでも美少年の一人だったのだ！

いや、こんな風景を拾い出していったらキリがないが、もうひとつ、俺が失意のドン底にあったころ山田と共にした旅のことは、あたかも暗い青春の中で隙間からもれた光明のように、楽しい一瞬としてやはりいつまでも鮮烈な映像だ。高校を出て大学に進んだものの、山田は自らの好きな進路たる地質学にすべてを傾注していたのに対し、俺は親父の命令に従ってクスリ屋になるためのコース（薬学部）にいて打ちひしがれていた。大学一年当時のそんなある秋、古生物学の鹿間時夫先生や動物学の冨永明夫君と四人で、上州の奥へ鍾乳洞探検に行ったのだ。あの四日間、楽しかったなあ、山田。山奥の宿屋でふざけたり、紅葉の谷間で飯盒《はんごう》メシをたいたり……。あのときは飯盒一杯三合分を全部たべてもまだ腹がへっていたので、俺はもう一回炊いてバターをまぜてまた全部たべたから、合計六合を一度に平らげたものだ。いや、あのような楽しい旅は、山田たちにとってはフツーのことだったのかもしれない。でも当時の俺にしては、暗闇から救いだされたかのような旅だったと思う。

そう、山田は友人として「頼りになる男」「元気づけてくれる男」だった。ガンコでイッテツな点ではわれわれの間でも定評があったが、反面じつにやさしい人柄で、失意のときに大いに力づけてくれる何かがあった。著書を送ると、いつも非常にていねいに読んで批評の手紙をくれた。専門分野から間違いを指摘してくれることもあった。ベトナム戦争の取材では、わがことのように心配し、かつ喜んでくれた。

この六月に訪ねたときも、そんな過去の延長上にある雑談にすぎなかった。しかしあとで典子さんから聞いたところによれば、あのあとまもなく山田は「もう長くない」ことを知ったという。手おくれだったこと、残された時間が少ないことを悟ったという。そして死期のせまったある日、典子さんは君に「こんなに早く別れるとは思ってなかった」と告白した。すると山田は、それまで夫婦間で言ったことのなかった一言をもらしたそうだ。

「すまんな」

いかにも山田らしい一言だなあ。山のような思いがこめられている。これはしかし、われわれに対してもらした一言でもあるように思われるのだ。ちょっとだけ早すぎたものなあ。今やたそがれつつある人類だけれど、もう少し共に見極めるなり逆らうなりの時間があってもよかったと思わんか。

でもマア欲はいうまい。君自身は学者としてやり残したこともあるだろうが、家庭的にはおめでたがつづいたあとだった。その意味では思い残すことがないだろう。ま、われわれ同級生に残された時間も大差はないんだ。もうじき「そちら」で会おうじゃないか、なあ山田。

じゃ、しばらくな。

（「信大名誉教授・山田哲雄氏のお別れの会」での弔辞。一九九八年九月一二日、松本市セレモニーセンター）

山田哲雄（やまだ・てつお＝一九三一～一九九八）信州・飯田市生まれ。東京教育大（筑波大）で地質学を専攻し、同大学院・信大助手・同助教授をへて一九八三年から同教授。一九九四～九六年、同理学部長。定年後は一九九七年から放送大学諏訪地区センター長。この間、一九五九年のランタン＝ヒマール（飯田山岳会隊）と一九九四年のギャジカン（信州隊）の二回、隊長としてヒマラヤ遠征。学者としては多数の論文発表のほか、学術調査などで北欧諸国・ソ連・中国・イタリア等に出張していた。

本多すずゑ

——母が泣いた日

高校の山岳部で俺が登山中、父は仏壇に灯明《とうみょう》をあげて先祖に無事を祈った。ベトナムの戦場へ長期出張中には、毎月のきまった日に氏神へ祈願のお参りをしていた。母はそういうことを何もしなかった。しかし父よりもっと心配していたことは、そのしぐさや態度でわかった。

登山の日程が予定よりおくれると、約一時間ごとに電車が着く駅まで父は迎えにくる。（電話など私の家にはないころだ。）その何度目かに俺が無事帰る。駅から家まで歩きながら、山で何があったのかを父は根ほり葉ほり聞く。家に着くと、父は仏壇に感謝の灯明をあげて安堵する。母は何もしない。しかし父と一緒に俺の姿を認めると「フーン、帰ったの」と言うだけで勝手場に行く。土間からチョウナで薪を割る音がきこえてくる。くどでウサギかブタの肉を料理しはじめる。肉など食べることは滅多にないのだが、母は俺が帰ったときのために用意している。とくにウサギが好きなことを知っている。

たとえばまた、小学生のころ病気で学校を休む。熱があって寝ている。隣りの部屋で両親と妹たちが食事をしている。茶碗を卓袱台《ちゃぶだい》に置く音。味噌汁を杓子《しゃくし》ですくう音。普通の、なんでもない、たとえば裏の畑のササゲの出来具合といった会話。いつもは自分もそれらに加わっていて、それは全く「普通に」すぎゆく無意識の時の流れの中にあるのだが、病気で一人さみしく寝ていると、それらが実に楽しげな団欒《だんらん》にみえる。うらやましいなあ、あんなふうに俺も食事をしたいなあ。母はそんな俺のところへ、食事のあと片づけをしてから、熱があっても食欲の出るものを枕もとまで持ってくる。梅干しを入れたオモユだとか、長芋を煮たやつとか。ときには深夜にも起きて持ってくる。しかし俺が眠っていると、起こさないようにそっと持ちかえっていく、そのうしろ姿に俺が気づく。

ベトナム戦争の取材は、最初の南ベトナムの場合一〇カ月の長期出張だったが、信州の実家と自宅には三、四日ごとに便りを出していた。ほんの数行書くだけの絵葉書だが、最前線の危険な戦場へ行くことが多いので、家族を安心させるのが目的である。

だが、これが裏目に出た。

南ベトナムでの最後の取材は、解放戦線の拠点や解放区の農村が舞台である。一週間ほどの予定だったから、その間は便りを出せないことも知らせておいた。ところが『戦場の村』（本多勝一集第一〇巻）に書いたような事情で、それが一カ月にも延引することになる。ふだんから便りを出さないでおけば「便りのないのはよい便り」だったものを、突然なしのつぶてになったものだから、非常な心配をかけることになった。

「しばらく便りを出せない」理由が、藤木高嶺カメラマンと二人で解放区にはいることにある点は家族に知らせてなかったが、朝日新聞社の上司には知らせてあった。B52重爆撃機のジュウタン爆撃だの武装ヘリコプターによる銃撃や大小の砲撃だのに連日さらされている解放区である。サイゴン支局とテレックスでつながっている本社の上司は、事情がわかっているだけに一層心配した。当時の担当デスク・斎藤陽三社会部次長が、そのときのことを後に書いているので引用しよう。（前掲『戦場の村』付録月報から）

出発して一週間。当然のように、東京には全く二人の情報はなかった。

「おそくも……帰る」としていた南ベトナムの選挙にも戻らなかった。消息も絶えたままだった。そのころ本多君の奥さんから「主人から便りが全くない。どこへ行ったのでしょうか」と電話があった。ああ、そうか。彼は奥さんにも〝例の取材〟を明かさずに出たのだ。申しわけない、と思いつつ「いま連絡しにくい場所にいる。間もなく帰る」と答えたが、実はこちらも、そのころから気が気でなくなっていた。現地からはもちろん、ベトナムに関係ありそうな国内の団体や企業を探っても、全く情報がないのだ。

奥さんの電話は三、四日おきにかかった。そのたびに不安の度が増しているのが分かる。しかし、「大丈夫」を繰り返すしかない。九月半ばになると、信州のお父さんからも遠慮がちに息子の安否を気遣う電話が来はじめた。

「何かないか」「さっぱり。支局でも全く分からないようです」「きのうは奥さんに会ったが、子どもさんたちの顔を見ると、何もいえなかった――」……こんなヒソヒソ話をすると、伊藤牧夫さん（社会部長）は居ても立ってもいられない様子で毎日出かけた。情報やら対策を求めていたのだろう。

ロンドンに行く編集局の幹部に、プノンペンに立ち寄ってもらった。プノンペンには、二人が行ったメコンデルタの情報が多かった。最後の頼みのツナだった。しかし現地からの連絡は「消息は全く不明。生死は五分五分」というものだった。なにかが二人に起きたことは間違いなかった。負傷しても、捕らわれていても、ともかく生きていてくれ、というのが、ただ一つの願いだった。そんなとき「何十もの死体が連日のようにメコンの濁流に乗って流れ着く」といった外電がきて、暗い気持ちに突き落とされたものだ。

こうした情況のあと、一カ月ぶりに解放区から出てきて、とりあえず私たちはサイゴン支局に電話で無事を知らせた。支局がすぐに本社に連絡する。右の一文の最後を、斎藤氏は次のように結んでいる。

うしろの方で歓声が起きた。ふりむくと、社会部の八角机の周辺で皆が立ちあがり、伊藤さんが「いた、いた、二人がいた」と叫んでいる。「イマ　サイゴンシガイカラ　デンワガアッタ　フタリトモ　イノチダケハブジ……」柴田支局長からのローマ字のテレックスは涙で終わりまで読めなかった。

斎藤氏はただちに俺の自宅と信州の実家へ電話で知らせた。実家では父が電話に出た。母は店にいた（俺の実家は村の雑貨店）。そのとき店にいた客は、俺の幼友達だったヨネチャ（山野辺米雄君）

の奥さんである。

「今なあ、会社から電話があって、勝一がサイゴンに帰ったってよ」

後に父から聞いたことだが、この一言をきくと、母は声をあげて泣きだした。涙を流すことはあっても、声をあげるようなことは母はなかった。突然のことにヨネチャの奥さんが驚いて「どうしたの？　どうかしたの？」と父に聞いた。

ヨネチャの奥さんは、小学校で俺と同級だった旧姓大石喜代子さんである。ごく最近、つまりあれから三〇年も後になって本稿を書くにさいし、彼女にこのときの様子をあらためて聞いてみた。

「急にオイオイと泣きだしてなあ。着物に前かけをしておって、その前かけで涙をふきふき、むせるようにして言《ゆ》うんだに。『勝一が生きとった、勝一が生きとった』って。もうハイ死んだかと思っとったけえど、だれに打ちあけるわけにもいかんし、張りつめておったもんで、つい泣けちゃったんな。恥ずかしいで誰にも言わんようになって、そう言《ゆ》っとったなあ」

俺が母を一番心配させたのは、その七二年の生涯でたぶんこのときだったのではないかと思う。


母が死んだのは、父の死の一年後だった。一周忌に父の分骨を持って九州へ旅行に出ようとした前日である。叔父（父の弟）たちのうち二人が島原市にいて、一人はすでに故人となっていたが、父の分骨とともに叔父やその家族たちを訪ねる旅のはずだった。母は旅行に出たことなどめったになく、まして遠い九州は全く初めてだから、飯田市まで行って知己の女医に健康診断をうけてもらった。信州から東京に列車で出てくる母を迎えて、俺も家族ごと一緒に飛行機で九州へ行くことになっていた。

その前夜、母は猛烈な頭痛に襲われた。その異常さに、医者がよばれ、俺にも電話があった。俺はすぐにハイヤーで東京からかけつけた。クモ膜下出血である。中央高速道がまだないこのころ、車で七、八時間かかる。このときのことを拙著『はるかなる東洋医学へ』（朝日新聞社・一九九七年）で少し書いたので引用する。

午前四時ごろ着いたとき、母はまさに「虫の息」となっていた。心臓の鼓動曲線が水平になる直前だった。前日の健康診断で「大丈夫」と言った女医は、死の確認のためだけに来ていた。完全に息が止まったとき、九州ゆきのために母が乗って上京するはずの一番列車の警笛が鳴った。未明の朝に、列車の去りゆく音を耳にしながら、言いしれぬ怒りがこみあげてきた。

「これは一体どういうことなんだ」

葬式がすんでから、私は飯田市の女医のところへ行って母のカルテを要求し、テープに録音しながら説明をきいた。その詳細はいずれ別の場で書くが、カルテを借りだすことは拒否された。

母の兄は八九歳で死に、弟は九三歳で死んだ。父の弟たちも、（一九九六年現在）九一歳と八六歳の二人がまだ元気で埼玉と島原にいる。父も母も先天的には短命ではなかったかもしれない。直接の原因は長年にわたる塩分の過剰摂取と思われるが、なぜ死の前日まで母は「タイコ判」の健康とされたのか。なぜ血圧降下剤くらいしか父は予防手段がなかったのか。

脳溢血やクモ膜下出血では、あるていど仕方のない面もあるかのように当時は思っていたが、これはある意味で小学校時代の私の足の誤診・誤治以上に重大な「現代医術の問題点」が背景にあることを、ずっとのちになって認識することになる。

非常事態の母のために、深夜の甲州街道を伊那谷の実家へと向かっていたとき、走る車のなかで耳について困った歌がある。もちろんこの頃はカセットテープの再生装置などハイヤーについていなくて、頭の中で勝手にきこえてくるのだ。

「笑いグスリがあったとさ……」

有名なあの童謡である。

「ナンマイダー、アッハッハッハッハ……」

両親は俺が実家の雑貨屋をひきついで、薬局も開いてくれることを願っていた。（俺は薬剤師の免許もとっている。）一人息子で、娘（俺の妹）が重度身体障害者であることからすれば当然の願いだったが、俺は親に無断で新聞社を受験し、そのままついに家には帰らなかった。それでも「いつかは帰郷したい」と思っていたのは事実だし、そう言いつづけてきた。後継者を失った店は、父の死後ある若者夫婦にゆずっていた。「いつかは帰ってくれる」と期待していた父の死の翌年に、母もこういうことになった。妹によると、意識がなくなる前に母は死の床から「勝一、勝一」と呼んだ。そんな親不孝の俺を、ざまアみろと哄笑《こうしょう》しつづけるような童謡が、甲州街道から伊那谷にはいっても耳から離れずにくりかえされた。

母の死後、ある季刊誌に「母と父」という連載を書いた（本書収録の「父の通夜」）。父の通夜の様子から書いたのだが、この雑誌がつぶれてしまったので未完のままになった。しかしつづきを書こうとすればどこかに書けたはずだが、どうしても書きだせない。父のことを完結後または並行して母のことも書こうとしながら、それができないでいる。多忙ということのほかに、たとえばあまりに重い体験——大虐殺からの脱出者のような——は表現できないように、切実すぎる母の思い出は書けないのかもしれない。

（灰谷健次郎編『母を語る』一九九八年・倫書房）

本多すずゑ（ほんだ・すずえ＝一八九八〜一九七〇）信州・上伊那郡上片桐村（現・下伊那郡松川町）生まれ。旧姓大沢。小卒後、松本市の工業試験場で繰糸技術（糸とり工程）を学び、伊那谷の町村にあった製糸工場の女子工員らを指導している中で、片倉製糸（岡谷）にいた本多勝策と知りあって結婚。一男二女を産んだが、次女晃子は二歳のとき疫痢で死亡。このときの様子は本書四八〜五四ページに詳しい。

久野収
——目線が市民の側にあった哲学者

本誌（『週刊金曜日』）編集委員の久野収さんが急逝されました。

初めて久野さんの講演を聞いたのは、J-P＝サルトルが来日したときです。そして身近に接したのは、私も加わっていたべ平連運動のころでした。

しかし、久野さんと本当に〝ひざをまじえて〟対話したのは、『週刊金曜日』発刊を前にして編集委員をお願いにうかがったときです。創刊時の社長兼編集長・和多田進氏とともに伊東のご自宅を訪ねると、二階の自室に案内して下さり、本や雑誌の山の中で私たちは歓談しました。それはもう本当に、「山」というより「山脈」になっていて、積みあげられた本や雑誌の山脈のところどころにある穴で互いにのぞきあって話すような感があるほどです。その山脈も、カタい論文的なものよりは、どちらかといえば低俗と称されるものが多く、それだけ市民というか一般民衆の目線に自らを置いたからでしょう。

戦前戦後を通じて真に良心的な知識人には、社会主義革命に夢を抱いた例が多かったけれど、その良心と夢は、ソ連型一党独裁政権の「自称社会主義」によって砕かれていきました。西欧ではアンドレ＝ジイドなどが早くからその悪夢に気付き、日本でもとくに戦後はソ連型に反旗をひるがえした革命家が少なくなかったのですが、その多くもまた、善意の出発にもかかわらず同じ悪夢に陥ってゆきました。

そうした中で久野さんは、目線を市民の側に常に置くことによって悪夢に陥ることなく、かつ日本における真の市民革命はどうあるべきかを模索・実践してこられました。その実践のひとつに、『週刊金曜日』編集委員への参画もあったわけです。本誌発刊にさいして寄せられた一文に次のような言葉があります。

「いま必要なのは、前途をどうすれば明るくできるか、その勢力と方法の芽生えはどこにあるのかをはっきりさせる内在的・打開的批判であり、……思想する主権市民の立場から実物教示してみせる仕事である。」そして「一九三五年、ファシズムの戦争挑発を防ぎ、新しい時代と世界をもたらすために、レ・ゼクリバン（作家・評論家）が創刊し、管理する雑誌として出され部数十万を数えた『金曜日《ヴァンドルディ》』の伝統」を継承すべく、久野さんは本誌の名付け親ともなったのでした。

日本は、西欧はもちろんアジアの中でも、民衆の力で国家権力を倒した市民革命の歴史を持たぬ数少ない国です。一方でソ連型の「自称社会主義」が失敗し、いま地球はむきだしの強欲と利権による弱肉強食主義がはびこっていますが、とりわけ日本のひどさはごらんの通りです。「自称社会主義」ではなしに、本当に市民（民衆・人民）による市民のための政権交替あるいは革命は、今まで以上に必要になっているでしょう。

久野さんの模索してきた市民革命は、もちろん未完のまま私たちの前に提起されています。本誌の命名者の志をより生き生きと継承することこそ、久野さんへの恩返しになるのではないでしょうか。

（『週刊金曜日』一九九九年二月一九日号）

久野収（くの・おさむ＝一九一〇年～一九九九年）大阪・堺市生まれ。旧制五高から京大哲学科へ。在学中の滝川事件（一九三三年）で学生を組織して反対運動。大学院在学中の一九三五年、中井正一・新村猛・真下信一らと知識人向けの理論と情報誌『世界文化』を創刊。さらに翌三六年、フランス民主戦線の週刊新聞『金曜日』（グンドゥルディ）に刺戟されてタブロイド新聞『土曜日』（月二回）を創刊し、日本初の反ファシズム人民戦線運動を展開したが、三七年一一月に治安維持法違反で一斉検挙されて潰された上、二年間の獄中生活。懲役二年執行猶予五年の判決で出獄の後、昭和高商の嘱託などで敗戦を迎えた。戦後は京都で「市民による市民のための市民の学校」として新村猛ら四人で人文学園（のちに労働学校と合併）を創設。四九年から学習院大学で哲学・論理学を講ずるかたわら、全面講和を主張する知識人集団「平和問題談話会」の幹事役として、丸山眞男ら文化人・学者と活動、論文「平和の論理と戦争の論理」は革命運動と区別された大衆運動としての平和運動の理論的基礎となる。五八年の警職法反対闘争、六〇年の安保闘争などでも市民運動の理論的基礎をかため、さらに高富通敏・小林トミら「声なき声の会」や砂川基地闘争などの実践活動に加わる。六五年には鶴見俊輔らと「べ平連」（ベトナムに平和を！　市民連合）を組織、六九年には佐藤栄作内閣の「大学運営に関する臨時措置法」に抗議して学習院大を去った。その後は天皇制思想風土を克服して民衆の共同性を組織化する視点から、日本やヨーロッパの反ファシズム思想の分析やプラグマチズム哲学の研究に取りくみつづけた。月刊誌・週刊誌などで積極的に発言する一方、たくみな座談・対談で聴衆を、かつその対談集で読者をひきつけた。『週刊金曜日』には九三年の創刊時から編集委員。学問・ジャーナリズム・運動の三領域にわたって一貫した姿勢の下に活動した戦後日本の代表的思想家の一人といえよう。岩波書店から『久野収集』全五巻（佐高信編・一九九九年）が刊行されている。〔この個人史は朝日新聞社『現代人物事典』および『週刊金曜日』一九九九年二月二六日号の特集「久野収の思想と生き方」から構成。〕

江藤文比古

――ある「新聞記者」との別離

一九八五年四月二五日午後四時四〇分、福岡空港着。バスで博多駅に向かう。病気見舞いの手みやげを何か用意しようと思ったが、もう食べるものも飲むものも、江藤さんはのどに通らなくなっている。へたなものは、あの皮肉屋のガンコじいさんを不機嫌にさせるだけだ。花にしよう。駅ビルで花屋をさがす。食べ物の店が多い。寿司をうまそうに食べている人、トンカツの一片を、大口あけて入れようとしている娘。「安い鮭だよ」と切り身を並べて呼びかける魚屋。……何も食べれなくなって死を前にした人のための花屋をさがしてこんな食堂街を歩くと、自分も全く食べれなくなったような気分になり、健康に食べている人が別世界の人類みたいに思われてくる。

タクシー案内の腕章をした男に花屋を尋ねると、近くの菓子屋がそれを兼ねていた。江藤さんの喜びそうな花は、たとえば咲きそろったバラ色の、つまりは「バラらしいバラ」の多数の花束であろう。しかしここにあるのは、変に凝《こ》った色の、しかも蕾《つぼみ》ばかりだ。はたしてこの蕾が咲きそろうまで、江藤さんは生きているだろうか。いっそ緑の多い鉢植えにしよう。たくさんな葉と、単純な白い花が二個の鉢。一個は咲いているがもう一個はまだ蕾だった。六〇〇〇円。「リボンをつけますか」と定員の若い男が言った。いや、虚飾を憎む江藤さんだ。何もつけないことにしよう。

福岡国立中央病院のある「大濠公園」は、地下鉄で博多駅から五つ目くらいである。江藤さんの見舞いは今日が二度目だ。最初は三月二二日だったから、ほんの一カ月ほど前になる。癌とわかったときは、すでに手遅れだった。胆嚢《たんのう》の癌が膵臓《すいぞう》にも転移していた。しかし当人には告知されず、外科の診断ではあと三カ月から六カ月の命とされていることも知らないでいた。江藤夫人・良子さんによると、人間ドック的な検査は何年もやっていなかったが、一年以上前から「腹が痛い・何かが腹の中を通過するような感じだが、三〇分間ほど横になって休むとなおる」と言っていたことを、あとになって思いだすという。あれから一カ月後にまた九州まで見舞いに現れた私を江藤さんは不審に思って、やはり末期ガンで死の床にあることをさとるかもしれない。最後のお別れに来たなんて気付かれてはまずいだろうと、病院の八階まで上るエレベータに乗る前に口実を考える。島原に叔父（父の弟）がいるし、長崎にはいとこ（もう一人の叔父の息子）がいる。かれらに用事ができたことにしよう。

江藤文比古氏に初めて会ったのは、学生時代に二度目のヒマラヤ探検でパキスタンに行った帰り、朝日新聞香港支局へ寄ったときだった。この探検は朝日新聞が後援していたので、ニューデリー支局の丸山静雄特派員が探検地域の入口まで同行していた。あとでニューデリー支局へ寄ったとき、香港支局へ渡すものを丸山記者に頼まれ、そして香港に江藤特派員がいたのである。この翌年に私は朝日新聞社を受験し、さらに次の一九五九年四月から北海道支社でかけだし記者時代をすごした。全くの偶然だが、あくる一九六〇年に江藤記者が北海道支社報道部長として札幌に現れた。つまり学生のころ香港で知り合った江藤さんが、いわば「上司」となったことになる。

江藤さんは、その前の報道部長とは正反対のような型の人間だった。前報道部長が官僚的で管理大好き人間だったのに対し、江藤さんはまさに「新聞記者」だったと言えよう。それも良い意味で古いタイプの新聞記者と言えたかもしれない。夜はしばしば部員をひきつれて飲み屋に行った。子どもがいなかったせいもあろうが、月給の多くはこれに費やされていただろう。ときにはホステスのいるバーにも行ったが、彼女らの語りかけなど放っておいて、部員の若手記者らと激論に熱中した。かなりのおしゃれで、センスのいい服と手入れのゆきとどいた髪とともにバーにはいったものの、激論中に頭をかきむしって、出てくるときは雑草畑のような髪になっていた。部員たちの激論の輪に加えないと機嫌を損じることさえあった。ある新聞休刊日で全員が小樽郊外の温泉旅館に泊まったとき、夕食の膳を前にして私は隣席の内藤頼誼記者としばらく議論を続けていた。すると、かなり離れた位置にいた江藤部長が、立ち上がってツカツカと歩みよるや、私たちの（内藤君のか私のかは忘れた）膳を蹴とばしていった。

しかし仕事に関してはきびしかった。とくに文章家とはいえないかもしれないが、ニュース的センスは大いに鋭かったから、何がニュースかという基本をたたきこまれた。〝記者道〟にもきびしく、体制側や取材先からの金品は峻拒《しゅんきょ》させた。私も北海道知事から送られてきたワイシャツを送り返したことがある。以後の記者生活でこうした点にとりわけきびしく身を処することができたのは、かけだし時代の江藤部長の影響によるところも大きいであろう。

「新聞記者」としての江藤さんのエピソードのなかで、天皇への直訴的インタビューは〝武勇伝〟として有名だ。何かの行事で昭和天皇が広島に来たとき、湾内の小型観光船に乗った。その船が岸壁を離れる瞬間、江藤記者はヒョイととび乗った。もちろん宮内庁記者クラブとかとは無関係だ。従者がおろそうにも、もう船は出てしまった。江藤記者は「怪《あや》しい者じゃない」と名刺を出し、質問しようとしたが、昭和天皇は驚愕して声も出せぬような顔つきだったという。たしか戦争責任に類する質問を考えていたようだ。結局は対話などできるはずもなく、インタビューに失敗し、記事も書けなかった。(1) 昭和天皇といえば、江藤さんが札幌にいた一九六一年の北海道での植樹際で、私も昭和天皇・裕仁氏を間近に観察する機会があり、あの「ア、ソー」がどんな風景の中で発せられるのかを、北大植物園で具体的に知ることができた。(2) ああいう人との「単独インタビュー」は、仮に周囲に従者や警備などがいなくても、裕仁氏当人の性格としてできないであろう。

この前の見舞いのときには四人部屋にいた江藤さんだが、今回は個室に移っていた。ノックしてはいると良子夫人がいて、その奥で眠っている江藤さんの顔が、高い寝台の斜め下の方から見える。それは一見して、一カ月ほど前とは変っていた。やつれて色も悪くなり、思わずたじろぐほどだ。死相というべきなのだろうか。鼻からビニールパイプを仕掛けられている。

「本多さんが来ましたよ」と婦人が声をかけたので、眠っているなら起こさないようにと私はそれを制し、窓際へ行って腰かけた。「午前中に『本多君は来たか』と言ってたんですよ」と夫人がつづけ、私と話しているうちに江藤さんは気づいたようだ。何か彼女に言った。その声は容姿以上に弱りきっている。かすれた無声音と有声音とが交錯して意味が聞きとれない。夫人の〝通訳〟で驚かされたことに、郵送した最近の私の記事を見せてくれと言ったのであった。前回の見舞いから帰ったあと、江藤さんあての励ましの手紙と一緒に最近の記事の写し《コピー》も同封しておいた。私の記事は、東京本社版には出ても西部本社版には出ないことが多いので、ときどきやってきたことである。江藤さんは私が札幌を去ったあと、北海道報道部長から名古屋本社や西部本社（九州）の編集局長などをつとめ、私と職場が同じになることはついになかったが、こうしたやりとりや、家族ぐるみで九州旅行をしたとき訪ねたりしていた。

「手紙は読んでいますが記事はまだだったんですよ」と言いながら、夫人は江藤さんに眼鏡をかけさせ、その頭上の蛍光灯をつけ、寝台を手まわしのハンドルでいくぶん斜めに起こした。「いや、そんなものは後でいいんですよ」と私は言ったが、「本多君の記事は読まんとね」と、やっと聞きとれる江藤さんの声が答えた。きっとそれをもとに話題にしたかったのだろう。いつもそうだった。記事を送ると感想を書いて必ず手紙をくれた。だが、今は記事を手にする力さえもうないようだ。眼鏡をかけたまま、うとうとと眠りかける。でも眠ったと思って夫人と話すと、また起きて「眠ってはおらんよ」と、かすれた声で応ずる。「気分はどうですか」と言うと「朦朧《もうろう》としておる」と答えた。看護婦が来て体温などを測定する。腕がすっかり細くなってしまった。口がかわくので声も出しにくいのだろう。夫人によると、一昨日は三時間にわたって吐血したという。

窓の外に、萌えはじめたばかりの新緑の公園が鮮やかだ。木々たちが生命のよろこびにふるえる今、江藤さんは枯れ果てようとしている。「北海道へ、春になったらまた行きたい、と言ってますよ」と夫人。「また」とは、この半年前の一九八四年一〇月一三日、久しぶりに「江藤北海道会」が札幌で開かれ、江藤夫妻も出席されたからである。江藤さんが報道部長だったころ北海道にいた記者らを中心に、たまに集まる一種の〝同窓会〟があり、それがこのときは古巣の札幌で開かれたのであった。

翌日は郊外の定山渓で二次会もやったので、二晩つづけたことになる。かつての若い〝弟子〟たちにかこまれて、「古き時代」の意地っぱり新聞記者は幸せそうだった。この秋の北海道は、近年まれに見る美しい紅葉だったことが忘れられない。私は紅葉より新緑の方が好きだし、とりわけ北海道の新緑はいつも見事なので、どうしたらこれを油絵で表現できるかと見るたびに悩んでしまうのだが、この秋ばかりは紅葉もまた実に見事であった。あれほど元気で幸せそうだった江藤さんが、わずか半年後の今、もう二度と北海道へ行くこともできぬままに枯れてゆく。「楽しかった」と、あの北海道旅行のことを後に何度も江藤さんはくりかえしたという。

「こんどは新緑の時期がいいから、北海道なら六月ですね」と、気やすめにすぎない言葉を私は口にした。つとめて明るい調子をよそおったものの、そんな言葉は気やすめにすぎないことを江藤さんはもう知っているのかもしれない。知っているけれど私の心づかいを忖度《そんたく》して、そのつもりのような対応をしているのかもしれない。しかしいずれにしても、もう込み入った会話のできる状態ではない。

あの北海道会では心残りなこともある。江藤さんは帰りに信州の私の実家へ遊びに寄りたかったらしい。何年か前の夏、同じ北海道仲間たる黒川宣之記者夫妻とともに伊那谷で涼しい夏を何日かすごしたことがあり、かの地が大いに気に入っていたのである。この秋も寄りたい口ぶりだった。しかし私はその翌一五日に、北海道知事にこの春当選した横路孝弘氏と久しぶりに会う約束があり、日高横断道問題の取材でその他二、三人に会う必要もあったので、札幌に残らざるをえなかった。あのころすでに病魔は進行中だったのだろう。そうと知れば無理してでもあのとき共に帰郷して……などと思うのも空しい自慰的感傷だ。

担当の医者がまわってきた。夫人によると三八歳で、医者嫌いの江藤さんでも信頼しているそうな。学生時代から私を記事で知っているとかで、江藤さんが「本多君です」と紹介した。眠っているようでも起きているし、話を聞いていないようでも聞いているような江藤さん。「あの本多さん？」と医師は言い、「午前中は話もできなかったようだけど、だいぶ調子がいいようですね」と解説した。「サイクルがあるようで、また悪くなる」と江藤さんが応ずる。父が死んだのは私が三八歳のときだったが、あれから一六年、父と風貌がよく似た生存中の叔父たちよりも、江藤さんの方がなんだか親父みたいな感情を覚えるのである。

モーター入り寝台とかで、ときどき空気の出入りする音が聞こえる。こうしている間にも、癌は着々と江藤さんをむしばみつづけているのだろう。目の前で虐殺されているようなものだ。それをどうにもできないで、こうして「お見舞い」している。

午後七時を過ぎた。面会終了時間である。お別れしなければならない。本当の最後のお別れだ。私は立ちあがって、その細い、しわくちゃの手を握った。「がんばってくださいね」――なんと凡俗な別離の言葉だろうか。でもそれ以上は、私の方ものどが渇いたようになって声にならぬまま、江藤さんの顔を見つめる。江藤さんもまた、大きく目を見ひらいて、黙ったまま、正面から私を凝視した。その二、三秒のあいだ、江藤さんの目は何かを真剣に訴えているかのようだったが、言葉はついに出てこなかった。江藤さんはきっと知っているのだと思う。これが最後の別れになること、もう会えないことを。だから「あの世」で待っているぞ、ひと足さきに行っているよ、と言いたかったのだろう。枯木のようなその腕でも、掌《たなごころ》は意外にもあたたかかった。たぶん私の手よりあたたかかったに違いない。

手を離したとき、男の見舞客がはいってきた。「甥《おい》だ」と、またかすれた声で江藤さんが言った。子どもがいない上に親類の少ない江藤さんの、ただ一人の甥ごさんである。あいさつをしてから、私はもう一度、衝立《ついたて》の横で江藤さんに「それでは、また」と声をかけ、江藤さんの追うような視線を背にしながら、ドアを閉めた。

エレベーターまで見送ってくれた良子夫人が「もう最悪の段階なので、会っておきたい人には知らせるようにって医者に言われました。息《いき》はしていても、まもなく意識がなくなるだろうし、極端にやつれて面会もしにくくなりますからって」と言った。

病院の正面玄関がすでに閉まっていたので、裏口から出なければならなかった。新緑の公園の道を歩きながら、いま別れたばかりの江藤さんの手のぬくもりを感じていると、一六年前の、息をひきとったばかりの父の枕もとに駆けつけたときの、額のぬくもりを思いだした。

江藤さんの訃報がとどいたのは、その一カ月後の五月二五日であった。

（本多勝一『母が泣いた日』一九九九年・光文社）

〈注〉

（1）このときの江藤氏による天皇インタビューについては、本多勝一『知床半島』（朝日新聞社）九五頁に、昭和天皇の植樹際の記事に関連して触れられている。

（2）この「ア、ソー」についても、右の拙著五〇六〜五〇七頁に書かれている。

江藤文比古（えとう・ふみひこ＝一九一三〜一九八五）熊本県阿蘇郡内牧町生まれ。大阪外語大から朝日新聞社へ。西部本社編集局通信部・社会部をへて香港特派員。この間、統一労組の副委員長や西部支部委員長もつとめた。帰国後、西部本社社会部次長・北海道支社報道部長・西部本社社会部長・大阪本社編集局次長・名古屋本社編集局長・西部本社編集局長を歴任の後、福岡朝日ビル役員。享年七一歳。

新井直之

――「ベルーフ」としてのジャーナリスト

新井直之氏と初めてお会いしたのは、いつのことだったか明確には記憶にありませんが、同じ共同通信ＯＢの原寿雄氏と一緒に話すことが多かったことから、たぶん原氏と同じころ、すなわち一九七三年ごろではないかと思います。このあたりのことについては、新井氏自身も私の著書の解説文の中で次のように書いておられます。

「私（新井氏）が初めて氏（本多）と会ったのは、いつ、どこであったのか、思い出せない。ただ七〇年代初め、共同通信と朝日新聞のごく内輪の数人の記者が、ジャーナリズムのあり方などについて語り合いつつ酒を飲む集まりをやり、そのころは月一ぺんずつ会っていて有意義だったが、お互いに忙しくなって、その集まりは一年ほどで立ち消えになってしまった。」（朝日文庫『しゃがむ姿勢はカッコ悪いか？』巻末解説から）

このころから晩年にいたるまで、新井氏との話題は常にジャーナリズム論でした。非常に多くを教えられ、現場での実践にさいしても大いに参考になる議論が多かったのですが、ほとんどは録音や活字にされていないので、今となっては再現あるいは記録できないのが残念です。

しかしながら、その一端は私あての手紙でもうかがうことができます。かつてその私信から、新井氏のご了解を得て引用したことがあるので、ここに紹介しましょう。

私の同僚の助教授に、「考えてみると、日本にはジャーナリズムがベルーフとして扱われた時期は、一度もなかったんじゃないでしょうか」と言われて、なるほどと考え込んでしまいました。確かに明治初期の正論新聞時代は、それぞれの政党の機関紙化した時代でしたし、戦時中は政府や軍部の代弁をしてきたし、戦後は商業新聞すなわち商品としての新聞になってしまったし、真のジャーナリズムにはまだなったことがないと言えるのかもしれません。だとすれば、真のジャーナリストであることは（日本では）難しい、ということになるでしょう。

右の中でいうベルーフとは、ウェーバーが「天職」とか「召命」といった意味で使ったドイツ語ですが、この私信を引用した原文は、「第四権力の消滅」と題する長文のジャーナリズム論です。(1) その最後を私は次のように結びました。

「『ベルーフとしての職業観』――そんな考えのジャーナリストたちのつくる日刊新聞は、日本では夢でしかないのでしょうか。」

このジャーナリズム論を書いてからすでに八年になります。しかし新聞であれテレビであれ、新井氏のいう「真のジャーナリストであることは（日本では）難しい」状態が、その後むしろ一層すすんでいるのではないでしょうか。かといって、ベルーフとしてのジャーナリストが日本にいないのでは全くありません。単にそのための「場」がないだけです。そうであれば、新聞なりテレビなり、そのための「場」をつくることこそ、ベルーフとしてのジャーナリストが第一にとりくむべき課題でしょう。

私もこれまでに、現在のマスコミを批判するシンポジウムや座談会の類に何度も出席してきました。それらの批判はすべて「その通り」であり、マスコミの側に反論の余地も能力もありますまい。しかし、今では私は、この種のシンポや座談会や講演会に出る気力がなくなっています。というより、もうあきあきしました。こんなことをしてみても、マスコミの側に批判を受けて変化する可能性など絶無だからです。企業内の良心的ジャーナリストにしても、内部から改革できる情況ではありません。もはや批判の段階はとっくにすぎています。実践あるのみです。実践とは、いうまでもなく自らのメディアを創ること、すなわち「新聞なりテレビなり、そのための『場』をつくること」（前述）にほかなりません。

やはり去年亡くなられた共同通信OB・斎藤茂男氏を含めて、ベルーフとしてのジャーナリストと思われる複数の方々に、日刊新聞創刊の同志に加わらないかと打診したことがあります。しかしいずれもがその困難性を説くばかりで、結局は「夢でしかない」のでした。

しかしながら、新井氏とはしばらくお会いしていなかったので、この実践についてまともにご相談する機会がなかったのです。新井氏であれば、必ずや同志に加わって、本気で動きだされたのではないでしょうか。そう思うと、日本に数少ない本ものの「ベルーフとしてのジャーナリスト」に早逝されたことが、残念以上に口惜しくてなりません。

（『追悼　新井直之』二〇〇〇年五月）

〈注〉

（1）この「第四権力の消滅」は、最初『グリオ』第三号（一九九三年三月・平凡社）に発表され、現在は本多勝一著『ジャーナリスト』（朝日新聞社）または朝日文庫『滅びゆくジャーナリズム』に収録されている。

新井直之（あらい・直之＝一九二九〜一九九九年）盛岡市生まれ。旧制浦和高文科・東大文学部（独文）・同新聞研究所をへて一九五一年共同通信入社。文化部員・同次長・科学部長・編集委員等を歴任の後、一九七六年から創価大学文学部教授。都立大・慶応大の兼任講師の後、一九九三年から東京女子大現代文化学部教授。享年六九歳。著書に『新聞戦後史』（栗田出版会）『メディアの昭和史』（岩波書店）などのほか論文多数。

『追悼　新井直之』の巻末に鳥飼新市氏が寄せた解説文「新井直之とその時代」は力作で、多くを教えられた。その文末に、新井氏が気管切開で声を失い、寝たきり状態になってからの次のようなエピソードもある。

「……その記事を読みながら、樋口さんが『報道の自由と個人のプライバシーの、どちらが大切なの？』と問いかけると、新井さんは『個人のプライバシー』という言葉の後で、唯一動く右手の指を立てた。」

新井氏はジャーナリズムを「いま伝えなければならないことを、いま伝え、いま言わなければならないことを、いま言う」と定義し、報道と論評の機能をもつものと考えていた。これには私も全面的に賛成だった。そして鳥飼氏はつけ加える――「なかでも、新井さんは、一貫し『論評』の機能の大切さを訴えていた。同じ『報道』するにも、その出来事が『なぜ』起こったのかという時間軸を通しての原因の究明と、それが今後『どのように』進展していくのかという将来への予測までも視点に入れることの必要性を力説した。」

庄幸司郎・森本陸世・洞富雄

――齢とともに欠けゆく人間関係

先週号（『週刊金曜日』二〇〇〇年三月二四日号）の筑紫哲也氏のコラムは、今年になって多くの友人・知人が他界したことに触れて「この年齢になると、そういう友人・知人が次々と去っていく……」と書いています。

全く同じことを私も感じているところでした。ここに今年になって他界した三人の例を、亡くなった順に書くことにします。いずれも『朝日新聞』などに訃報記事が出たので、ご存じの方もおられるでしょう。

二月一八日午前一時三五分、庄幸司郎《しょうこうしろう》氏（六八歳）が脳炎のため死去。

中国・東北地方の生まれで、敗戦後の日本に〝移住〟してきたこの「庄建設株式会社社長」は、土建業界では稀有《けう》な反骨・反権力・反戦の生涯でした。それも裏方に徹していて、情報誌『告知板』を舞台に市民運動を支え、良心的なるが故に経営困難に陥った小出版社や小映像会社の再建をいくつも引きうけています。建設会社の利益のほとんどは、市民運動のための「場」づくりにつぎこんだといえましょう。

庄氏と知り合ったのは、未来社の編集長をつとめていた松本昌次氏（現・影書房編集長）のご紹介からで、もう二十数年前になります。以来庄氏とは相棒づれでのつきあいともなりました。庄氏の連れあいたる都《みやこ》さんは、戦後の苦しい時代に同志として結ばれた人ですが、強固な信念を秘めながら実にやさしい人柄で、庄氏にとって文字どおりかけがえのない分身だったでしょう。ですから彼女がガンで一昨年亡くなってからの庄氏の落胆は甚だしく、このことが死期を早めたようにも思われます。彼女の葬式に出られなかった私たちは、一周忌も間近い去年の秋、花束とともに墓参に伺いました。案内してくれた庄氏の、墓石をなでんばかりにいとしんでいた姿が忘れられません。

実は、庄氏を核に新しい雑誌創刊の着想があり、年末には庄氏がその社長をつとめる予定ですすんでいたのですが、急逝によって果たされませんでした。

二月二〇日午後四時三四分、森本陸世氏（五一歳）がクモ膜下出血で死去。

この死別は、吾妻山麓の宿で私も同宿したときの突発的事件です。この前日の土曜日、私は郡山市で福島県中央生協と本誌共催の『買ってはいけない』講演会に、渡辺雄二氏とともに出席した後、近くの吾妻連峰山麓にあるペンションへ行きました。西吾妻山（二〇三五メートル）へスキー登山をするため、先着していた山仲間と夕食時に合流したのです。いずれも京大山岳部ＯＢで、森本氏（日本気象協会首都圏副本部長）は一行の一番若手でした。

少しかぜ気味なことを前夜からもらしていた森本氏は、翌朝軽い頭痛を訴えたものの、普通に朝食をすませ、いつもながら快活な話題の提供者でした。しかし山スキーはきびしいので、大事をとって宿で休むことにしました。

西大巓《にしだいてん》山の頂上まで登った私たちは、下り坂の天気に西吾妻登頂をあきらめ、午後一時半ごろ宿に帰着しました。ところが、二階の部屋で寝ていたはずの森本氏が、呼んでも答えぬどころか、ほとんど呼吸も脈も絶えかけているではありませんか。私たちの驚愕と狼狽をご想像ください。ただちに救急隊が呼ばれ、応急手当をしつつ会津中央病院で最善の措置がとられたものの、生還はかないませんでした。

私の母も一番の岳友もクモ膜下出血で死んだけれど、いずれも異常な激痛から始まります。かぜ気味の軽い頭痛ていどは、そこまで到底考えおよびません。夜おそく病院に到着したご家族（夫人と娘さん二人）の愁嘆に、私たちには慰めの言葉などありようもなく、なんとかならなかったものかと自責の念にとらわれるばかり。チベットの未踏峰カンペンチン（七二八一メートル）に登攀《とうはん》隊長として初登頂し、巨峰ヤルンカン（八五〇五メートル）登山隊員でもあり、何よりも最良の山仲間だった男を、私たちはこうして失ったのです。

三月一五日午後三時二五分、洞富雄《ほらとみお》氏（九三歳）が心不全のため死去。

南京大虐殺が、文献による洞先生の研究のほかにはまだ一般世間で認識されていなかった一九七一年当時、私が『朝日新聞』に「中国の旅」を連載したとき、中の一章に南京大虐殺もありました。すると文藝春秋の雑誌を主舞台にして、改竄《かいざん》してまで虐殺を否定する反国際的文筆業者たちが私に攻撃をしかけてきました。以来それは二十数年間に及びます。多忙なままに、こんな国辱的売文の徒をまともに相手にするひまもなかった当時、洞先生は私にかわるようにして、厳密な資料による逐一の反撃をつづけて下さいました。

否定派の執拗な攻撃に対し、私はさらに南京大虐殺だけを目標とする中国取材を再開します。以後現在まで、洞先生は私の仕事に対して陰に陽に激励と支援を惜しまれませんでした。この仕事は、私の新聞記者生活の後半における最も大きな成果となり、南京事件の他の研究者たちとともに、日本現代史にいささかなりとも貢献できたことを誇りに思うものであります。

弔問して棺の中の温容に涙したとき、先生の書斎を何度もお訪ねして談笑した日々が、つい昨日の風景のように想い出されました。

（『週刊金曜日』二〇〇〇年三月三一日号）

石井紘基

――凶刃に倒れた真の政治家

石井紘《ひろ》基《き》衆議院議員（六一歳）が先月二五日に暗殺された。「政・官・業」癒着の追及に活躍してきたから、なにかその関係の背景があるかと思った。同志ともいえる江田五月参議院議員も「彼が追及していた構造悪が牙をむいたのではないか」と語っている（『朝日新聞』一〇月二五日夕刊）。

だが、まもなく逮捕された犯人（四八歳）は、「一人一党」を旗揚げした自称右翼であった。これはしかし報道などからすると、ホンモノの右翼なら怒りそうな、変てこな小モノのようだ。この男が滞納していた家賃を石井氏が工面しなかったといった、ばかばかしい理由で襲ったという。こんなヤカラに殺されて「どんなに無念だったか」と、後援会長の阿部武彦氏は涙の記者会見をした（『毎日新聞』一〇月二七日朝刊）。この犯人は一四年前に日本共産党本部にも押しかけ、軍用ナイフで二人を負傷させたほか、それ以前にも同党に対して二件の器物損壊事件を起こして懲役七カ月になっている（『赤旗』同）。

報道によれば、犯人は一〇年ほど前から石井氏に近づいたほか、他の代議士や世田谷区議など、要するに政治家にタカることが生活の一部だったらしい。こうした〝寄生虫〟への対応が、石井氏は心やさしすぎたのではなかろうか。

というのは、私自身も石井氏のやさしい人柄を直接知る一人だからそう思うのである。もともと「一般市民の目でずっと政治を続けてきた稀有な政治家」と紀藤正樹《きとうまさき》弁護士もいうように（『週刊朝日』一一月八日号）、住民の生活上の困惑に対しても親身に力を貸していた。たとえば、世田谷区内のある住宅街に、いきなり統一協会の教会ができたときも、周辺住民の反対運動に政治家として最大限の協力を惜しまなかった。この運動と報道にかかわる過程で私も石井氏と知りあったのである。石井氏はオウム真理教とも対決していた。

石井氏が社会的不正と正面からとりくんできたのは、純粋に「やむにやまれぬ正義感」からだったに相違あるまい。私たちと会うときの態度にしても、全く〝平民〟の一人として腰が低く、「若い好々爺」といった風采と面持ちであった。その温容は、舌鋒するどい国会質問や不正追及の姿とは別の顔のごとくにみえたが、口先だけカッコいい政治家とは反対の、こういう人物こそが実行力を具体的に示すことのできる、真に政治家の名に値する、数少ないホンモノだったのであろう。

若いころ逆境で育ったために「たたかう政治家」になったタイプとは、石井氏は違うだろう。ナチ＝ドイツのもとで断固として抵抗し、殺されていった「白バラ」のショル兄弟のように、むしろ自由で寛容な環境に育ったために、自分に誠実かつ純粋に生きたのかもしれない。誠実さからくるやさしさが、かえってあだになったのだろうか。

惜しい人物が凶刃に倒れた。悪い時代に移りつつある日本現在史の象徴的事件でもあろう。

（『週刊金曜日』二〇〇二年一一月一五日）

〈追記〉石井氏を刺殺した直接の犯人は右のような〝自称右翼〟だが、この背後には江田五月氏も指摘した闇の背景があるかもしれない。事件について警察の杜撰な捜査も含め、深まる疑惑について『週刊金曜日』二〇〇二年一一月二九日号が「石井紘基代議士刺殺事件――警察捜査に疑義あり」を発表している。

芝田進午

——「あの世」で議論したい哲学者

芝田進午先生まで逝ってしまわれるとは……。

このところ多忙にかまけたり外国に行ったりして芝田さんにもごぶさたしていましたため、近況を仄聞する機会もないまま光陰の矢の速度に身をまかせていたところ、霹靂のようにして訃報に接した次第です。どういうわけか、今年（二〇〇一年）にはいってから近しい人たちや同世代の友人らに先立たれることが多く、なにやら虚無的になっていたところ、またしてもの想いにうちひしがれています。

小生の場合、「先生」の敬称をつけるのは、職業として教師をしているか、実際に自分が講義などで教えを受けた人に限ってきました。芝田先生は前者であると同時に後者、すなわち実際に自分が講義を受けたことがあった例です。よく知られているとおりの、哲学市民講座。欠席が多くて熱心な生徒ではありませんでしたが、教えられたところは実に多く、自分の仕事にも応用して評論を書いたことがあります。(1)

とはいうものの、実態として小生にとってはやはり「芝田さん」です。その「実態」とは、アメリカ合州国の侵略たるベトナム戦争に対抗するための実践をめぐって、たがいに一種〝同志〟的な心情があったことでしょう。もちろん芝田さんは学者としての実践であり、小生は新聞記者としてのそれでした。

私たちが〝同志〟として共通・共鳴していたのは、いわゆる常識的な「学者」や「記者」であってはならないと考えていたことです。象牙の塔的に教壇や論文の枠内にいて実践とは無縁、というよりむしろ実践を蔑視している学者。中立や監視役に徹して行動に踏み込まぬことを信条や〝誇り〟とし、ときには臆病の隠れ蓑にする例さえみられる記者。これらに対して批判的であることに、おたがい同志的かつ認識論的に共鳴していました。哲学者としての芝田さんがどんなに実践的だったかは、ここに詳述するまでもありません。

想えば、ベトナム戦争も「歴史」のなかにくみこまれてしまった感を、つくづく覚えます。あのサイゴン陥落（一九七五年）から、「まだ」というよりも「すでに」というべきか、今年で二六年。ベトナムであれ日本であれ合州国であれ、その「戦後」生まれの赤ん坊が二六歳になっていて、あたかもわれわれが日清戦争や日露戦争を歴史上でしか知らないようなものですから。

でも、そのこと自体が問題なのではもちろんありますまい。芝田さん、あなたの死の、ほとんど直後に始まった合州国での無差別自爆攻撃（9・11事件）と、これを奇貨としてブッシュが始めたアフガニスタンに対する国連無視の無差別戦争。なんだか、あの捏造（でっち上げ）事件として知られる「トンキン湾」を思い出しませんか。あれを捏造して北ベトナム全面空爆・無差別爆撃を開始した合州国。B52がハノイ中心部の住宅街さえ無差別じゅうたん爆撃して「月面のように」し、市民を虐殺してでも「有利な和平交渉」にしようともくろんだ合州国政権。ワシントン初代大統領以来こんどのアフガン戦争にいたるまで、一貫して変わらぬアメリカ帝国主義の侵略体質。ベトナム戦争から何も学ばなかったことこそが問題だと、生きていれば語り合ったことでしょうね、芝田さん。

そして、残念ながら同じことは日本についても言えるわけです。一〇月二九日、国会での参戦三法の成立。ブッシュのペットたる小泉首相が、どさくさまぎれに強行した自衛隊参戦の合法化と平和憲法破壊。さらに、マスコミを舞台にこれらを傍観しつづけた「ジャーナリスト」（と言えるのか疑問なのでカッコつき）たち。そんな小泉政権を高率で支持しつづける有権者の国。

ま、古代エジプトやら古代中国やらと比べても全然進歩しないらしいこの大脳皮質進化しすぎ動物が、科学だけを「進歩」させて核兵器やら原発やら生物・化学兵器やら偽ホルモンやらで自滅しつつあるのですから、ベトナム戦争に学ぶ知恵などないのもむしろ当然でしょうか。（しかもそれは日本にとりわけ著しいようにみえます。）この点は「生命の権利」をすべての基本としつつも絶望しなかった芝田「先生」にご教示を得たいテーマでした。

そうは言っても、小生もそろそろ芝田さんのあとを追ってもおかしくない年齢、これはまあ「そちらの世」で議論しましょうか。もう追悼文などによって双方の世に境界線を引く気持ちにもなれなくなったこのごろです。（二〇〇一年記）

（芝田進午さんを偲ぶ会編『芝田進午の世界——核・バイオ時代の哲学を求めて』桐書房）

〈注〉

（1）「私の取材方法と認識論」＝初出は合同出版『社会科学研究年報⑤』一九八一年版。現在は本多勝一著

『ジャーナリスト』（朝日新聞社、一九九五年）に収録。

芝田進午（しばた・しんご＝一九三〇〜二〇〇一）金沢市生まれ。旧制四高・東大文学部哲学科をへて法政大学社会学部助手。弁証法的唯物論を専門としつつマスコミの分野での研究に力をそそぐ一方、実践活動を重視した。一九六五年にベトナム戦争への抗議で焼身自殺したアリス＝ハーグ夫人の思想に共鳴して基金を設立した。北ベトナム（当時）の現場調査もしてアメリカの戦争犯罪を追及する。七五年に法政大教授を辞任してマルクス主義研究セミナーを開講、本多も聴講生になった。七六年から広島大学総合科学部教授。一九八〇年代から反原爆がテーマの音楽演奏会「ノーモア広島コンサート」を一〇年間ほど毎年開催した。著書に『人間性と人権の理論』『現代の精神的労働』『ベトナムと思想の問題』など。アリス＝ハーグの著書『われ炎となりて』（岩波新書）も編訳した。

松井やより

――「白バラ」の同志のはずが急逝

松井やより氏が、「急逝」とも言える短時日の病で亡くなった。最近の医療の進歩でガンの多くも「死に到る病」ではなくなったが、発見が遅いとそうはゆかぬ。松井氏も気づいたときはもう「末期の末期」だったと聞く。

朝日新聞社に松井氏が入社したのは私より少しあとだが、東京社会部で直接お会いしたのは彼女が入社早々のころである。当時はまだ女性記者が珍しかった。だから、かけだし記者はまず全員が本社（東京・大阪・九州・名古屋）以外の支局に出て、〝修行〟するのが原則だが、女性は例外とされていた。ところが、松井氏の本名「耶依《やより》」を男と思いこんだ担当管理職が、知らずに水戸支局に配属した。女とわかって急拠変更され、かわりに新人ではない社会部記者が配属されたためもめごとがあったらしい。したがって北海道支社から東京社会部へ私が転任になったころ、入社早々ながら松井氏も本社にいたわけである。

以後は社会部員として同僚だったものの、担当部署が同じことはなく、仕事の上で話す機会は少なかった。しかし個人的には拙宅に遊びに来たこともあり、「すごく魅力的な人だった」とわが相棒も言っている。仕事上は松井氏も編集委員になってからのほうが、編集委員室などで話す機会が多くなった。

松井氏は後年次第にフェミニズム色が強くなってゆくが、シンガポール支局の特派員だった一九八〇年代はじめ頃がその転機だったようだ。ともに社会部新人だった六〇年代前半当時、新聞休刊日を利用した年に一度の全員泊まりがけ温泉旅行のさい、舞台での先輩記者のハダカ踊りに仰天して顔をそむけたものの、その背後にひそむ男社会的本質にまではたぶんまだ思い到らずに、困惑しつつも笑っていた。

以来、晩年になって彼女が精力を傾注した女性国際戦犯法廷や性奴隷（従軍慰安婦）問題までの活動を鳥瞰するとき、ときどき私が例に挙げるナチ＝ドイツ下での抵抗組織「白バラ」のショル兄弟を連想する。死刑にされたあの兄弟に似て、どちらかといえば恵まれた家庭、自由なる環境に育った松井氏は一種「お嬢さん」だった。彼女自身が死の直前に本誌（『週刊金曜日』二〇〇二年一二月二〇日号）で語っているように、山の手教会牧師の子として育った松井氏の両親は「大学で知り合って、今で言えばできちゃった婚をしたんですよ。いま九六歳と九五歳のカップルの若い頃としてはたいへんなことよね。それくらい両親が進んでいたので、女性は家の中に引き込んで主婦になれなんて発想が全然なく、女四人男二人のきょうだいが平等に育てられたから、日本の男尊女卑社会がものすごく嫌いになっちゃったのよ」

お嬢さん育ちが悪い方へ行く型と良い方へ行く型があるが、松井氏の場合は前者の面が少しあっても後者が圧倒していた例だろう。たとえば編集委員が自主運営でルポを書いていた毎週のページがあり、交替制の幹事が企画を調整・配分していた。しかし松井氏は毎週の調整会議の出席率が悪いので、彼女の企画の説明には、彼女の良き理解者だったＩＨ編集委員が代弁することが多かった。ところがそのＩＨ氏が幹事のときに久しぶりに出た彼女は、自分の企画が通らないと言ってＩＨ氏を批判した。しかも彼女の企画が他の編集委員と比べて特に通らない事実もなかったので、会議はシラけてしまった。

といった〝甘え〟的側面はあったものの、彼女の「白バラ」的正義感は、新聞社という枠をはずされた定年退職以後とりわけ急速に開花し、周知のような活動へと全力疾走していった。

松井氏の葬儀委員長をつとめた西野瑠美子氏は、女性国際戦犯法廷を松井氏がなしとげたことが、満足感とともに死を受け入れる気持ちになった大きな原因とみる。この法廷に「命をささげた」ことを誇りとしていた。心残りがあったとすれば、この法廷を特集番組で報道したＮＨＫがひどい改竄をした上、抗議も無視したことではないか、と西野氏。（ＮＨＫとはこういうメディアなのですよ、受信料を今だに払っている方々よ。）仕方なく提訴して、先月一九日には病床の松井氏に本人尋問が行われる予定だった。これを最後の仕事として、起きるのも困難な状態ながら準備していたが、前日には会話も不可能となり、ついに中止された。

「でも、一番こたえたのは（この国際法廷への）メディアの黙殺・無視の暴力」（『週刊金曜日』二〇〇二年一二月二〇日号）というように、松井氏は日本のマスコミ情況をほとんど絶望視していた。たとえば拉致報道。「日本の国家は、いったい何千人の一三、四歳の女性を朝鮮から拉致して『慰安婦』にしたんですか」「そういうことをいっさい報道しない」（同）

やはり日本にも韓国の『ハンギョレ』のような日刊紙（を含めた総合メディア）が必要ですね、松井さん。そのための同志の一人と思っていたあなたが逝ってしまって落ちこんでいますが、日刊紙の胎動をはじめている若い同志らとともに、あなたの志を継承してゆくつもりです。

松井氏が死の床で書いた自伝(1)は近く岩波書店から刊行の予定。また「松井さんを偲ぶ会」が三月二日午後一時半から早稲田国際会議場で開かれる。

（『週刊金曜日』二〇〇三年一月二四日）

〈注〉

（1）この自伝は『愛と怒り　戦う勇気――女性ジャーナリストいのちの記録』として二〇〇三年四月に刊行された。なお松井氏の遺言により、その全遺産をもとに「女たちの戦争と平和資料館」建設運動が発足し、二〇〇七年開館をめざして新たに一億円募金キャンペーンが行なわれている。これまでの日本の戦争資料館はほとんどが被害の視点からだったが、これはアジアにおける加害の記録、とりわけ女性に対するそれが中心になる。運動はＮＰＯ法人「女たちの戦争と平和人権基金」（電話 03-3369-6866）がすすめている。

広岡知男

――記者活動の陰の恩人

広岡知男さんと言えば、印象に残る最初は『朝日』の入社試験である。私の受験地は大阪本社だった。五～六人の面接役員のなかで、たとえば信夫韓一郎さんは豪放磊落な質問を、笠信太郎さんは学生時代に出した私の著書（ヒマラヤの探検記）について聞いたのに対し、広岡さんは実務的な内容を質してこられた。のちの伝聞によれば、私の最初の任地として北海道支社を選んだのは広岡さんらしい。これは私にとって実に幸運であった。

東京本社に転勤以後も、社内ですれちがった時など激励の声をかけてくれた。広岡さんが社長になったのは一九六七年七月だが、この年は私にとっても新聞記者として転機になった。ベトナム戦争取材で長期特派され、連載ルポ「戦場の村」を始めとする一連のルポの濫觴《らんしょう》たる年だったからである。そのあとの「アメリカ合州国」につづく「中国の旅」（一九七一年）は、日本軍の恥部を暴くことにもなったために、これまでのルポのような絶賛一色ではなかった。段ボール箱に何杯もきた投書でも、一割近くは「今ごろ日本軍の恥部を暴くこと」に対する非難であった。しかし社長としての広岡さんの態度はそれ以前と全く変らなかった。

そんななかで、今も脳裏に残る広岡さんの〝風景〟を一点書いておきたい。それは一九七六年末、田中角栄の選挙地盤たる新潟第三区を取材したルポ「田中圧勝……村の心理と論理」を発表したときだ。この年の夏、田中角栄はロッキード事件に絡んで逮捕されたが、保釈金で釈放されていた。それでも年末の総選挙にさいし、田中は圧倒的得票でトップ当選を果たした。田中支持がとくに多い山奥の村に投票日までの一週間住み込んで、村人たちの意識を探ったのがこのルポである。田中当選は選挙区民の恥とする世論に対し、実は「落選させたら恥」が村の論理であった。このルポを早版で読んだ広岡社長は、社会部デスクのそばにいた私の所へ来られ、「いいルポを書いてくれてありがとう」と非常に喜んでくれた(1)。

広岡さんとは、かなり最近もお会いしている。九〇歳になられた頃ご自宅を訪ねて、広岡さんが出そうとしたクォリティペーパーについてうかがったのだ。夫人をなくされたあと(2)一人暮らしをしておられた広岡さんは、体力知力ともほとんど衰えを感じさせないほどだったが、残念ながら直接お会いしたのはこれが最後となった。

私の新聞記者活動にとって、広岡さんは終始恩人だったと言わなければならない。

(『追想　広岡知男』朝日出版サービス・二〇〇三年)

〈注〉

(1)　元の原稿ではこのあとにカッコ内の注として次の一文があった。
ちょっと裏話をいえば、このルポの原稿は当時部長代理を務めていたSSデスク（のちの編集担当専務取締役）に出したが、彼はそれを紙面に出そうとしなかった。私が取り返して別の坂本竜彦デスクに出して日の目をみたのである。

また坂本氏によれば、ＳＳは「出さない方がいい」と坂本氏にも〝忠告〟したという。出てしまったら、ＳＳは苦笑しつつ私に「ホームスチールされた」と言った。

（2）愛妻家の広岡さんは、金婚式一年後に夫人をガンで亡くされたあと、二五五ページに及ぶ追悼本『広岡ミツ』を自費出版して親族や友人・後輩に贈った。

田村義也
――まさに空前と言えた天才装丁者

田村義也氏は、もちろん岩波書店編集部が表舞台での仕事場だったし、『世界』編集長等で大編集者ぶりがつとに発揮されたわけですが、その分野については他の方々が触れて下さるのと、私のおつきあいはもう一つの田村氏、即ち装丁家としての分野がほとんどでしたから、それを中心にお話しいたします。

田村義也氏との最初の出合いは、今から四〇年ちかく前になる一九六六年の暮れ、私がベトナム戦争取材で長期出張する直前でした。神田のバー「かんとりい」で、泉清一氏など文化人類学関係の学者たちと共に飲んでいたときです。雑談のなかで田村氏の装丁論を聞いて感服し、自分の本もお願いしたいと思いました。

たまたまそれまでに出ていた『カナダ＝エスキモー』など三つのルポが一冊にまとめられることになり、『極限の民族』という表題も決まっていたので、出版社（朝日新聞出版局）の担当者にも頼んで田村氏にお願いし、私はベトナムに出かけたのです。

やがてサイゴンに送られてきた見本本を手にして、思わず私は唸りました。これこそ正に本当の

「装丁」だ。これ以前の自分の本が実にみすぼらしく見えました。それからは、ベトナム＝ルポ『戦場の村』をはじめとして、主な単行本は片端から田村さんにお願いしました。このころは岩波書店でまだ現役の大編集者でしたから、余暇としてはずいぶんムリをお願いしてしまったと思いますが、それでも何でも、私としては田村さん以外の装丁は考えられないくらいの衝撃だったのです。ついには文庫版の三十数冊もすべて田村さんに引受けていただきました。

　田村氏の装丁論を一言でいえば「装丁は編集者としての仕事のゴール」ということです。つまり編集者は装丁者を兼ねるか、少なくとも装丁家にまかせっきりにしてはならない。順序だてて言えば①企画　②編集会議の通過　③著者への依頼　④著者の家への往来　⑤原稿完成　⑥ワリツケ　⑦印刷所への持ちこみと指示　⑧ゲラ刷り（初校）　⑨二～三校と校了　⑩部数決定　⑪読者対象の狙いと宣伝　⑫原価計算……となりますが、装丁はそのすべての反映であり帰結でもある、と田村氏は言います。

　私の場合は新聞のルポとして③（著者への依頼）まではすでに終わっているため、④（著者の家へ行くこと）からあとになるわけで、田

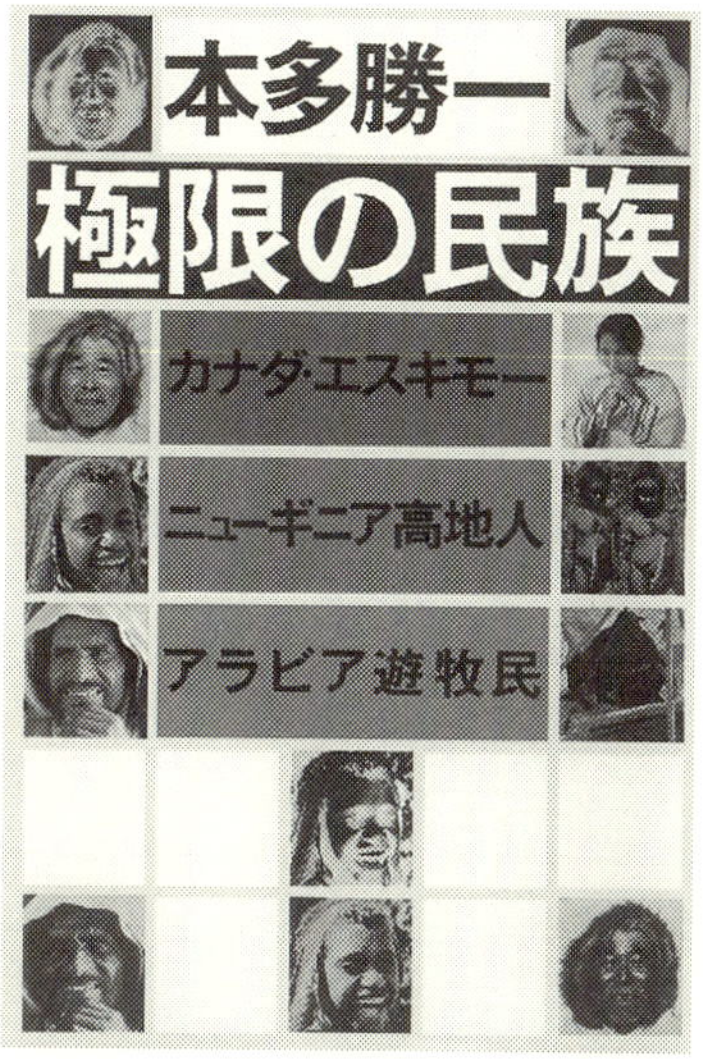

田村氏が本多のためにやってくれた装丁の最初の本『極限の民族』。第１刷は1967年、これは1990年の第39刷から。このあとは著作集版（やはり田村氏の装丁）の『極限の民族』（1994年）になった。

村さんは私の自宅まで遊びに来てくれて、家族とも団らんして下さいました。考えてみると、あれは右のような装丁論の一部としての偵察だったのですね。

田村氏の装丁の真髄は、装丁の必須条件を完全に満たしていたことでした。それは第一に「だれが書いた本か」（著者名）であり、第二に「何という本か」（書名）です。この二点が最重要事項ですから、「字体」そのものに最も力を入れます。単純といえば単純ですが、その単純なことが、無数に出ている本でどれだけ実行されているでしょうか。田村氏自身の書いたものから引用します。

「私の場合、その仕事の大部分の時間を、文字づくりに費やしてしまう。特に、本の表題＝書名を、背文字にどのように収めるかがいちばん大事だ。いくら書き直しをしても、なかなか満足しないうちに、締切りが来てしまうというのが、いつもの事である。」

（『調査情報』一九九〇年七月号「のの字ものがたり」壱）

そして、この二点の次にくる三番目の条件が「美的センス、あるいは『作品』としての完成度」でした。完成のために、以上の三点をどのように満たしていったかについて、杉浦明平著『ボラの哄笑』の装丁を例に、また田村氏の文章から引用してみます。

「手近にあった『広辞苑』をひいてみると、ボラなる魚の挿絵がのってはいたのだが、何か鮒みたいでちっとも面白くない。こうなれば、とにかくホンモノのボラを見なくてはならないと思った。『ボラの哄笑』という表題だけ印刷しただけでは、何のことかわからないし、商品にならない。だから、ボラを探してきてほしいと頼んだ。」

「どうしたらこのボラが哄笑してくれるか。冷蔵庫から夜中にとり出してボラの顔の正面を観察しながら描いた。筆ペンは腰が弱くて無責任な筆記具であると思っているが、そのあまり好きでない筆ペンをつかった。それこそ〝筆が走る〟というやつで、勝手に筆先がはね廻る。まあ、それが特徴だともいえるだろう。それを利用して題字を飄逸なものにしたかったわけである。」（同誌八月号）

ボラの生身と深夜に対面している情景は、ほとんど鬼気せまるものがあります。装丁のプロは多いけれど、ここまでやっている人がどれだけいるでしょうか。想うに、田村氏は明らかに天才でした。この鬼気せまるほどのやりかたも、決して「努力」によるのではないと思います。楽しくて仕方がなかった。かつて天才漫画家・手塚治虫を論じたときに引用した友人・遠田健の言葉を思い出します。

「天才は努力など　しないものだ」

田村氏は装丁の仕事をやりかけたままの突然の旅立ちとなってしまいました。実に残念ですが、傑作はいつまでも残るばかりか、陰に陽に後継者の作品の中へ引きつがれることでしょう。

まさに空前と言える天才装丁家のご逝去を惜しみつつ。


（二〇〇三年一二月一三日、偲ぶ会での弔辞）

〈追記〉田村氏のための追悼集として『田村義也――編集現場115人の回想』が刊行された。田村義也追悼集刊行会（新宿書房内）編・頒価三〇〇〇円・二〇〇三年。

家永三郎

——一貫してこられた正確な論理

大学までずっと理科系育ちで、日本の歴史を勉強する機会もまったくなかった私が、日本史の専門学者たる家永三郎先生と思わぬ出会いをさせていただくことになった動機は、先生が後半生の精力を傾注された教科書裁判にありました。しかしさらにその元をたどれば、新聞記者として私が最も時間と情熱をかけたベトナム戦争にゆきつきます。

ベトナムに侵入した米軍に従軍してそのひどい実態を知ったあと、これと戦う解放戦線にも従軍するうちに考えました。中国に侵攻した日本軍は何をしていたのだろう、と。その結果が、生存する中国人被害者たちを訪ねあるいた報告『中国の旅』（朝日新聞社）であり、とくに当時の首都南京攻略戦に集中して取材したルポ『南京大虐殺』（同）でもあります。家永先生との出会いは、この「南京」が動機でした。

家永先生の教科書の原稿は「南京占領直後、日本軍は多数の中国軍民を殺害した」と記述されていたのですが、検定側は「日本軍が組織的に虐殺したように読み取れるので、『日本軍は』を削るか、『混乱のなかで』ということを加えるか、『殺害したといわれている』と改めるべきだ」とする修正意見をつけたのです。そこで「南京」を取材した私が、この問題の家永側証人として、東京地裁に出廷することになりました。一九八七年九月二二日の午前一〇時。

古い日記帳をみると、その二カ月半ほど前から当日までに打合せなどを四回やっていて、家永先生と身近に直接お会いしたのはこの時が最初です。強い印象として残るのは、真摯で誠実な人格と論理的な正確さでした。これは出廷当日のあと、家永先生とともに記者会見に出たときとか、その一カ月余り後の同年一一月九日、外国人記者クラブの昼食会に森村誠一氏（七三一部隊での証言者）と三人で招かれた時にも感じたことです。

誠実さと論理的正確さは、家永先生の著書でもよくみることができます。例えば私もサインして贈っていただいた『太平洋戦争　第二版』（岩波書店・一九八六年）を見ても、初版（一九六七年）が出てから「読者からのご指摘と私自身の学習により誤りまたは不適切と判明した箇所を象嵌訂正の可能な限り重版のつど局部的に補正する努力を怠らなかったが、この第二版においても同様の心がけを守るつもり」と書かれているように、これは家永先生の基本的態度とさえ言えましょう。

論理的といえば、先の検定側の「組織的に虐殺したように読み取れる」とある批判は、非論理・反論理の典型でしょう。私の証言に際して検定側代理人は、私の著書が南京について「軍の最高方針による計画的な虐殺事件ではなかった」としている部分を示して、検定側の「組織的ではない」という主張を認めさせようとしたのです。つまり「組織的」と「計画的」というまったく違う概念をすり替えようとした。この詐術に私が直ちに反論すべく、ナチによるアウシュビッツと南京の違いを言い始めるや、すり替えが失敗したと気づいた検定側はあわてて私の発言をさえぎり、次の質問に移ったも

のです。(1)

家永先生の生涯が示した論理的一貫性を想うにつけ、対照的に反動勢力側の論理性の欠如が際立ってきます。私の南京関連ルポを執拗に長年攻撃してきたのは、文藝春秋の雑誌を舞台とする勢力でしたが、体制側の「学者」も含めた彼らが全面的に敗北していったのは、すべてが論理として弱かったからです。そして論理の強さは、正確な事実と結合しているところにあります。

反動勢力側に対抗してつくられた「南京事件調査研究会」（初代代表・洞富雄教授、次代・藤原彰教授）には学者や法律家・ジャーナリストが加わっていますが、共通する特徴は家永先生と同じく正確な事実に基づく論理性です。検定側や反動勢力側に論理性の欠如や捏造も恥じぬ例が特徴的なことは、この国の体制とは何かを考えるうえでも重要な示唆ではないでしょうか。

家永先生には個人的にもおせわになって、私の著作集（朝日新聞）第一四巻『中国の旅』の月報に「無知の恥ずかしさを痛感」と題する一文をいただきました。そのなかで先生は、前記『太平洋戦争』初版執筆の時に『中国の旅』や『南京への道』を読みえなかったことを残念がっておられます。家永先生の著作は今後とも読みつがれてゆくでしょうが、若い世代のために『戦争責任』（岩波書店・一九八五年）から次の二か所を引用しておきましょう。

「まず日本人の責任を自覚し自己批判することが不可欠であって、それなしに他国の非のみを非難しても、世界の人々の同感は得られまい。」

「……さらにすべての日本人が自己の責任を自覚するならば、自己の秘蔵している戦争中の日記その他の記録を、純然たる私事に関する部分を除いて公開するなり、自己の体験した事実を、自己の実践した行為と見聞した事項との両面をふくめて、口頭または文章化して公表するなりして、正確な戦争の実態の復元に協力すべきではなかろうか。ことに戦争体験者の高齢化が進み、近い将来、戦争世代がすべて姿を消して戦後世代のみの時代が到来することの予想される今日、戦争世代と戦後世代が同じ社会で共存している今日と今後に残された僅少の年月は、戦後体験を非戦争体験世代に伝達できる最後の時期なのであるから、ぜひその間に右の要請をみたす努力がなされなければなるまい。」

（尾山宏ほか編『家永三郎の残したもの引きつぐもの』日本評論社・二〇〇二年）

〈注〉

（1）この証言の全記録（昭和五九年ワ第三四八号証人調書）は本多勝一編『裁かれた南京大虐殺』（晩聲社、一九八九年）に収録されている。これには検閲側（国側）証言の児島襄証人調書のほか、家永側からの証人として藤原彰意見書も収録されている。

藤原彰

――真に偉大な旧日本陸軍将校たる歴史学者

藤原彰先生が亡くなった二月二六日のまさに当日、私は入院中の東京労災病院で全身麻酔による手術を受けていました。ご逝去を知ったのは数日後のことです。その瞬間に襲われた感情は、哀悼や愁嘆以上に、口惜しさであり無念さでした。

一橋大学で長らく教職にあった藤原先生ですが、私が教えられたのはそうした大学等での〝教え子〟としてではありません。はじめはその編著書を通じてでしたが、直接お近づきになったのは一九八四年に発足した南京事件調査研究会に私も参加してからです。

ナチの犯罪に対するドイツの戦後とは対照的に、日本は戦争責任（侵略・加害責任）問題を自らの手で追及してこなかったという国家的・体制的大状況がありますが、そのような基本姿勢は国民の意識の反映でもあります。これは同時に、そうした意識の変更に貢献してこなかったジャーナリストや歴史家や法律家の責任でもある。この研究会は、直接的には家永教科書裁判への支援が動機で組織されたものの、一方ではそのような反省の上に立って実践をめざす性格のものでした。

研究会で中心的役割を果たしてきたのはやはり歴史学者たちで、とりわけ日本のアジア諸国侵略にかかわる近現代の中国史・日本史の研究者たちです。会の代表は、南京大虐殺問題を最も早くから先駆的に調べて発表してこられた洞富雄先生ですが、つぎの世代の心強いリーダーが藤原彰先生でした。

藤原先生が「心強い」のは、もちろんその学識や人柄をふくめてのことですが、「特に心強い」点は、陸軍士官学校を出て中国に出陣・転戦し、日本軍の体質を深く知りぬいておられたことです。いや、単に知りぬいているだけなら、同じような士官学校出の他の中国戦線体験将校についても共通であり、当然のことでしょうが、藤原先生は中国に対する明白な侵略を反省し、個人として及ぶかぎりその戦争犯罪を償う努力をされてきた点で、多くの士官学校出とは隔絶した稀有の存在でした。しかもそのお仕事は、真の学者としての実証的かつ論理的検証を経た結果ですから、磐石の信頼に値しました。私たちのように、小学生や中学生のうちに敗戦を迎えた世代とか、もっと若い戦後生まれの世代の研究会員にとっては、日本軍の内実について分からぬことがあっても、藤原先生に聞きさえすれば直ちに具体的な内容で教えられたのです。

そのような心強いリーダーが、突然といえるほど俄かに消えてしまって、これは研究会一同のみならず、日本にとっても重大な損失と言わねばなりません。とくに最近の日本は「右傾化」して、このままでは世界の良識から孤立し、かつて侵略したアジア諸国の強い警戒と疑念を招き、結果としてまた一九四五年八月一五日に向かう恐れがあります。しかもアメリカ帝国の属国としてですから、一九四五年よりもっと始末が悪い。こんな世相にあって一層たよりになる存在だからこそ、「日本の損失」と言いたいのです。実際、藤原先生は現役研究者としても全く衰えを知らぬお仕事を傘寿になられてもつづけておられ、三光作戦についてなどは私も特に待ちこがれているテーマでした。

藤原先生をめぐる懐かしい想い出は限りないものの、二カ月に一度くらい開かれた研究会のあとの、立教大学近くの飲み屋での夕食会がいつも楽しみでした。お酒を手にしつつまさに談論風発、研究会とは別のくだけた日本軍論も含めて、今にして思えば録音すればよかったような話がずいぶんあります。

そして、私にとって一番の思い出は、一九八七年一二月、南京大虐殺五〇周年を期して研究会が南京市に派遣した現地調査団の旅です。藤原先生を団長に、代表の洞先生も加わっての一一人。八日間ほど起居を共にしたこの調査行は、普通には団体旅行を好まぬ私にとっても、実に楽しくかつ勉強になりました。そんな日々の藤原先生の表情、たとえば南京市当局との会合で挨拶されるときの、少し首を傾けた、太い眉毛の下の微笑とか、宿泊先での夜の団欒中の、やや口をすぼめた語り口とかが、つい数日前の旅のように鮮明に脳裏に残っています。

個人的な直接のご恩としては、拙著『南京への道』（朝日文庫・一九八九年）に解説文を寄せて下さったこともあります。私のルポをめぐる背景や、反動側からの攻撃に対する反撃も含めて、実に適確ですばらしい解説でした。残念だったのは、藤原先生も熱中しておられたらしいスキーツアーに同行する機会を逸したことです。山スキーに好適な季節に私の外国出張が重なることが多く、いずれぜひと思ううちに、藤原先生の体調がスキー登山を許さなくなっていました。

無念なご逝去ですが、先生の遺志は南京事件調査研究会をはじめとする若い世代が着実に受け継いでいくことでしょう。先生の遺徳をあらためて噛みしめつつ……

（二〇〇三年五月一八日　記）

（『中帰連』二〇〇三年夏季号）

江口圭一

——具体的活動開始の矢先にお別れとは……

江口圭一氏の最近刊『まぐれの日本近現代史研究』（校倉書房）を読んで、その書評を書いた『週刊金曜日』は今夏（二〇〇三年）の八月二二日号でした。そのわずか一カ月ほど後に訃報を受けたときの衝撃は、何と表現したらいいのか、もう本当に言葉を失いました。私と同じ七一歳、これからも仕事の上で大いに助けていただける学者として頼りにしていた矢先でした。日本が危険な道を突き進みだした今、これをなんとか修正するための最も重要な人物を、私たちはまたしても失ったことになります。

今年の二月、同じ意味で最重要人物だった藤原彰氏を失い、五月に学士会館で「偲ぶ会」が開かれたさい、江口氏は涙で声をつまらせながら追悼の言葉を述べました。しかしすぐに江口氏もそのあとを追うことになろうとは、ご本人もつゆ思いはしなかったでしょう。

日本近現代史に関する江口氏の学者としての業績や、社会的実践者としての偉さについては、加々美光行教授が朝日新聞に書かれた通りですが、私個人としてもこれまでに大変なお世話になったばかりか、今後も具体的な計画に大いに力になっていただく予定でした。同志らとともに計画している

『ハンギョレ』方式の日刊新聞創刊とか、『週刊金曜日』で始めようとしていた江口さんへの大型インタビュー連載とか。

そうしたことが望めなくなった今、虚無感に襲われたまま思いを新たにすることもまだできません。でも江口氏の志は、私たちが今の日本の状況に絶望し、挫折することではありますまい。なんとしてでも江口氏の生き方をひきついで、あますところの余生をすごしたい思いです。江口氏は信じていないかもしれない「来世《らいせ》」でお逢いする日も、ことによると案外遠くないかもしれませんが、ともかくその日までは「現世《げんせ》」を見守って下さい。江口圭一論に類する考察も改めて書きたいと存じます。

本日は余儀ない出張中のため残念ながら列席できませぬが、それでは江口さん、しばらくの、さようなら。

（二〇〇三年九月二八日の葬儀への弔電）

〈追記〉江口氏の逝去直前に刊行された右の『まぐれの日本近現代史研究』は最後の作品だったので、追悼の意味もこめてその書評を以下に再録したい（『週刊金曜日』二〇〇三年八月二二日号から）。

江口圭一史学の舞台裏
——『まぐれの日本近現代史研究』が明かすセル音楽的方法

「比類なく透明で精密に造形され、完璧のバランスと確固たるリアリズム」

これはクリーヴランド管弦楽団の常任指揮者・音楽監督だったハンガリー生れのジョージ＝セルについて、江口圭一氏が評した言葉である。

日本近現代史、とりわけ一五年戦争など日中関係史に造詣の深い歴史学者・江口氏は、セルの音楽のうちに「私の学問研究の至高の理想を見出しながら、四〇年を経てきた」という。今年六月に刊行されたばかりの江口氏の著書『まぐれの日本近現代史研究』(校倉書房)に収録された一文「私空間」からの引用だ。

ウーンそういうことか、と納得が行くような思いがした。江口氏のこれまでの諸著書——その一部は本誌の書評でもとりあげられた(1)——に共通する個性的特徴を強く認識していながら、それをどう表現したらいいのか考えあぐねていたのだが、思いがけずご当人が「こじつけを承知で」とことわりながらも指摘されている。だが、こじつけどころではない。まさにセルの音楽のように透明かつ精密に練りあげられ、表現は絶妙なバランスと厳しいリアリズムに貫かれている。

本書はしかし、これまでの江口氏の主著のような研究書や論文集ではない。「あとがき」に書かれているように、今春の愛知大学定年退職を機会に編まれた自分史や紀行文・追悼文等が収録されている。これまでの著書にくらべて、どちらかといえば気楽に読める内容といえるだろう。

といって、透明、精密、バランス・リアリズムの点では共通だ。出自《しゅつじ》を語る冒頭の一文にしても、劇的ともいえる湿った事実を乾いたペンで「完璧」に描く。拙著『日本語の作文技術』(一九七四年の講義・現在は朝日文庫)を三〇年ほど前に発表した頃もしこれを読んでいたら、見事な文章の実例として必ずやその第九章(リズムと文体)に加えていたに違いない。

「気楽に読める」とさきに述べたが、さらに言えば実に「おもしろい」とすべきであろう。江口氏がこれまでの業績を積むにいたる経過を説明して本書の表題ともなっている「まぐれの日本近現代史研究」にしても、乾いた文体ながらおもしろいので、つい引きこまれてページが早くめくられてしまう。これもセルの音楽のような古典的魔力を秘めているからであろうか。ついでながら、「商売と父から逃避したかっただけ」のために、背水の陣で志を貫徹したあたりとか、「まぐれに当たる」ようなチャンスに恵まれたあたりは、身につまされながら読んだ。

江口式「確固たるリアリズム」による誠実さを示してくれるのは、第Ⅱ部「韓国・中国」編における紀行文であろう。とりわけ「訪中講学記」は、各地での懇談における江口氏の姿勢をよくあらわしている。たとえば日本国民の対中国感情はどうかという質問に対し、まず次のように答える。

「私は研究者の一人として嘘をいうことはできない。率直に話すほかない。それは先生方にとって不快な内容とならざるをえないので、失礼となる点はお許しをえておきたい」

こうしておいて、天安門事件で日本の知識階級がうけたダメージとか、中国からの擬装難民のあいつぐ来航、中国人留学生の不勉強、頻発する中国人の犯罪などを、具体例とともに紹介する。こうした態度は、いわゆる親中派の学者やジャーナリストには非常に少ないだろう。

このように率直な批判になると会場は沈黙に支配される。しかしそこはまた「バランス」の江口式社交術、たとえば日本の将来についての質問では、盛者必衰の歴史法則にしたがって、食糧自給率の低さや高齢化・少子化など不安定な日本は、ひょっとすると今世紀末ごろ日本人の側が「擬装難民」となって中国に押し寄せるかもしれないと応じ、会場は哄笑にみたされるのである。

率直な批判といえば、もし自分がこうした場でそれを述べるとすれば……とふと思った。たぶんチベット問題を提起するだろうと。あれは侵略ではないのか、周恩来首相が生きていればやらなかったのではないか、と。かれらはどう答えるだろう。

第Ⅲ部（亡き師友へ）には私自身も取材等で直接・間接に知る井上清教授や信夫清三郎教授などが登場して、光陰の早さと自らの年波に想い至るのだった。

なお江口氏の著作は、私の一五年戦争（または日清以来の五〇年戦争）の解釈に強力な理論的支柱を与えてくれていることを付言しておきたい。

〈注〉

（1） 本誌二〇〇一年九月二一日号で江口圭一著『一五年戦争研究史論』（校倉書房）が鹿野政直氏による書評。また江口氏は一九九六年四月一九日号で藤原彰ほか編『近現代史の眞実は何か』（大月書店）を、一九九八年七月一〇日号で笠原十九司著『南京事件』（岩波新書）を、それぞれ書評しておられる。

江口圭一（えぐち・けいいち＝一九三二～二〇〇三）名古屋市生れ。京大人文科学研究所助手をへて愛知大学法学部教授。日本近現代史、とくに日中戦争とアジア太平洋戦争の研究で知られ、『十五年戦争小史』（青木書店）、『日中アヘン戦争』（岩波新書）、『日本帝国主義研究』（青木書店）、『十五年戦争研究史論』（校倉書房）など多数の著書がある。教科書検定問題での家永訴訟では本多とともに証言台に立ち、南京大虐殺についても歴史家として積極的に発言した。中国侵略に対する贖罪《しょくざい》の意味で一九九二年、中国・南開大学の日本研究センターに私財五〇〇〇万円を寄付した。愛知大学は法学部長をつとめて定年退職し、名誉教授となって五カ月後、多臓器不全で死去。

あとがき

これまでに追悼の言葉を書いてきた友人・知人・恩師・親族等は、こうして編集してみると四十余人に達していました。ほぼお別れの順序になっていますが、母の場合は父の翌年だったのに後の方にあるのは、書いた年がずっと後だったからです。最初の渡辺衛先生（一九五九年逝去）は私の学生時代最後の年でしたが、それ以前にも追悼文は書いたことがあり、高校山岳部で二年下にいて山行を共にした池内宏君の場合が、おそらくその最初かと思われます。一九五五年六月、大学で実験中にアルコールの爆発で死亡。飯田高校山岳部誌『圏谷』六号に書いた追悼文は、のちに拙著『旅立ちの記』（朝日新聞社・一九九三年）第13章に収録されました。

次いでは、学生時代の最初のヒマラヤ探検（一九五六年＝ヒンズー＝ラージ）で行動を共にした吉場健二君です。霊長類生態学の学究となっていた吉場君は、一九六八年七月、幸島のサル観察に向かう途中、日向灘で小舟が転覆して遭難しました。研究が国際レベルに達していながら、三二歳の残念な早世でした。このときの弔辞があったのですが、活字にされる機会がないうちに紛失したため本書に加えることができません。

しかし、「追悼文」と標記はしなくてもその範疇にはいるものとしては、小学校三年のときに書いた「晃子の死」があります。これは拙著『大地球遠征隊』（朝日新聞社・一九九五年）に収録されていますが、私が八歳のとき、二人の妹のうち下の妹・晃子が疫痢で、しかも明らかに医者のミスで急死したことです。「つづりかた」（作文）の時間に書いたのですが、八歳の子どもには父母の愁嘆を同じ深さまで理解するに到っておらず、あのときの父母の悲しみに明け暮れた挙動の意味は、自分が子どもを持って初めて認識することができたのではないか。新聞記者としての仕事のなかで、不当な原因による子どもの死に怒り悲しむ親の実例にいくつも接してきたことも大きいでしょう。

子どもの死は、時がたって老いても決して薄れるものではありません。自分が七〇歳台になって身に沁《し》みて思うのですが、「あの子が生きていたら」という想いはむしろ深く沈潜して強くなるでしょう。もうひとつ想うのは、死んだ子に対する父母の悲しみの質です。晃子が死んだとき、悲しみの〝量〟なり深さなりは父母に違いがなかったでしょう。しかし質は違ったかもしれない。「自分のおなかを痛めた子」といった表現があるけれど、それよりももっと動物の本質にかかわる根源的愛情、母親の絶対愛、「女」ではなくて「母」の感情、産む性と種付けする性の違い、そういった無条件の愛が、母親にはある。その子が世間的にはいかに無能だったり不良だったりしても、そんなことは全く関係ありません。だからこそ、極端な家庭内暴力の息子に対して絶望的になったある夫妻にしても、絶望的になったこと自体は夫妻とも等しいながら、夫はついに息子を絞め殺したのに対し、妻は「殺さなくても」と反問しつづけた上に、息子が死んだ部屋で首つり自殺したのです。（拙著『子供たちの復讐』朝日文庫）。

本書のうち三分の一ほど（一四人）については、すでに絶版となった旧著『母が泣いた日』（光文社・一九九九年秋）に収録されたものであることをおことわりいたします。またその「あとがき」に書いた想いは今も変りませんので、以下に再録しましょう。

あとがき

ここに収録されている一四篇は、父母をはじめ友人や恩師など、いずれも身近に世話になった関係者へのお別れの言葉です。

ほぼ書かれた順ですから、たとえば母の死は父の翌年ですが、書いたのは最近なので最後になりました、江藤《えとう》文比古《ふみひこ》氏の場合は本書が初出ですが、当時のメモとして残されていたものを土台にしています。

追悼文集といえば、ふつうは故人をしのんで友人や親族が寄せる文集ですが、これは逆に亡くなった友人や親族をしのんでの追悼文集ともいえましょうか。わが青春の象徴のような存在だった親友（「急死した友へ」の曽我《そが》富士男《ふじお》君）が三〇代で逝《い》ったときは、早世のためにあたかも〝例外〟のように想われて、自らの死を実感として連想するには距離があったようですが、すでに「古希」も近い年齢ともなると、いわば鬼籍に入る友人・知人・親族が多くなり、どうやら〝順番〟も近づいたらしいことを嫌でも実感せざるをえません。今年にはいってからだけでも、二人の叔父（父の弟たち）が九〇歳代ながら相ついで亡くなり、私にとっての「おじ」「おば」はこれですべて現世から去ってゆきました。藪下彰治朗《やぶしたしょうじろう》・夏堀正元《なつぼりまさもと》・鵜野晋太郎《うのしんたろう》・久野収《くのおさむ》・新井直之《あらいなおゆき》・斎藤茂男《さいとうしげお》・安江《やすえ》安宣《やすのり》・進藤次郎《しんどうじろう》・白井健策《しらいけんさく》・尾崎秀樹《おざきほつき》など、読者の皆さんにもご存じの方がおられるであろう友人や先輩らの死も今年になってからです。信州・伊那谷《いなだに》で同じ松川町《まつかわまち》出身の同僚記者だった松下宗之君が、現役の社長職のままガンに倒れたのも、また五四ページ以下で父の思い出を語ってくれたいとこのミツオさが同様にガンで倒れたのも、同じ今年の二月でした。

父母や叔父たちの死は、なんといっても「順序」であり、悲しみは深くてもあきらめざるをえませんが、自分と同じか下の世代の身近な死は、悲しみ以上に逆順に近い無念さ、口惜しさをともないます。要するにこれは、人生の絆としての「人間関係」が次第に欠落してゆく過程なのですから。

とはいうものの、残り少なくなった生を陰々滅々と慨嘆しているひまはなさそうです。どうせ「ぼうふらも蚊になるまでの　うきしずみ」（加納一郎）でしょうが、ここは「若者の死を惜しむ」で紹介したその若者の父君・池田昭二氏の言葉「もうひと頑張りしなければ」に学び、惜別した友人たちが果たせなかった分まで、微力のおよぶかぎりの範囲ながらやってやろう……と盃をかれらに捧げてみせるのが、このさい現世に残れるものの態度ということにしておきます。

あの世の諸兄姉よ、父よ母よ妹よ、ご支援を乞《こ》う！

一九九九年九月五日未明　（名古屋市にて）

これ以後にも友人・知人が少なからず亡くなりました。その中で追悼文を書く機会のあった方々はここに収録されていますが、ただ一昨年末に亡くなった疋田桂一郎氏は『週刊金曜日』に三回（二〇〇二年一二月六日・一三日・翌年一月一七日各号）の連載で書いたにもかかわらず収録されていません。これは予定されている別の単行本に収録するつもりだからです。疋田さんの晩年の親友で、私たちスキーグループのリーダーだった足立公一郎氏も、疋田氏の翌年にあとを追いました。そのほか、たとえばこの中で「母が泣いた日」に出ている斎藤陽三氏。私が危険なベトナム解放区から一カ月ぶりにサイゴンに戻った知らせのローマ字テレックスを「涙で終わりまで読めなかった」と書き（本書二〇三ページ）、ただちに郷里の両親に電話で伝えて母の「嬉し泣き」をもたらした斎藤陽三氏、彼もまた疋田氏の前年にガンに倒れました。

私自身は、気持ちとして相変らず「もうひと頑張りしなければ」（池田昭二氏）に変りはないものの、七〇歳になった一昨年、米軍のウラン弾問題をイラクに現地取材（ルポ『非常事態のイラクを行く』朝日新聞社）したあと、体調不良が長びいています。やはりトシは争えない、いやウラン弾の放射能にやられたのかも？……。

とは申せ「平均寿命」にはまだ間があるのだし、やりたいこと満載の今、このさい前記あとがきを再録することにしましょう。

あの世の諸兄姉よ、父よ母よ妹よ、ご支援を乞う！

イスラム暦　一四二四年
仏暦（入滅後）　二三八七年
キリスト暦　二〇〇四年

本多勝一

[著者紹介]

本多　勝一（ほんだ　かついち）

1931年，信州・伊那谷生まれ。ジャーナリスト。現在『週刊金曜日』編集委員。

【主な著書】（刊行中のものから）
『大地球遠征隊』『旅立ちの記』『ヒンズーラージ探検記』『極限の民族』『愛国者と売国者』『南京大虐殺』『アムンセンとスコット』『ドイツ民主共和国』『ソビエト最後の日々』『非常事態のイラクを行く』『石原慎太郎の人生』『はるかなる東洋医学へ』（以上，朝日新聞社）／『山を考える』『日本語の作文技術』『中国の旅』『子供たちの復讐』『日本環境報告』『アイヌ民族』『NHK 受信料拒否の論理』『戦場の村』『アメリカ合州国』『検証・カンボジア大虐殺』『殺される側の論理』（以上，朝日文庫）／『天才と秀才』『大江健三郎の人生』『蛙のツラに拡声器』（以上，毎日新聞社）／『六〇歳の記念に登った山山』（悠々社）／『アメリカは変わったか？』（週刊金曜日）　他

【共　著】『南京大虐殺歴史改竄派の敗北』(教育史料出版会)，『南京大虐殺を記録した皇軍兵士たち』(大月書店)，『オーラル・ヒストリーと体験史』(青木書店)，『南京大虐殺否定論13のウソ』(柏書房)，『ペンの陰謀』(潮出版社)，『天皇の軍隊』(朝日文庫)　他

【翻訳書】「イニュイの民話」(本多勝一集26巻『アイヌ民族』〈朝日新聞社〉に収録)

【外国語刊行】『HARUKOR』(University of California Press, Los Angeles)，『The Impoverishetd Spirit in Contemporary Japan』(Monthly Review Press, New York)，『The NANJING MASSACRE』(M. E. Sharpe, New York)，『VIETNAM WAR』(Mirai-sha, Tokyo)，『南京大屠杀』(中国・北岳文芸出版社)，『天皇的军队』(中国・警官教育出版社)，『勿忘　血写的历史』(中国・中国青年出版社)，『美国紀行』(香港・文教出版社)，『中国之行』(香港・四海出版社)

さようなら
——惜別《せきべつ》の譜《ふ》

二〇〇四年七月三〇日　初版第一刷

著　者　本多《ほんだ》　勝一《かついち》
発行所　株式会社　影書房
発行者　松本　昌次
〒114-0015　東京都北区中里二—三—三
久喜ビル四〇三号
電　話　〇三（五九〇七）六七五五
FAX　〇三（五九〇七）六七五六
E-mail=kageshobo@md.neweb.ne.jp
URL=http://www.kageshobou.co.jp/
〒振替　〇〇一七〇—四—八五〇七八
本文印刷＝新栄堂
装本印刷＝広陵
製本＝美行製本

定価　二、四〇〇円＋税

ISBN4-87714-319-X C0095

木下昌明　映画がたたかうとき——壊れゆく〈現代〉を見すえて　¥2200
木下昌明　映画と記憶——その虚偽と真実　¥2200
木下昌明　スクリーンの日本人——日本映画の社会学　¥2800
徐京植　秤にかけてはならない——日朝問題を考える座標軸　¥1800
高橋哲哉　〈物語〉の廃墟から——高橋哲哉対話・時評集 1995–2004　¥2800
高橋哲哉・内海愛子・徐京植編　石原都知事「三国人」発言の何が問題なのか　¥1800
高橋哲哉・中西新太郎・徐京植 他編　〈コンパッション〉は可能か？——歴史認識と教科書問題を考える　¥2200
伊藤成彦　物語 日本国憲法第九条——戦争と軍隊のない世界へ　¥2400
ダニエル・エルナンデス・サラサール写真集　グアテマラ ある天使の記憶　¥1500